那一天，朱音

その日、
朱音は空を飛んだ

投身青空

武田綾乃
Rappa—譯

序幕

肺上上下下地顫動。空氣充塞喉嚨，奪去大腦所需的氧氣。臉頰表面開始發熱，宛如恐懼的感覺一點一滴從腳底向上竄。指甲狠狠戳進手心。我反芻著掌中殘留的濕黏感，一心一意奔向屋頂。室內鞋底摩擦地面的聲音在人煙稀少的走廊迴盪。爬上樓梯，平常都會鎖起來的門果然敞開著。通往室外空間的門對我敞開。我振作起挫敗的心，奮力邁向門後。

天空一片鮮紅。

我微微瞇起雙眼望向落日照耀下的空間。紅橙橙的太陽彷彿隨時都會融化。溫熱的風掠過臉頰，令我背脊一顫。我嚥下口水，緩步踏入樓頂。手心中揉成一團的紙片令我心跳加速。

「朱音。」

我的呼喚沒有獲得回應，但我尋覓的人就在眼前。在防止墜落的圍欄另一端，有一名穿著制服的少女。一瞬間她略帶褐色的秀髮隨風揚起。烏黑睫毛環繞的雙眼直瞅著我看。我不寒而慄，直覺就要出事，想也不想地叫了出來。

「朱音！」

就在那刻，她的身體墜入空中。冷不防邁開的雙腿踩著乾燥的水泥地。我伸出雙手，然而為時已晚。深藍色的長襪撞上圍欄。我的雙腿顫顫發抖，不由自主當場蹲下。樓下傳來在場學生的聲音。出了什麼事，用不著看也能理解。

我緊緊握著紙片，泣不成聲。

「……對不起，朱音。」

那一天，朱音投身青空。

1. 作答者：

一之瀨祐介

Q1. 請問您對川崎同學有什麼了解？

沒有。

Q2. 請問您是否在校內看過某名同學遭到霸凌？

沒有。

Q3. 請問您對霸凌有什麼看法？

我覺得霸凌是不對的。

Q4. 若您針對這次案件與霸凌問題對學校有任何建議，還請告知。

我完全不懂川崎為什麼會死。

身為這間學校的學生，

我希望校方至少能公布到底發生了什麼事。

我認為我們學生有權利了解真相。

對一之瀨祐介而言，川崎朱音是個不相干的人。他們不曾同班，也沒看過對方。雖然曾聽說兩人中學同校，不過川崎在眾多學生之中，並不是特別起眼的人。

「祐介，你知道那支影片傳超快的嗎？」

一到學校，同班同學田島俊平立刻找上他。祐介將運動背包放在桌上，轉動脖子鬆開僵硬的肌肉。入學時要到的新運動背包的商標，在日日的粗魯對待下被磨花了。拉鍊中透出的紅色，是胡亂塞進去的足球社用運動服。

「哪支影片？」

入座後的祐介這才抬起頭望向俊平。俊平順手撥開翹起的頭髮，來到祐介隔壁的位子坐下。他曬得黝黑的手中，握著之前才換新機的智慧型手機。

「就是那支影片啊。週五幸大傳來的那支。」

俊平將畫螢幕對著祐介，指頭一按下影片播放鍵，音響便傳出微弱的慘叫聲。為了不被看穿心中的激動，祐介板著臉凝視輕薄的液晶螢幕。一名女學生的身影投射在畫面中央。

「……是川崎朱音。」

他不經意脫口而出，一旁的俊平點點頭。

翻越屋頂的圍欄後，少女一度依依不捨轉身回望。深藍色的裙子隨風飄蕩。冷不防地，那付嬌弱的身軀就從屋頂一墜而下。扭曲的陰影投射在染上暮色的校舍牆面。

這支影片拍到了一名女學生從教學大樓跳下的瞬間。

「……我看過啊，但這影片沒什麼好大驚小怪的吧。」

「怎麼會，拍到自殺的關鍵時刻很神耶。再說她還是同校學生喔？」

「是沒錯，可是我跟川崎又不熟。」

「我也不熟啊。不過該怎麼說……想到同校的人死了，感觸也會特別實際吧？再加上看了這樣的影片，會在意也算是人的天性。」

「在意什麼？」

見到祐介一臉疑惑，俊平不知怎地露出嚴肅的表情。他以試探的眼光望著祐介，接著用若無其事的口氣說：

「當然是在意川崎朱音為什麼會死嘍。」

祐介無意識之間吞了一口口水，抓著制服褲的手，不知何時手汗冒個不停。

「俊平，你怎麼看？」

就在祐介提出這個疑問時，擴音器傳來上課鐘聲。「糟糕！」俊平啐了一聲將手機藏進書包的同時，導師走進了教室。

「好啦，打鐘了。快回座位。」

一聲令下，聊得正開心的學生如鳥獸散回到自己的座位。教室的喧囂在瞬間消散，所有人的視線都集中在老師身上。祐介非常中意這副在明星高中司空見慣的景象。

嘩啦嘩啦的雨聲隔著透明玻璃傳入耳中。看向窗外，操場積了好幾個水坑。進入梅雨季節，這一陣子天氣不好的日子變多了。社團活動暫停確實值得高興，但一直下雨也很無聊。

「不要忘了拿掉絕對值的條件，這裡的X只可能是負數。」

語氣熱烈的數學老師在黑板寫下算式。這則問題上星期補習班才教過。祐介忍住呵欠，摸索起口袋。他小心翼翼避開老師的視線，在桌子下玩起手機。打開資料夾，裡頭裝著跟前不久俊平給他看的影片一模一樣的檔案。

這段被上傳到社群網站的短影片，在學校裡頭火速散播。校內大概沒有人不曾看過這支影片。想起今天早上俊平得意的表情，祐介忍住笑意。

二班的川崎朱音死亡，是在距今四天前星期五放學時。當天沒來上課的川崎，從頂樓跳樓自殺。原因不明，也沒留下遺書。有幾名女學生碰巧待在川崎掉落的北棟後門現場，但據說在她們找老師來的時候，川崎已經嚥下最後一口氣。

為何川崎朱音會死在教學大樓後方？

如果川崎是想要引人注意，就不該選教學大樓後方，而是面向操場跳樓。追根究柢，從選擇北棟開始就很奇怪。特殊教室都集中在北棟，大部分教室皆大門深鎖。與普通教室居多的南棟不同，沒有學生留在那裡。如果想對某個人展示自己的死亡，在南棟面對操場跳樓效果最好，她卻沒這麼做。

救護車抵達自殺現場，事情瞬間傳開。隔天雖然是星期六，校方仍召集學生到校，進行關於霸凌的問卷調查。聽說知道內情的學生還被個別找去問話。此後還召開家長會，不過沒有令人眼睛一亮的線索。

祐介再次按下影片的播放鍵，陷入思考。以常識來說，自殺的人沒留下遺書很奇怪。懷疑到他殺上頭去也是人之常情。聽說星期六舉行的家長會也冒出同樣的問題，但學校堅決否定。

川崎朱音是自殺。沒有發生霸凌。問卷調查也沒有學生回答有霸凌現象。儘管對學校的說明不滿意的家長不在少數，倒也沒有人表示異議。這是因為川崎的雙親明言不希望女兒的死鬧大。川崎朱音的自殺騷動就在轉眼間冷了下來，目前絕大多數的學生都恢復了日常生活。

到了放學雨停了，天上是一片純淨的青空。祐介不經意撞見自己倒映在玻璃窗上的臉，發現整理好的劉海亂了。用中指撥開黑髮時，俊平的臉湊近了自己窗中倒影的肩頭。

「弄完了沒？」

「要你管。」

被撞見這一幕感到丟臉的祐介輕輕捶了俊平的肩膀。「奇怪耶你！」俊平裝出發怒的聲音，嘴角卻含著笑意。

「聽說今天有社團活動。我以為整天都會下雨就大意了。祐介，你帶運動服來了嗎？」

「帶了。」

「真的假的，我就沒帶。」

「你穿體育服不就行了？」

「你說土到爆的那件？一定會被取笑。」

見到俊平踏出腳步，祐介連忙將運動包揹上肩頭。社團用的運動服、水壺、便當盒。光是放進這些東西幾乎就佔光了包包的空間，因此他將家庭作業不會用到的教科書都放在桌子裡。

俊平突然想起什麼似的，開口說：

「對了，聽說上次模擬考的成績，四班又反敗為勝了。」

「四班追趕的速度還是一樣快，中澤又是停在第二名？」

「對對對，大概只有他考到第二名還有怨言。」

一踏出走廊，冰冷的空氣擦過祐介的脖子。雖然雨停了，空氣仍有些潮濕。黏附在肌膚上的觸感令人不悅，祐介皺起眉頭。

「真不想看到志願分析結果，我寧可一輩子二年級。」

「我懂。真不想升三年級，也不想考大考。」

「不過畢業旅行也在上個月結束了，算起來重大活動也只剩下大考了吧？」

「你也太急躁了。」

俊平大概是想吐槽他，拍了一把祐介的背。力道猛烈到讓祐介不禁咳了出來。他雖然是個好人，偏偏就是下手不不知輕重。

「對不起啊。」

「你真是一身怪力。」

「是你太虛弱。」

忽然之間，俊平停下腳步。追著他的視線，才發現他正緊盯著通往頂樓的樓梯。祐介將運動包背帶重新揹好，凝視著俊平。

「你有興趣？」

俊平沒回答。朋友的沉默令祐介不太自在，視線自然垂落腳邊。俊平穿室內鞋時習慣把後跟往內踩。長褲的褲腳只到腳踝上方，顯示出他比入學時又高了一點。

「祐介，你知道嗎？」

俊平轉向祐介。不過是四目相對，不知怎地心臟重重地跳了一下。祐介不想讓俊平看穿自己的心慌，以平淡的口吻回話。

「知道啥？」

「川崎死掉那天頂樓沒鎖。」

「是喔？」

「聽說是工友兩週前弄丟鑰匙。大家都說那天川崎就是用遺失的鑰匙進入頂樓。這部分的管理問題在家長會時，好像還引起了一番論戰。」

俊平一次跨兩階登上樓梯，呆立原地的祐介這才急急忙忙跟上。兩人離開三樓，直直朝頂樓前進。頂樓的樓梯間很狹窄，通往屋頂的門大剌剌地掛著禁止進入的告示牌。上頭寫著消防用的水桶堆疊在地上，底部積了微微一層灰塵。

俊平握住門把，喀噠喀噠用力轉動，但門毫無開啟的跡象。看來鎖已經換新了。

「啊，果然鎖起來了。」

俊平說完，遺憾地垂下肩膀。

「怎麼可能不鎖，這裡可是自殺現場。」

「是沒錯啦，我只是想碰碰運氣。」

聽見祐介的話，俊平難為情地垂著眉頭露出笑容。祐介輕輕伸出手，指尖順著禁止進入的字樣掃過。

川崎朱音就是在這扇門的另一端結束自己的生命。

「拜一下再走吧。」

語畢，俊平在門前合掌。祐介漫不經心地望著他雙手合十、垂著頭向前伸出的側臉。圍著眼皮而生的睫毛纖長，薄唇因乾燥略略脫皮。腳尖規規矩矩地併攏，平常敞開的襯衫如今扣到第一顆扣子。說不定這個人打從一開始就是為了默哀才來到這裡。不自然的沉默支配了這個地方。為了掩飾閒得發慌的手，祐介從口袋取出手機。這小小的電子裝置，帶給祐介無限的娛樂。

「你不拜嗎？」

充分品味寂靜之後，俊平頂著一張心滿意足的臉看向自己。祐介把手機塞回口袋，默默搖頭。

「我就算了。」

我才不要這麼假惺惺，真心話差點脫口而出，千鈞一髮之際又吞下肚。一臉不滿的俊平流暢地解開頸邊的扣子。襯衫敞開，露出鎖骨。白色領口隱約可見黑色內搭。

「好啦，趕快去社團吧。」

祐介推著眼前朋友的背，像是要推散緊張的空氣。

「學長好。」

設立在操場的組合屋，是為運動社團打造的社辦。一踏進足球社的社辦，身穿運動服的一年級便向來人鞠躬。兩人揮揮手回應，將身上的東西塞進置物櫃。三年級坐在排放在室內中央的長椅，開開心心打起電玩。貼在牆上的日程表寫著基礎訓練的項目，但沒有任何一名社員老實照做。在本校不成氣候的足球社裡，根本找不到認真玩社團的傢伙。

「你們也太慢了。」

出聲的人是二年級的吉田幸大。大概是因為剃了平頭，常有人誤以為他是棒球社員。

「抱歉，中途去了別的地方。」

聽見俊平的說詞，幸大傻眼地聳起肩。

「怎麼會有人在社團開始前閒晃？」

「要你管。不提這個，高野呢？」

「她請假。」

「不會吧。」

見到露骨地展現失望的俊平，幸大戲謔地揚起嘴角。祐介無意加入話題，在兩人背後拿出手機。啟動通訊軟體，社內聯絡用的足球社群組多了一條來自高野的簡短訊息，我今天請假。

高野純佳是足球社唯一的經理。她是個一如想像的好學生，在班上擔任班長。雖然不算起眼的類型，仔細一看也有張端正的臉。她體貼周到為人優秀，最重要的是胸前雄偉。雖然不是自己喜歡的類型，要是她主動求愛，也是可以跟她交往。

「俊平你不知道嗎？」

「不知道啥？」

「高野為什麼請假。」

「身體不舒服吧？」

「其實啊……」

說到這裡幸大稍作停頓，環視四周。其他社員全都聊得正起勁，完全沒注意到兩人。即使如此幸大還是對旁人顧忌有加，壓低了音量。

「聽說高野跟川崎朱音是兒時玩伴。」

「真的嗎？」

俊平瞪大雙眼。真的真的，幸大點頭肯定。

「而且她當時也在頂樓。」

「所以她看到川崎死掉的那一刻？」

「天啊，目擊兒時玩伴死掉也太難受了。高野好可憐。」

見到俊平坦率地露出同情，幸大則是一臉複雜。祐介感受到他的情緒反應，手臂搭在俊平的肩膀上，硬是插入對話。

「幸大好像不太同情高野啊。」

被一語道破的幸大猛然僵住。俊平噘起嘴。

「祐介，你沒頭沒腦插什麼話？」

「沒啊，聽了剛才的話，會傻傻認為高野很可憐的，就只有你了。」

「為什麼？她很可憐啊。」

俊平似乎真的不懂自己的弦外之音，訝異地歪著頭。祐介深深地嘆了口氣，指尖敲敲轉暗的手機螢幕。

「你想想看，川崎死的時候高野也在頂樓喔？她怎麼可能是碰巧在場，這之中一定有鬼。幸大就是這麼想的。」

「是喔？」

「不要突然丟球給我啦。」

看到俊平清澈的眼神，幸大一臉尷尬，看來他不想被人認為自己懷疑同社團的夥伴。

俊平望向自己，請求裁示。

「祐介也覺得高野很可疑？」

「一般人都會這麼覺得吧。」

「可是高野人很善良，她一定不會做壞事。她每次調運動飲料，都會幫我調我喜歡的濃度……不對，這跟運動飲料無關，總之她人真的很好。」

只不過是為同年的女同學說話，俊平的辯護也太用力了。該不會他……祐介與幸大對望一眼。俊平完全沒注意到兩人的視線接觸，仍滔滔不絕地講述高野是個多溫柔的人。

「她在班上好像也頗有人緣，對大家都很體貼，兒時玩伴死了一定讓她很心痛。這種時候還是別說些有的沒的，應該說我覺得我們最好不該懷疑——」

「俊平，你喜歡高野喔？」

祐介打斷對方的話，開門見山提問。原本流利掀動的嘴瞬間靜止，臉在轉眼間變得紅通通的。幸大喜孜孜地呵呵笑了起來。

「這麼說來，我記得你喜歡清純類型的。」

「真是老套。」

「要你們管。」

俊平輕敲嘲弄他的兩人肩膀。襲來的力道讓祐介屏息。俊平還是一樣一身怪力。只不過被打也是活該，他沒有怨言。

「抱歉啦。」

幸大摩挲著肩膀，以輕鬆的口氣致歉。俊平似乎還不太開心，抱著手臂矗立在原地。幸大搔搔後腦勺，連忙出言安慰。

「也對，只是請假就懷疑對方可不太好。她們那班好像還有其他人也請假。」

「誰？」

「近藤理央，就是美術社那個很不起眼的社員。我去年跟她同班。近藤在川崎跳樓時，剛好就在教學大樓後側。」

「剛好，這怎麼可能？」

「我怎麼知道。還有，那個夏川莉苑雖然來上課，不過聽說她當時也在教學大樓後側。」

打從入學起，夏川莉苑這個名字就傳遍了全學年。她以第一名的成績通過入學考試，至今在模擬考中維持全年級第一。對明星學校的學生來說，成績就是種能力數值。天縱英才的她在這間學校也是格外突出。

祐介試圖回想夏川的臉，腦海卻只浮現模糊的膚色輪廓。說起來祐介從未與夏川直接交談過，他當然不可能清楚記得她是什麼長相。

「近藤與川崎感情很好嗎？」

「誰會知道女生的人際關係啊。」

對於祐介的問題，幸大給了一個茫然的回應。俊平歪起頭疑惑地問：

「你怎麼會對這個感興趣？」

「我只是在想，不過是發現點頭之交的屍體，怎麼會請假？」
祐介真的不懂，俊平卻錯愕地翻了個白眼。
「怎麼不會？目擊同班同學死掉是很大的打擊。我一定受不了。」
「是喔？」
如果要好的朋友死亡——比方說俊平或幸大死了，祐介想必會很難過。他可能會接受彼此再也無法相見的事實，後悔自己呆頭呆腦地虛度日常生活。但要是死了一個普通的同班同學，又跟她在活著的時候沒來上課有什麼不同？不管她是死是活，都沒有多大的差異。
「差不多該開始練習了，大家快換衣服。」
方才正沉迷於遊戲的社長緩緩起身。穿著制服閒聊的社員慌慌張張脫下襯衫。俊平套上皺巴巴的體育服，重重地嘆口氣。
「天啊，好想趕快回家。」
就是說啊，祐介在內心同意。

一回到家，祐介便直奔房間。關上門躺上床，這才終於有了回到家的感覺。
「啊……」
祐介將頭靠上枕頭，拿出手機。面對天花板，日光燈的光芒令眼睛刺痛。烙印在視網膜上的殘光大肆佔據視野中央。祐介在手機螢幕上比劃，播放那支影片。

川崎朱音跨過圍欄。她一度回頭，接著腳步輕快地朝空中踏出步伐。音響發出女學生吵雜的慘叫聲。鏡頭緊跟著墜樓的川崎身體，在接觸地面前焦點突然移向頂樓。這是拍攝者為避免影片變得血腥而做的安排，以讓多數人觀看為前提的運鏡。畫面的邊緣有花瓣一類的物體隨風飄揚。一名少女探出身子，從頂樓的圍欄向下看。影片總是在這裡結束。

「啊……」

他一次又一次按下播放鍵。影片重播無數次，同樣的光景重現無數次。單薄的慘叫聲，墜樓的少女，這一切都令祐介感到興奮。堆在垃圾桶的面紙山，成了沒能化作生命的蝌蚪墓園。

「祐介，開飯了。」

母親的聲音從一樓傳來。父親還沒回到家，想必今天也要加班。祐介將充電器插上手機，握著手機朝天花板伸伸懶腰。

「再不下來，菜就要涼了。」

「不要催啦！」

說完祐介刻意踩著重重的腳步走下樓梯。一踏進客廳，大蒜刺激的香氣竄入鼻尖。看來今晚的主菜是炒蔬菜。盤子上盛放的蔬菜似乎炒過頭了，略帶褐色。

「我開動了。」

母親在用餐時總是會合掌祈禱。連時常碰水而粗糙的指尖都貼得整整齊齊，讓祐介想起了放學後俊平的模樣。

與母親雙人對坐的餐桌讓他有點不自在。祐介像是要填滿沉默似的，將白飯往嘴裡送。夾起裝在小缽裡的煮豆時，母親緩緩開口：

「對了，你們學校是不是有個女生死了？我今天在超市遇到福澤同學的媽媽，聽說現在鬧得很大。早知道的話，媽媽還真希望自己能去星期六的家長會。」

「是啊，老師都手忙腳亂的。」

「果然有霸凌嗎？」

「不知道，學校是說沒有啦。」

「誰知道是不是真的，媽媽覺得一定有鬼。說起來沒有遺書這點就不對勁了吧？聽說老師在家長會的時候提過，那個叫朱音的女孩跳樓時，有個女孩在屋頂。那女孩應該就是兇手吧？」

她的語氣聽起來有點輕佻，彷彿是在推測電視劇裡的兇手。

祐介把臼齒磨碎的豆子吞進肚裡，默默看向母親。

「兇手……媽媽妳覺得川崎是被某個人推下去的嗎？」

「我也不敢一口咬定，但至少有這個可能吧？畢竟她們是正值青春年華的女孩，大概是為喜歡的男生爭風吃醋吧？」

這番荒唐的推理讓祐介不禁皺起眉頭。祐介不太喜歡母親這個老毛病，她老是會對男歡女愛的話題過度反應。

「誰會為了這種事殺人啊，又不是白痴。」

「就是會。」

母親如此斷定。

「女人只要扯上感情事，可是很恐怖的。連人都殺得了。」

「妳太誇張了。」

「我一點也不誇張。你也要小心，別被怪裡怪氣的女人纏上。」

「是是是。」

到頭來母親似乎只是想擺出無所不知的臉孔跟兒子上兩性關係的課。祐介不想繼續待在原地，一口氣掃光盤子上的飯菜。

隔天的天氣也很差。下個不停的雨漸漸增強雨勢，通學路上充滿了五顏六色的傘。祐介扯了扯深綠色的傘面，傘變得柔韌，雨水也從該處滴落。他把沾濕的指尖往自己的襯衫抹一抹，眼神飄向走在前方的兩人。

「伴手禮帶超商的布丁就可以了嗎？」

「應該吧，班上女生說高野喜歡那個。」

俊平提著的塑膠袋裡裝著超商販售、略微高價的布丁。我們去看高野吧。本日社團活動暫停的通知一傳來，俊平便興高采烈地這麼提議。祐介不做多想地答應他，除了對朋友的戀情發展存著看戲的心態以外，更是想親眼確定目擊自殺現場的高野現在處於什麼狀態。

「不過突然有三個臭男生上門，會不會讓她感到困擾？」

「果然不太好嗎？」

「我是絕對不要。」

這句話讓俊平大受打擊，開始手足無措。幸大開口安撫他：

「沒關係啦，我先跟高野聯絡過了，跟她說過要送社團練習表過去給她。」

「哦，幸大真有一套。不愧是下一任社長。」

「這個跟那個沒關係吧。」

聽見下一任社長這個稱呼，幸大看來也不太排斥。據說有社長這個頭銜，在考大學的時候比較容易拿到推薦名額。乍看之下是個樂於奉獻的人，其實意外是個心機重的傢伙。在這點上，俊平倒是表裡如一。

「唉，希望高野不會感到困擾。」

見到俊平一臉鐵青頻頻摩挲手臂，祐介與幸大相視而笑。戀愛中的男人，是世界第一越看越好笑的生物。

「是那邊吧？」

幸大對照著手機的地圖畫面，指向路的前方。高野的家位於學校徒步十五分鐘的地點，略略遠離住宅區的老舊平房。門外有一尊手持WELCOME板子、穿著紅鞋的兔子擺設。

「喂，你快上啊。」

被祐介一推，俊平戰戰兢兢按下對講機的按鈕。破壞緊張感的電鈴聲響起，對講機傳來沉穩的女性聲音。

「您好，請問是哪位？」

「不好意思，高野同學在嗎？我們是足球社的社員，帶講義來給她。」

「哎呀，是純佳的朋友啊。等我一下。」

隔著機械聽到的母親嗓音，與高野擁有相似的沉穩。俊介大概很緊張，時不時清起喉嚨。幸大則是在意起儀容，整理起襯衫的領口。祐介覺得這兩個人很蠢，卻也用手指整理起自己的劉海。

幾分鐘後，門終於開啟。高野堵在打開的門縫中現身。

首先映入眼簾的是她蒼白的臉色。她的嘴唇毫無血色，一雙杏眼黯淡消沉。

「不好意思，麻煩你們冒雨過來。」

說出這番話的高野，穿得比平常居家許多。條紋內搭的外頭套了一件灰色連帽上衣。線條纖細的牛仔褲褲腳向上捲到腳踝。祐介不經意地吞了口口水。平常被襯衫掩蓋的胸口，如今正大膽地見客。視線若是順著滑膩的肌膚向下望，高聳雙峰之間的深溝無論如何都會闖入視線。

一身頹廢氣息的她，遠比平常更加美豔。

「淋到雨就慘了，你們進來裡面吧。」

三個人在她的首肯之下踏進玄關。擠進三個正值成長期的男高中生，這個僅為穿脫鞋子設置的空間稍嫌狹窄，然而高野卻毫無邀請三人入內的意思。

「對不起，我還沒恢復過來。」

語畢，高野困擾地垂下眼角。唇間吐出的聲音有些沙啞。升上高中進入足球社，已經過了一年又幾個月。跟擔任經理的高野也來往了好一段時間，卻是第一次見到這麼毫無防備的她。

「沒關係，我們不是要催妳，只是很擔心妳狀況好不好。」

俊平迅速說完這一串話。話裡不知道是哪個字觸動了高野，使得她咬緊下唇像是在忍耐什麼。她皺起眉頭，惡狠狠地盯著俊平遞出來的塑膠袋。

「……高野？」

俊平無法掩飾疑惑歪起頭。此時高野才回過神來，唇間露出虛弱的笑容。

「抱歉，沒事。」

她細長的手指掂起塑膠袋。俊平一臉恍惚地呆立在原地。高野輕輕地笑了。

「謝謝你們來看我。」

此後經過一番閒聊，三人離開了高野的家。達成了一項重大的任務，俊平的腳步遠比去程輕快許多。友人邊哼歌邊踏步的悠哉模樣看得祐介好不順眼，他毫不掩飾驚愕地奚落起來。

「你一直盯著高野的胸部看。」

「我才沒有。」

「少騙人。」

被祐介點破的俊平聲調變高了。將俊平的辯解當作耳邊風，祐介繼續前進。圍欄另一邊奔馳的汽車每台都接受了雨的洗禮，每當大大的輪胎輾過水灘，汙濁的液體都會順勢濺起。

「不過今天的高野感覺好性感啊。」

悄聲說出這個感想的這個人不是俊平而是幸大。

「就是說啊！」俊平樂呵呵地附和。

「怎麼說咧，有種未亡人的感覺。」

「不知道高野有沒有男朋友。」

祐介無視被美色沖昏頭的兩人，回頭看向高野的家。不管高野長得多漂亮，只要區區乳溝就能攻陷也太丟臉了。祐介將手插在腰上，大剌剌地嘆起氣來。

「就算她沒男朋友，你們癩蛤蟆也別想吃天鵝肉。」

「我知道，好嗎？」

聳肩的幸大身旁的俊平也出聲抗議。

「不能這樣說，作夢是每個人的自由。不是都說在女生脆弱時對她溫柔，她就會愛上你嗎？」

「難不成你就是為了這個才說要去看她？」

「不過你打從一開始就是這種人呢。」

無法置信的目光分別兩個方向投射而來，令俊平逃也似地加快了腳步。他將傘斜向前方，背部被雨水打濕。這樣子撐傘還有什麼意義？望著他逐漸遠去的背影，祐介低語：

「那傢伙真是個笨蛋。」

俊平老是搞這種飛機。只顧著注意眼前的事，從沒察覺重點。要是他無法冷靜環視四周，總有一天會吃到苦頭。

哈哈。耳邊傳來笑聲。朝身邊一望，幸大笑得肩頭直打顫。

「你是怎樣啦。」

見到怒目相向的祐介，幸大趕緊收斂表情。他的雙唇緊揪成一字形，大概是為了憋笑吧。

「我剛說的話有這麼好笑嗎？」

「對不起啦。我只是覺得祐介你真了解俊平。」

「啥？不要說這種噁心巴拉的話。」

見到不經意繃起臉的祐介，幸大賊笑起來。

「你幹嘛要害羞啊，感情好是好事啊！」

開開心心地如此宣言後，幸大將傘高高舉起。隔著在超商買的廉價塑膠傘，可以清楚見到青空自濃雲的縫隙之中露面。

祐介一回到家，立刻就躺在床上。小學時家人幫他買的書桌，對現在的祐介來說有點太小了。書櫃上排放的參考書全是為了準備考大學，母親幫他買回來的書。

雨天的空氣總有些沉重。閉上雙眼，不久前高野的身影就會在眼底浮現。雜亂的黑髮、鐵青的嘴唇。袒露在外的肌膚十分蒼白，還散發出幽幽的香氣。客觀來說是很有魅力。祐介也十分清楚為何俊平與幸大會被她的外貌所吸引。

但我不會受騙。

祐介拿出手機，播放那支影片。這支影片他已經重播過無數次了。在那一幕暫停，就能看到屋頂的人影。影片解析度太低，無法辨別對方的身分，但從已知情報推斷，這個人想必就是高野純佳。

川崎朱音為什麼會死？如果她想悄悄赴死，為什麼要選擇在學校結束生命？為什麼她沒留下遺書就從屋頂跳樓？越是深入思考，祐介腦中某個疑問就越是強烈。

川崎朱音真的是自殺嗎？會不會正因她無意尋死，才會沒有留下遺書？

「喂，高野。」

——是妳殺了川崎朱音嗎？

沒有人回答隔著螢幕提問的他。

「一之瀨祐介。」

被點到名的祐介以緩慢的動作起身。星期四第四堂課是導師時間。站在講台的班導師正在發放上個月模擬考的成績單。有許多高中都參加了模擬考，可以得知現階段自己的學力程度。

祐介從導師手中接過成績單，在桌上攤開。志願欄上填寫的校名全是同一間。社會學系、文學系、經濟學系、國際學系。私校只要換一個學系，就可以有多次報考的機會。祐介沒有想去大學念的學系，他只是愛面子想去有名的大學。

「你B級啊？」

一抬起臉就見到俊平正在擅自偷看自己模擬考的結果，祐介聳聳肩。

「才二年級，差不多吧。」

「聽說中澤所有志願都A級耶。」

四班的中澤博是俊平的童年玩伴。他是擅長數學的全年級第二名。從中學時代就沒加入社團，目前是圖書委員。

被歸類為書呆子的中澤與祐介幾乎沒有交流。即使如此他仍比一般學生了解這個人，都要歸功於眼前的人時不時提起中澤的名字。

「拉他一起念書，說不定你也會變聰明喔。」

「呃……但我看他大概不願意吧。」

「你們不是童年玩伴嗎？」

「童年玩伴也是有合不合拍的問題啊。我跟中澤屬於不同種類的人啦……祐介你要是跟中澤獨處，也很尷尬吧？」

「說得也是。」

中澤不是壞人，就是冥頑不靈了點。祐介也感受不到跟這個人廝混有什麼好處，實在沒有與他積極交流的意思。

「這麼說來……」俊平說到這裡頓了一下，接著壓低聲音繼續，「中澤好像在跟川崎朱音交往。」

「啊？」

祐介不禁失聲，俊平連忙抓住他的肩膀。

「不要這麼大聲啦。」

「我才沒有。」

祐介反射地揮開他的手，撐著手臂托起腮幫子。

「真是的，不要再讓人際關係變得更複雜，好嗎？」

「什麼意思？」

「跟你無關。」

祐介把模擬考成績單翻到背面，找了一個空位寫上「川崎朱音」，並在兩邊又寫上「高野純佳」與「中澤博」。

「中澤與川崎在交往，然後川崎跟高野是童年玩伴。」

「沒錯沒錯。」

俊平乖乖附和祐介的說明。祐介接著又在圖上加入了其他名字。

「川崎跳樓那天，高野出現在本來應該封閉的屋頂上。再加上夏川莉苑與近藤理央兩人碰巧在平常沒有人煙的教學大樓後方，目擊到現場。」

「不過這只是傳聞。」

「時間是在傍晚，川崎朱音當天沒來上課，然而她特地來到學校上了屋頂。川崎有個男朋友，無法想像她正值人生低潮，也沒留下遺書。不覺得用自殺解釋，有太多疑點了嗎？」

「有、有道理！」

對這個說明大感佩服的俊平拍拍大腿。他從自己的口袋取出手機，播放那支影片。不知道從這支影片能不能找出更多其他線索？相對於一臉嚴肅地凝視著手機畫面的祐介，俊平則是傻乎乎地歪著頭。

「唉，想破頭也搞不清楚。」

「我想也是，線索實在太少了。」

「那我們想了也是白想吧？」

「這也未必，說不定可以從哪裡挖出直通真相的線索。」

「真相啊。祐介，你為什麼想知道真相？」

「這還用問，一般人都想知道吧？你不好奇嗎？」

「我當然也好奇啊。現在這樣就像是少了解謎部分的懸疑劇。」

俊平在此停頓，並停止播放影片。深灰色的眼眸緊瞅著螢幕裡的少女。

「不管怎麼樣，在這裡聊也聊不出新線索。要是你想認真調查，最好聽聽夏川的說法。」

「為什麼要找夏川？不是還有其他目擊者？」

「因為高野跟近藤都不來學校。」

「可是我沒跟夏川說過話。」

「沒問題啦，你在女生之間意外地還滿吃得開的。」

自信滿滿地如此宣稱的俊平，讓祐介感到無力。他手中的手機螢幕，仍停留在同一個景象。

宣告午休的鈴聲響起，學生一同拿出午餐。祐介看也不看陷在運動包底部的便當盒，迅速離開教室。目的地是二年二班，那是夏川莉苑的班級，也是川崎朱音的班級。祐介所在的三班與二班之間幾乎沒有距離，但祐介對二班完全陌生。他對沒有熟面孔的教室毫無興趣。

二班的門原本就開著，祐介手扶著牆壁朝裡頭張望。

「我這個星期天要去社團。」

「不會吧！那廣播社的人不能去遊樂園了喔？要改天嗎？」

「沒關係啦。我們三個下次自己去，妳們五個去玩吧。早苗妳想參加星期日的活動吧？」

「那下次再加上理央，我們八個人一起去玩吧。說好了喔。」

一群打扮樸素的女學生在走廊附近的空間吃著午餐。七人團體顯得聲勢浩大。其他學生則形成人數較少的團體，隨心所欲地度過各自的時光。教室裡的氣氛平靜，那副景象就像是日常這個詞語的實態。

「咦？二班的人有何貴幹？」

待在教室內側的女學生大概很在意祐介擋在路上，朝他出聲搭話。綁成兩束的頭髮尾端翹得圓圓的。劉海底下有一雙烏溜溜的大眼，造就了她一張娃娃臉。

「我在找夏川莉苑。」

「我就是莉苑。」

「啊，是喔？」

祐介莫名感到不好意思，將手靠上自己的脖子。看來眼前的少女就是傳說中的夏川莉苑。歪著頭的少女制服襯衫乖乖扣到第一顆扣子，紅色領結垂落在扣子前。真不愧是全年級第一名，規規矩矩的服儀頗有好學生的風範。

「關於川崎的事，我想請教一些問題。」

「朱音的事？」

夏川的臉抽搐一下。她慌慌張張環視四周，指了指門外。

「這件事不能在教室談，可以去別的地方講嗎？」

早在祐介答話之前，夏川已轉過身去。祐介不發一語追趕著筆直前進的少女嬌小的背影。從逐漸遠去的教室中，傳來許多少女的笑聲。

「來這邊。」

夏川的目的地是北棟後門的狹窄空間。這裡位於與道路鄰近的邊緣地帶，四處都架起了綠色的圍欄。這裡設置的洗手台因為老舊而顯得破爛不堪，祐介也只有在操場的洗手台客滿時才會過來使用。

「這裡沒什麼人。」

夏川把手擋在眼睛上方仰望屋頂。川崎朱音就是從那個地方對著這裡跳樓。屍體墜地的地方已經過清掃恢復原狀。

「抱歉打擾妳午休，妳不用吃飯嗎？」

「沒關係。對了，你叫什麼？」

夏川露出燦爛的笑容歪起頭。這麼說來他還沒自我介紹過。祐介盡可能做出討人喜歡的臉色，有意識地抬起嘴角。人不可貌相，祐介很擅長陪笑臉。

「我是三班的一之瀨祐介，足球社的。」

「你是足球社，所以是純佳的朋友嗎？」

「純佳是說高野嗎？算是吧。」

「純佳在足球社表現如何？」

「她是個優秀的經理。」

「我就知道。」

夏川很驕傲。又是「朱音」又是「純佳」，她說出朋友名字的聲音中帶著一股親近感。彼此的關係大概不錯，無論是跟高野還是死去的川崎朱音。祐介無意識地碰了口袋裡的手機。

「那麼，你想問我什麼事？剛才你說過是朱音的事，該不會一之瀨同學在調查這件事吧？」
「是啊。」
「這樣啊。」
一瞬間夏川的眼神變得銳利，嘴唇欲言又止地微微顫動。一陣讓喉嚨感到煎熬的緊繃襲向祐介。夏川抬起眼直盯著他，最後表情轉趨柔和，露出了一個純真的微笑。
「那你想問朱音的什麼事？」
這女人真難對付，祐介在內心咋舌，從那副千變萬化的表情實在無法看穿她的想法。過於浮誇的情緒反應給了祐介矯揉造作的刻意感。
「妳那天天在這裡親眼目擊川崎死亡的那刻，對吧？」
「對。我陪理央在這裡，結果朱音就從天而降。」
從天而降還真是個嚇人的說法。以說明朋友的死亡的角度來看，總有種置身事外的感覺。祐介用手指梳開劉海，以掩飾皺起的眉頭。
「妳說的理央是指近藤吧？」
「對啊，近藤理央，同班同學。」
「妳跟近藤那天為什麼會待在這裡？」
「只是巧合，我偶然看到理央在這裡。」
她就坐在那裡，夏川指向設置在角落的老舊長椅。塑膠製的長椅久經使用，油漆全都褪色了。

「近藤在這裡做什麼？」

「這……」

夏川刻意別開視線。

「詳情是祕密，不過理央當時在撕信。」

「啥？」

出乎意料的回答讓祐介不禁失聲。啊，夏川的臉突然脹紅起來。

「信的內容是祕密。」

「先不提內容，光是撕信這個狀況就難以理解。」

「這件事背後有很多原因。那起事件發生後，我雖然也跟老師一起找回撕碎的信，現在仔細找找看應該還是找得到碎片。你要不要找找看？」

夏川說著說著便凝視起排水溝。大概是昨天的雨所致，水路的壁面還殘留著隱約的褐色線條。應該是水位的痕跡。夏川舔舔嘴角，將手直接伸進水溝裡。

「等等，妳在做什麼？」

夏川在眼前採取的行動讓祐介嚇了一跳。當事人倒是不太在意，在水溝裡繼續挖找。

「喔，找到了。」

說完她撈起某個東西，她的指尖夾著一張紙片，不知道之前卡在哪裡。儘管吸收濕氣皺成一團，仍然保有能夠辨識為紙的狀態。

「手伸出來。」

祐介在催促之下伸出手，夏川把紙片放在他手上。定睛一看，可以見到紙張呈現淡淡的粉紅色。

「我才不要。」

「你就收下嘛，做個紀念。」

噗嘰，夏川發出奇怪的笑聲。原本好端端的可愛外貌，全被這個詭異的笑聲糟蹋了。

她踩著小跳步走向洗手台，仔細地清洗起自己的手。手曾經伸進排水溝，想來也是理所當然。

祐介的視線自然飄落在教學大樓的陰影中。他以腳尖踩地，這是他受驚時的習慣動作。

「夏川妳居然有辦法來學校。」

祐介朝著一心一意搓起肥皂泡泡的夏川背影說出這個誠實的感想，她沒回頭。

「什麼意思？」

「一般的女生要是朋友死了，應該超級難過吧？實際上高野跟近藤都沒來學校，但妳在川崎死後都來上課了。」

「很奇怪嗎？」

「我是覺得，人家嫌妳奇怪也無可厚非。」

夏川打開水龍頭，仔細用水洗淨被白色泡沫覆蓋的手指。

「因為我不像純佳那樣，跟朱音從小認識啊，再說我很明白不來上學也於事無補。」

「於事無補是指？」

「就是字面上的意思。不管我做了什麼，朱音都無法起死回生，所以我關在家裡悶悶不樂也沒意義吧？」

這段與其他學生截然不同、不帶感傷合情合理的理由，讓祐介頗為欣賞。夏川從裙子口袋拿出手帕，擦掉手上的水滴。祐介覺得她的手很漂亮。

「妳的精神真強韌。」

「會嗎？我自己不這麼覺得。」

祐介說這話是稱讚的意思，但夏川的反應卻不怎麼樣。她調整好及膝裙的摺子，轉向祐介，睫毛環繞的雙眼閃爍著濕潤的光芒。

「一之瀨同學，你為什麼想玩偵探遊戲？」

遊戲這個措辭明顯有嘲弄自己的意思。不想被看穿心思的祐介猛然別開臉，手自然而然插進口袋。

「沒什麼，我只是想知道真相。」

「這樣啊，聽起來很帥。」

她的雙唇愉快地勾起，視線直直襲向祐介的手邊。

「在連續劇的世界裡就算了，這種事你最好別在現實世界做。」

「為什麼？」

他回問的語氣遠比自己預期得還要不滿。或許是因為她先前態度配合，祐介擅自把她當成自己的知音。

夏川對祐介伸出食指。修成圓形的指尖隔著襯衫，開玩笑似地戳了戳祐介的胸膛。她告訴祐介。

「因為一之瀨同學只是個旁觀者。」

回到家裡，祐介立刻倒在床上。他將下巴靠在枕頭上，播放那支影片。少女從屋頂跌落。慘叫聲傳入耳邊。白花花的紙片映入鏡頭邊緣。夕色濃郁，染得畫面滿江紅。

「……那傢伙是什麼意思。」

書桌上放著他拿回家的紙片。吸了水分完全褪色的粉紅色紙片，讓祐介想起了櫻花花瓣。

「我可不只是個旁觀者。」

開啟社群網站，祐介從入口打開個人的帳戶頁面。那支影片的留言區今天也有滿滿的網友意見。這可是匿名帳戶上傳的自殺決定性瞬間。顯示「加入最愛」的數字，比昨天來得更多。

「跳樓的女孩好可憐。她是不是很苦惱？」

「不敢去教學大樓後面了，感覺會有鬼。」

「假的啦，這支影片一定被剪接過。」

「願死者安息。」

「要自殺去不會給人惹麻煩的地方自殺，好嗎？」

「這支影片到底是誰拍的啊？」

關於影片的反應是形形色色。留言的帳戶中也參雜著可能是同校學生的人。被送進茫茫網海的一支影片在瞬間廣為流傳，掀起了巨大的迴響。留言之中夾雜了一段機械式的句子。

「恭喜您，您的發文為熱門話題。」

祐介猛然伸手掩住嘴。即使如此仍掩不住笑意，雙腳好不忙碌地上下拍打。人家都在看這支影片——我拍的這支影片！

「哈。」

祐介渾身雞皮疙瘩。興奮之情經由血管傳遞至全身細胞。熱意令腦漿沸騰，讓理性融化得無影無蹤。

事發那天，祐介碰巧人在北棟後門。操場的洗手台被其他學生佔據，因此他特地跑來空著的北棟教學大樓後門的洗手台。

當穿著社團服裝的祐介走在路上時，交談的聲音無意間傳入他的耳中。隔著牆壁一看，那天很難得有兩個女學生在場，她們背對著自己見不到長相。到了現在祐介也知道，當時在場的人就是夏川莉苑與近藤理央。

其中一名少女抬頭仰望。順著她的視線望向屋頂，川崎朱音的身影映入眼簾。他機警地將鏡頭對準屋頂。祐介把焦距放到最大，以手機錄下了川崎朱音死亡的過程。在此之後祐介瞞著兩人悄悄離開教學大樓後方。同班同學墜樓對兩人來說，想必是相當震撼的事件。她們完全沒察覺到自己的存在。

大考、推甄，在瞬間浮上心頭的詞彙，深深控制了祐介的意識。要是待在現場成了目擊證人，說不定會遭受池魚之殃。再說從那個高度跳樓，自己不管做什麼也無法挽回她的性命。情急之下組織起來的推論，讓祐介選擇逃離現場。

如果我當時留在現場？會衍生出良心苛責的假設，祐介則一概拒絕。當時祐介能做的，就只有拍下這支影片。傳達真相，僅此而已。自己已經盡了所有努力，哪還有該受譴責的理由？

「我們每個人都有知情的權利。」

關掉手機，畫面瞬間轉黑。自己倒映在螢幕上的嘴角，正扭曲地抽動著。

宣告星期五課程結束的鈴聲，聽起來比平常更來得甜美。離開教室的學生都歸心似箭，室內鞋踩出的步伐輕快無比。

「去社團吧。」

俊平輕輕坐上隔壁的桌子搖起雙腿。放在身邊的書包大概沒裝進課本，看起來很扁平。

「聽說今天要跟三年級練傳球。」

「真的假的，好麻煩。」

「不要對學長說這種話啦。」

見到祐介起身，俊平跳下桌子。桌腳搖搖晃晃，祐介見狀皺起眉頭。

「好危險。」

「桌子沒倒，應該還好吧？」

「問題又不在那裡。」

祐介與俊平兩個人光是走在一起，周圍的女學生便會對他們投射熱情的眼光。祐介十分清楚他們兩個長得多賞心悅目。

「對了……」俊平突然停下腳步，身後的玻璃窗外是沒有半點雲朵的蔚藍天空。澄澈的鈷藍色讓人聯想起即將到來的夏日。「聽說高野今天起會回來上課。」

朝他手指的方向一看，可以見到高野矗立在操場邊緣的身影。穿著運動服的她看來正以過往的態度面對社團。長長的黑髮隨著乾燥的風飄揚。這樣啊。聽見祐介的呢喃，俊平露出不太服氣的表情，想來直腸子的他在期待祐介說出更正向的意見。祐介敗給了他的視線，聳肩投降。

「太好了，她終於恢復精神了呢。」

「是啊！」

俊平似乎對祐介的回答很滿意，張嘴大笑。他這般豪爽反倒讓如今的祐介煩悶起來。

這間學校足球社的練習，大致上都是從伸展操開始。先拉開身體的肌肉，再進入傳球或射門的練習。練習有多少效果很難說，他們只是有一搭沒一搭地照著上一代與更久以前的學長規劃的課程練習。

儘管練習時間還沒結束，祐介仍偷偷摸摸地前往社辦。雖然學長偶爾會對翹掉練習的人念上幾句，但這個社團本來就不算認真，社長跟顧問都會睜一隻眼閉一隻眼。

一推開門，就見到待在社辦寫日誌的高野純佳。她將黑色長髮撩到耳後，緩緩抬起頭。

「是一之瀨同學啊，辛苦了。」

與星期三見面時相比，高野的氣色要好太多了。原本蒼白的嘴唇恢復血氣，十分滋潤。及胸的黑髮散發光澤，雙眼也充滿精神。

「現在應該在練傳球，你忘了什麼嗎？」

她這個經理自然也看得出祐介只是來摸魚。祐介不知怎地有些難為情，在長椅上坐下。

日誌的空白逐漸被高野工整的字跡填滿，排列得規規矩矩的文字整齊劃一方便閱讀。

「我來休息的。」

「這樣啊。」

她停下手邊工作，遞出藍色水瓶，是她自己調的運動飲料。

「謝啦。」

祐介沒喝，只是拿在手上。

「你不喝嗎？」

「嗯。」

老實說他實在不敢把高野給的東西送進嘴裡。

高野闔上日誌，深深嘆了一口氣。她望向祐介的眼神不知為何帶著刺，一觸即發的氣氛讓他不禁戒備起來。

「你是不是跟莉苑問了些有的沒的？」

莉苑是指夏川莉苑？夏川親暱地叫著「純佳」的側臉掠過祐介的腦海。

「那又怎麼樣？」

「你到底想怎麼樣，為什麼要打聽朱音那件事？」

「怎樣，妳有什麼怕被我查出來的隱情嗎？」

這一挑釁，讓高野氣得吊起雙眼。高野穿著學校規定的運動服，拉鏈拉到最高，彷彿在強調自己的乖巧。意志堅定的表情與前幾天的她判若兩人。

「我想世界上應該沒有人喜歡無端遭受懷疑。」

「真的是這樣嗎？」

「你是什麼意思？」

只有兩人的社辦格外安靜。祐介將運動飲料在高野面前遞出。

「我早就覺得妳很可疑了。」

她沒收下，手一揮拍開瓶子，瓶子三兩下就掉在地上。高野看也不看，緊盯著祐介。

「為什麼？」

「從狀況來看，妳不可能是碰巧出現在川崎的自殺現場。她明明是自殺卻沒有遺書。川崎選了屋頂那麼醒目的地方尋死，卻不是往操場跳下去，反而跳下人煙稀少的教學大樓後方。川崎的行動是自我矛盾，但要是這麼想就說得通了。」

祐介以傲慢的動作翹起二郎腿。

「妳在那天把川崎朱音叫到屋頂，然後對著教學大樓後方把川崎推下樓。川崎朱音不是自殺，是被妳殺的。」

「你說這些話是認真的嗎？」

提問的聲音很冷淡。她表面裝作平靜，大腿卻從剛才就開始瑟瑟發抖。她無法掩蓋自己的焦躁。每看穿高野一個失去平靜的徵兆，祐介就覺得自己的視野變得更加清晰。血管大開，熱意在體內循環。祐介鼓起三寸不爛之舌，娓娓道來。

「這只是我的推理，但這樣想就合理多了。」

「那我殺害朱音的動機呢？我跟她可是從小認識喔？」

動機，每次想到這裡祐介的思考總是會停滯。捕捉人心奧妙對祐介而言難如登天。高野為何殺害川崎？正視起這個問題時，前幾天母親的話語在祐介的腦海重現。

——女人只要扯上感情事，可是很恐怖的。連人都殺得了。

「因為妳喜歡中澤博吧？」

試著將這句話說出口，他感覺到所有的拼圖都湊在一起了。沒錯。這樣假設的話，每一件事就能兜在一起了。

「但中澤跟川崎朱音在交往。妳出於嫉妒殺了她。」

「這怎麼可能！」

高野雙手重重拍桌，使勁起身。她逐步朝自己逼近，祐介將手機螢幕塞到她面前制止她。

「影片裡也留下了妳待在屋頂上的身影。光是只會否認，我可不會相信妳。」

按下播放鍵，那支影片開始播放。高野的表情明顯僵硬，將眼從螢幕別開。她的前額冒出汗珠。

「你居然看得下那種影片。我可是絕對不想看。說到底這種影片根本不能相信，誰知道是不是加油添醋過。」

「才沒加油添醋！」

聽見祐介拉高聲調，高野猛然屏息，雙眼打量著祐介，接著將手按在胸前，以顫抖的聲音問：

「……該不會就是你拍了這支影片？」

肯定或否定。若是能冷靜思考，應該能立刻作答的二選一疑問，卻讓祐介啞口無言。拍攝者的自尊與自保，兩種感情在他的心中激烈衝突。

「這我——」

在他無法立刻回答的當下，就等於是承認了。

為什麼要用匿名帳號上傳影片？為什麼要保留拍攝者的身分？答案很簡單，就是想隱瞞自己是拍攝者。如果別人知道自己也在現場，自然會說出高野丟出的下一句話。

「我真不敢相信。你既然有時間拍下來，應該還有更多該做的事吧？」

高野的聲音充滿輕蔑。就像是在吐司塗上奶油那樣，她的眼神也抹上滿滿的惡意。

「你到底想怎麼樣？為什麼要把這種影片傳到網路上？」

「這是因為……我覺得必須傳達出去。這是在我們學校發生的事，大家應該都很想了解。」

「所以呢？你就躲在幕後暗自高興？大家看了你的影片有所回應讓你好開心？你真是差勁透頂。」

「才不是。」

「還好意思跑來誣指我殺人。你把自己當什麼人——」

「想知道真相有什麼不對！」

大叫的瞬間，有個冰冷的物體對著祐介的眼睛噴射過來。擦擦眼角，皮膚感受到一股濕黏的觸感。高野把裝在瓶子裡的運動飲料潑在他身上。祐介把濡濕的劉海向上撩，這才想起自己手中還握著手機。視線轉向手邊，他發現液晶弄濕了。看到這個景象的瞬間，臉上一口氣失去血色。祐介連忙把手機往褲子上摩擦，拭去水分。按下開關，液晶又恢復一如往常的光明。祐介緊握著手機，怒視眼前的女生。

「妳搞屁啊，要是壞了怎麼辦？」

高野垂著頭不發一語。握著瓶子的手無力垂落，瓶口有一絲液體滴落，順勢在社辦地面形成一灘水。

「喂！」

不假思索伸出的手，被高野迅速拍開。啪。爽脆的聲音在社辦響起。搶在祐介為手背的疼痛抱怨之前，高野率先開口：

「真相是什麼？」

瓶子從她的手中滑落。說話的聲音微弱，嬌小的肩頭正微微發顫。她雙手握住運動服的衣襬抬起頭來。臉上的表情令祐介屏息。

高野正在哭泣。淚水從眼眶滲出，斗大的淚珠一顆顆滴落。

「你跟朱音毫無關聯……你對朱音根本一無所知，為什麼會需要知道真相？這樣大費周章跟她身邊的人刺探，然後呢？你知道真相要做什麼？又要上傳到網路上嗎？」

高野的臉開始扭曲，顫抖的雙唇紅通通地宛如燃燒。祐介被她的氣勢懾服後退了一步。高野挨身靠近，彌補了空下的距離。她伸出手揪住祐介的胸口，力道虛弱無比。

「我實在不覺得每個想知道的人都有權利得知真相。」

細瘦的手指觸碰了祐介的手機螢幕。要推開沒什麼力氣的高野對祐介來說是小事一樁，然而他的身體卻不聽使喚。她的眼神與呼吸，如今仍在折磨著祐介的良心。祐介無法呼吸，感覺自己正在缺氧。

「這畫面上的可是活生生的人。你真的知道你做的事代表什麼意義嗎？」

祐介說不出話。自己做的事代表的意義。至今不願思考的現實，突然直逼祐介而來。

高野像個孩子似地抽抽噎噎。

「朱音活得太痛苦而自殺，為什麼死了以後還得讓人看好戲？為什麼大家可以笑著看這支影片？我無法理解。這種東西是在侮辱朱音。」

用不著她說明，這些事祐介也再清楚不過。他看過這支影片無數次。這是捕捉川崎朱音死亡瞬間的重要證據影像。這隻低解析度的影像捕捉到了如假包換的真相。沒錯，這裡收藏的是真相。從屋頂墜落的不是單純的無機物，而是與自己同樣擁有生命、活生生的人類。

喉頭哆嗦起來，胃開始痙攣，一股酸臭自食道逆流。噁心感令祐介忍不住皺起臉來。川崎朱音死了，他打從一開始就明白這件事，只是無法產生實際感受。

像是為自己的淚水羞恥似的，高野粗暴地用袖口擦拭自己的眼睛。紅腫的雙眼讓人於心不忍。她生氣了，大概是為了不在人世的朋友而動怒。

「你這種人不准踐踏朱音的死。」

她哽咽的聲音緊揪著祐介的心臟。好可怕。自己犯下的深重罪孽令他渾身戰慄。意識到自己有多低劣的那刻，祐介一溜煙逃了。社辦的門沒關，祐介不顧一切地奔跑。無論如何就是想逃離那個地方。

高野沒追上來。

「——呼。」

全力奔馳的祐介最後來到了川崎死亡的北棟教學大樓後門空地。上氣不接下氣的祐介扶著牆壁。上下擺動的肺到後來像是嫌棄只有空氣太空虛，讓胃袋內的東西也跟著逆流。吐出的嘔吐物醜陋地灑落在地面上。

「可惡！」

祐介顫抖的手點開了影片。手抓著圍欄的少女在畫面上現身。模模糊糊的膚色。她做出向下窺看的動作，接著渾身無力地跌坐在地。

難道說高野當時其實是想拯救川崎朱音？她拚了命伸出搆不到的手臂。祐介一陣暈眩。紙片在畫面上曇花一現，呈現一片血紅。構成這支影片的所有元素，全都令人作嘔。祐介額間冒出冷汗，他按住腹部緊咬牙關。打開社群網站的發文頁面，光彩的數字恭候著祐介。以前他見了這數字就輕飄飄，現在只覺得厭惡。祐介以麻痺的指尖刪除掉這篇發文。影片在一瞬間從帳戶中不留痕跡地消失。

「哈哈。」

發自內心的笑乾巴巴的。無力感一湧而上，讓祐介跌坐在原地。他全身發軟，還差點碰到嘔吐物。

「一開始就該這麼做。」

接著要把自己資料夾裡的影片刪除，才冒出這個念頭操作起手機時，手機就發出通知聲。祐介一看，是中學時代的朋友傳訊息給他。

「這是你們學校吧？好狂喔。」

簡短的訊息底下附了一支短片——不會吧，祐介嚥下口水緩緩伸出手指。

按下播放鍵，熟悉的影片開始播放。那是方才祐介刪除的影片。稍微想一下也能知道，在網路上流傳的東西，早就超過了祐介自己能管理的範圍。不管怎麼做都無法消除那支影片。川崎朱音的死亡瞬間，會永永遠遠在網路上流傳。

「屋頂上的女生挺可疑的。」

一見到接下來的訊息，祐介將手機朝牆壁狠狠砸過去。手機撞上水泥牆面，發出嚇人的聲響。龜裂的螢幕對著天空，手機宛如蟬的屍體悲慘地掉落地面。

即使如此，影片仍未從螢幕中消失。

第一章
這個故事不需要偵探

2. 作答者：

石原惠

Q1. 請問您對川崎同學有什麼了解？

我對她一無所知。
她是同班同學，人很溫柔。

Q2. 請問您是否在校內看過某名同學遭到霸凌？

該說霸凌嗎？我看過細江同學兇其他女生。
我不是很確定那是不是霸凌。

Q3. 請問您對霸凌有什麼看法？

我不喜歡，
但我也覺得應該無法杜絕。

Q4. 若您針對這次案件與霸凌問題對學校有任何建議，還請告知。

工友弄丟樓頂的鑰匙非常不應該。
我母親希望學校可以妥善說明這點。

對石原惠而言，川崎朱音是同班同學，她們還在畢業旅行同組。朱音同學長得很漂亮，但對土氣又不起眼的惠也很溫柔，所以惠很喜歡她。

二年二班的空氣與以前毫無差別。鴉雀無聲的教室中，只有教師寫板書的聲音迴盪。縣內各地脫穎而出的好學生在課程中從不閒聊。惠歪過頭，視線轉向教室後方。一朵白菊不由分說闖入眼中。像是要詔告天下朱音同學死亡的事實似地，花瓶正大光明地放在她的座位上。密集的白色花瓣柔美地朝天空綻放。散落在木製書桌的花瓣，透露出濃烈的生命氣息。

上個星期五，朱音同學死了，但同班同學沒有受邀至她的喪禮，惠當然也不例外。基於朱音同學父母的意見，辦了一場只有家屬出席的低調喪禮。朱音同學雖然沒有留下遺書，不知為何她的父母卻很肯定女兒是自殺的。

「這裡的『早世』是指先一步離開人世，也就是年紀輕輕就死了。這個詞彙大考常出現，大家要注意。」

古文的田中老師說完用粉筆敲敲黑板。田中老師寫板書是出了名用力，古文課後講台總是會布滿粉筆灰。坐在前方的學生每當老師寫字時，都得拍開桌上的灰。

惠在筆記本畫上紅線，視線偷偷飄向窗邊的座位。

首先映入眼簾的，是實在不像原本毛色的褐髮。每當射入窗內的陽光照耀，髮尾都會閃爍著金色光輝。從頭髮之間探出頭來的雪白耳垂上，造型低調的耳飾正閃閃發亮。襯衫敞開到鎖骨表露無遺，裙長比膝蓋再高一點。面對著黑板的側臉，可以清清楚楚看出她對自己外貌的自信。

細江愛，一個大家都排斥的可怕女生。

朱音同學大概就是細江同學害死的。儘管沒有鐵證，惠深信如此。因為之前就傳說細江同學討厭朱音同學。這次的事，她想必也是起因。筆尖在筆記本上滑動，畫上一個有點歪斜的對話框。惠換上自動鉛筆，在對話框裡寫上重點。

「早世 先一步離開人世＝年紀輕輕就死了」

到了午餐時間，所有學生搬起桌子。共度午餐時間的成員大致上都在春天落定，幾乎不會變。

「來吃飯吧。」

「慘了，我沒帶筷子。」

「好倒楣喔，快去學生餐廳要免洗筷吧。」

「好。煩耶，好不想去喔。」

「我陪妳去，剛好想去自動販賣機買個東西。」

「啊，那我也要去。」

聽著滔滔不絕流過耳邊的對話，惠露出曖昧的笑容出聲附和。升上二年級不再分班以後，惠總是跟這些成員待在一塊。佔據班上超過一半女生的小圈圈，是二班最大的團體。科學社兩人、手工藝社一人、廣播社三人，接著再加上美術社的近藤理央與自己共八人。成員全都是在班上不大起眼的乖巧學生。

有個詞彙叫做路人。這是路人角色的簡稱，意指單獨用來襯托主角與次要角色而存在，不特別有意義的配角。如果這個現實世界是一篇小說，惠這些人一定就是普通的路人。沒有區別也不構成大礙、僅是存在於作中的角色。少女A、少女B。用這種方式敘述自己這群人，絕對不會造成不便，而惠不曾對這個事實有過不滿。比起出壞的風頭，成為群眾中的一人還活得比較輕鬆。

「對了，理央請假？」

坐在正對面的少女A指向惠隔壁的位子。惠聳聳肩。

「對啊，她說她不舒服。」

「理央也真不湊巧，居然撞見川崎同學死掉。」

「她其實以前就是這樣，該怎麼說，特別倒楣。」

少女A大概是同意惠的意見，嘴唇微微翹起。隸屬美術社的近藤理央在這個小圈圈裡與惠交情最好，內向的理央不知為何特別容易被牽扯進不相干的麻煩之中。

「我拿筷子回來了。」

去餐廳的學生返回教室。少女嘰嘰喳喳地談天說地，自然而然在固定座位坐下。誰的旁邊要坐誰是自然形成的規矩，絕不可破壞。

七個人在把午餐放在桌上，同時合掌。

「我開動了。」

整齊劃一的聲音在教室響起。早安。謝謝。我吃飽了。規規矩矩地說出這些問候，對惠這些人而言是理所當然的事。中學時代因為顧忌旁人的眼光，總是避免做出這些有禮貌的行動，上了高中以後再也不用怕丟臉了。明星高中是很適合惠的環境。舉止乖巧、課業認真——這間學校沒什麼人會對這些行為冷嘲熱諷。

「明天古文有生字小考，好憂鬱喔。」

「聽說寫不出七成的字就要補考。」

「每天不是考試就是作業，真的好煩。」

「對啊，有夠無力。」

「而且聽說明天開始要下雨了。」

「不會吧，我一下雨就頭痛耶。」

「我懂，超討厭的。」

這個小圈圈的對話，總是跳得很快。大家你一言我一語，話題變來變去。惠不是在多人場合會自己主動開口的類型，大致上專門附和其他人。她喜歡聽其他人說話，遠勝自己開口。

「啊，對了，那份問卷大家都寫了些什麼？」

嚼著炒麵麵包的少女C突然想到，問起大家。惠用筷子的尖端把煎鱈魚子分成兩半。惠很愛吃鱈魚子。母親知道這點，每次想讓惠打起精神時，一定會裝進便當。媽媽大概很擔心女兒會為同學的死心情低落吧。我明明就說過沒事了，儘管惠在心裡抱怨，仍無法掩飾逐漸綻放的笑容。母親的愛太直率，讓她羞於乖乖接受。

「問卷是指自殺的那個？」
「對，星期六全校集合要我們寫的那個。」
「啊，那次有夠討厭的，放假還要特地叫我們來學校。」
「而且校長講話特別冗長。」
「真的是浪費時間。」
少女D撐著腮幫子沉沉地嘆了一口氣。朱音同學自殺的隔天，學校召開了緊急集會，對全校學生進行有關霸凌的問卷調查。在那之後校長沒完沒了地針對生命的寶貴演講起來。
「問卷調查妳們寫多少字啊？我都不知道那種東西該寫什麼才好。」
「的確不好寫，我也不知道該怎麼回答。」
「畢竟我們跟朱音同學也沒那麼要好啊。」
「只是剛好同班。」
「不過那件事我還是寫上去了，告訴他們細江同學從以前就會凶川崎同學。」
聽見在話題登場的人物姓名，惠反射性地瞥了一眼教室的角落。在窗邊的座位上，細江同學正與朋友共進午餐，夏川莉苑與桐谷美月。她們是跟惠這群路人截然不同，自帶強大氣場的少女。
「因為朱音同學的男朋友不就是細江同學的前男友嗎？」
「細江同學是嫉妒她才會欺負她。」
「對對對，她很可能會這麼做。」

「朱音一定是因為這樣才自殺。」

細江同學與桐谷同學原本隸屬籃球社，這兩個人都屬於說話不懂得客氣的類型。她們能若無其事說出可能會傷害對方的話，還認為自己講得很有道理。惠對這兩個人很感冒，怕她們怕得要命。

在這兩個人旁邊笑瞇瞇地吃著蛋包飯的人，是以聰明聞名的夏川同學。從入學到現在，她在模擬考從來沒有丟過第一名的寶座。川崎朱音、高野純佳、夏川莉苑，惠以前看過這三個人混在一起好幾次。

「夏川同學為什麼會跟細江同學吃飯啊？」

「因為純佳同學沒來學校，沒人跟她一起吃飯吧。」

「那怎麼不來跟我們吃呢？」

「不過最近夏川同學跟那兩個人本來就不錯。」

「朱音同學死了，夏川同學居然還有精神來學校。」

「純佳同學都大受打擊沒來。」

「她大概不怎麼難過，也太無情了吧？」

「夏川同學的確有這種感覺，天才果然想法也不一樣。」

這些對話沒有惡意，只是對夏川莉苑這個同班同學的客觀感想，然而聽在別人耳裡也有可能被當成閒話。惠的意識抽離談笑的友人，注視著夏川同學。不知道聽細江同學說了什麼，夏川同學笑得很開心。看來她們完全沒聽到我們的對話，惠這才放下心來，默默嘆氣。

「妳們看過川崎同學那支影片了嗎？」

少女E突然拿出手機。那是最新的機種，包著畫上當紅動漫人物的保護殼。校規禁止學生攜帶手機，但根本沒有人乖乖遵守。朋友大概都對話題感興趣，紛紛探出身子。

「看過了，我那邊也有人轉。」

「把這種影片放上網路的人腦袋到底是什麼構造啊。」

「就是說啊，朱音同學好可憐。」

「有夠差勁耶。」

惠有種胃袋被戳了一把的感覺，她停下筷子。便當盒裡只剩下水煮花椰菜。粗莖分為細枝，尖端有著密密麻麻的綠色顆粒。聽說這個部分是花椰菜的花苞。要是沒採收下來，這些花苞不知道會開出什麼顏色的花朵。一想像起來感覺更加噁心，讓惠皺起眉頭。

坐在正對面的少女A正盯著她看。或許是因為惠都不說話，在為她擔心。

「惠看過那支影片了嗎？」

「沒有，我不喜歡那種東西。」

「我懂我懂，看自殺的影片感覺會被詛咒。」

妳才不懂，否定的話語幾乎脫口而出，惠趕緊吞回肚子裡。惠不看那支影片，是因為她不想看同班同學死亡的瞬間。但要是說出這件事，就會破壞現在的氣氛。惠用筷子的尖端刺向花椰菜，露出曖昧的笑容。大家也笑了。張開的嘴說起毫無遮攔的話語。

「我絕對不要自己死掉的那刻被展示在大家面前。」

「我懂，要死就要悄悄死掉。」

「我的理想是死得像是在沉睡一樣，安穩地睡大覺這樣。」

「不知道朱音同學死的時候是什麼樣的感覺。」

「誰知道，反正也跟我們無關。」

少女E說完，大大地伸了一個懶腰。瞇起的雙眼就像附近偶爾會看到的野貓。

「畢竟我們什麼也不知道。」

「對啊！」

朱音同學過世那天，惠沒去學校。她那天肚子痛得要命。生理期第二天總是這樣，身體變得沉重又容易燥熱。吃藥無法獲得多少改善，因此惠在這段期間總是在家裡休息。

女人的身體很麻煩，不但會自己大出血，精神也不穩定。如果自己是男孩子，至少就不需要像這樣每逢經期都得跟經痛戰鬥。

「唉，真難搞。」

「怎麼了？」

「哇！」

聲音突然傳來，嚇得惠都彈起來了。她一回頭就跟站在正後方的學妹四目相接。

「真是的，別嚇我啦。」

「我沒有要嚇妳啊。」

惠記不太清楚這個笑嘻嘻的女生本名叫什麼。大家都叫她學妹，惠也自然跟著這麼叫。就算沒用正式的名稱來稱呼她，她也不曾顯露不滿。她曾經毫不在乎地宣稱，「沒關係，我也都叫學姊。」她大概也不大記得惠的名字。

「今天只有學姊一個人來嗎？其他人請假？」

學妹四下張望，環視室內。美術社使用的美術教室與弦樂社使用的音樂教室，與其他的特別教室不同，被安排在南棟教學大樓。這間高中的音樂與美術是選修科目，對成績也沒什麼影響。由於不是升學考試的必要科目，學校對美術頗為打壓。

美術社據說從創校起就存在，社員雖然意外地多，但大半是幽靈社員。由於放學後的活動不具強制性，會來社辦的社員就是那幾個人。惠將鉛筆放在木製畫架上，對學妹露出笑容。

「今天是星期一，大家都去補修了。」

「啊，這麼說來學姊之前講過每周一有數學測驗，要是不及格就會被抓去補修。」

「學妹妳也不能置身事外，升上二年級以後每個人都是大考模式。」

「嗚噁。」

學妹發出宛如被踩扁的青蛙的哀號聲，在惠的旁邊坐下。她的面前放著與惠一樣的純白畫布。畫架與畫布之間夾著的照片，捕捉了在操場比賽的足球社員的身影。

「學姊，我聽說妳們跟自殺的川崎朱音學姊是同班同學，真的啊？」

學妹略略歪起頭。她保養不足的頭髮就像剛睡醒一樣蓬亂。幾乎及肩的黑髮朝著右邊翹起。惠無意之間捲起了自己的頭髮。遺傳自母親的黑直髮，是惠唯一引以為傲的外貌特徵。

「對，朱音同學是二年二班的。」

「居然。該怎麼說，願死者安息。」

學妹啪地一聲雙手合掌，對著自己行禮。這麼說來，全校集合時學校也要求學生默哀。不過純佳跟理央都沒出席那次集會。

「所以近藤學姊因為撞見川崎學姊自殺現場請假在家，這個傳聞也是真的嘍？」

學妹說著指向自己坐的椅子，這個位子是理央的寶座。

「對，這也是真的。」

「近藤學姊沒事吧？」

「我用手機跟她聯絡過，她只回我要請假一段時間。雖然很擔心她，但硬要去看她可能也會造成不便。」

「她請假也是沒辦法的事嘛。居然看到班上同學死掉的現場，我一定受不了，一輩子都有陰影。」

學妹吐吐舌頭，誇張地皺起臉。陰影，這個詞讓惠的腦海閃過一名同班同學的臉孔。夏川莉苑。無論是全校集會或是導師時間，她總是一如往常心平氣和地面向前方。

為什麼朋友死了，她還能這麼平靜？

惠的膽子沒這麼大，敢找上本人直接丟出這個疑問。然而不信任的情緒就像過熟的柿子一樣糊成一團，從那天起蒙蔽在惠的肺上讓她喘不過氣。

「這只是假設，妳覺得交情很好的朋友死了卻還能保持平靜的人怎麼樣？」

「怎麼樣是指？」

「該怎麼說……會不會覺得她很過分？」

「學姊妳這絕對不是假設。」

學妹使了一個耐人尋味的眼色，調整坐姿。

「朱音同學死掉的時候，還有一個女生跟理央待在一起。她原本跟朱音同學很好，也都會一起吃飯。可是在朱音同學死了以後，她還是每天都來學校，看起來很有精神，也一副心平氣和的樣子。而且……」

「而且？」

學妹重複她的話語，催促吞吞吐吐的惠繼續說下去。

「而且她沒哭。」

「啊……」

「她沒流半滴淚。也太不莊重了吧？」

掌心傳來一陣疼痛，此時惠才驚覺自己正緊握拳頭。半長不短的指甲輕而易舉地傷害了主人的身體。她發現自己大概很氣朱音同學死了，還整天笑嘻嘻的夏川同學。

既然是朋友，不是該多為她悲傷嗎？不是該像純佳同學與理央一樣連學校都不來嗎？親近的朋友死了卻還能若無其事地歡笑，這太過分了。夏川同學應該要哭，應該待在家裡哀悼朱音同學的死，不然死掉的朱音同學太可憐了。

「我覺得也不是哭出來就行了。」

學妹別開臉，手指掃過畫架。學校公用的畫架歷經長年摧殘，到處都沾上了五彩繽紛的顏料。

隔天、第三天、以及第四天，理央還是沒來上課。纖細的鋼琴聲從設置在教室內的播音器流瀉而出，通知大家現在是掃除時間。負責走廊的惠拿著掃把在走廊上來來去去。

教室裡頭，拿著拖把的細江同學跟別班的男生正聊得忘我。她總是跟男生混在一起，要向班上的女生展現自己的優越。惠輕嘆一聲，不發一語地掃地。掃把的尾端黏上了灰塵，讓她有點煩躁。她用室內鞋踩住灰塵，把梳毛抽出來。宛如裝進雲朵的灰色與美術老師的髮色一模一樣。

「剛才發回來的模擬考，妳考得怎麼樣？」

「我不想知道所以沒看，看都不看就丟進可燃垃圾會不會被罵啊？」

「這個時期還用不著在意吧？」

「但我進高中以後成績就變差了。」

「妳就從現在開始急起直追嘛。」

「哪有這麼簡單。真討厭，我也想像夏川同學那樣生下來就很聰明。」

耳邊傳來朋友的悄悄話。

想起先前發回的模擬考結果，惠嘆了口氣。志願欄上一字排開的校名幾乎都是有名的私立大學。落點分析的欄位裡顯示的英文字母都不太樂觀，但老師說要是能推甄，現在的成績就沒問題。五個欄位中最左邊那欄寫得扭扭捏捏的校名，是當地有名的藝術大學。

惠從小就喜歡畫圖，希望有朝一日能進入藝術大學。從中學時代起的夢想，卻被母親無心的一句話打碎了。

「去藝大出來能養活自己嗎？」

父母的話很有道理。惠的家庭並非特別富裕，也沒有閒錢。公務員那種穩定的職業，一定才是正確的選擇。光會作夢是活不下去的。進入好的高中，考上好的大學，然後賺取可以養活自己的收入。為了出錢送自己去補習班的父母，惠絕不能脫離他們期望的道路。

惠握緊掃把靠在牆壁上。出路、前途，已不在人世的朱音同學是否就這麼從這類煩惱中解脫了呢？無意識之間冒出的疑問讓惠自嘲起來。這種事她怎麼可能知道。跟朱音同學密切來往，也僅限於一個月前畢業旅行的短暫期間。

這間高中的畢業旅行安排在二年級，因為升上三年級才出去玩會影響大考。只是五月才剛分班馬上就要去旅行也很擾民，要是沒有交好的朋友就慘了。畢業旅行這項高中生活最大的活動，會瞬間轉變為煎熬的三天兩夜。

在校園生活中隸屬某些團體，在這種時候就成了優點。社團的朋友、朋友的朋友，還有這些人的朋友。朋友是種有聚集效應的東西，就算到了新班級也總是會有能聊上幾句的人。惠在現在班上一起行動的八人組，最初也不是彼此熟悉的人形成的圈子。單純是認得彼此臉孔的人不想在教室裡落單，聚在一起就成了團體。

畢業旅行的地點是京都，在傳統旅館下榻，八個人睡一間房。惠這群人立刻形成團體，成功把要好的同學聚在同一間房裡。剩下的女生全都被塞進同一間，分到另一個房間。「跟細江同學同房太慘了！」、「怎麼不直接隔離細江同學她們。」每當有過數面之緣的同學抱怨，惠總是會說出鼓勵的話語，但她絕不會承諾要跟對方換房間。惠也得為自己著想，單由交情好的朋友構成的團體當然待起來更愜意。

「小惠，要不要吃軟糖？」

值得紀念的畢業旅行當日，惠的隔壁坐的不是親近的朋友，而是川崎朱音。老師雖然准許學生拉朋友睡同一間房，卻也指定學生用抽籤來決定行動組別。這導致惠與親近的友人被拆散，於是像這樣跟川崎朱音一起行動。

她屬於注重儀容的女生。髮尾向內彎的鮑伯頭，再加上蓋住眉毛的劉海。骨溜溜的眼珠子戴著放大片，但大概是尺寸經過計算，沒什麼不自然的感覺。惠拿這種心機型的可愛女生沒辦法。拿自己跟對方相比，總令她自卑。

「咦？妳不喜歡吃軟糖嗎？」

她略略歪起頭，柔柔刷上眉彩的褐色眉尾難過地下垂。惠連忙搖頭，雙手合成碗的形狀伸出。她明白了自己的意思，嘴角向上揚起。纖細的手指在惠的掌心裡放上紅色的愛心。呈現熱情色澤的軟糖表面灑滿了極為細小的砂糖顆粒。軟糖碰觸舌尖，在酸味之後留下甘甜。

「川崎同學，謝謝妳。」

「叫我朱音就好。」

稱呼她為川崎同學，或許真的有點見外。但惠還不敢直呼她朱音。朱音同學，就這麼辦，這樣的距離剛剛好。

「朱音同學，妳去過京都嗎？」

「今天第一次，所以有點期待。我還看了三島由紀夫的書預習。」

「該不會是《金閣寺》吧？」

「對，純佳推薦我的。」

純佳——她呼喚朋友名字的聲音略帶甜意。儘管她一臉無所謂，眼神還是飄向了前方的座位。從座位冒出的兩顆後腦杓。被分到同一組的夏川同學與純佳同學，正臉貼著臉談笑風生。印象中兩人並不特別親近，說不定是在這次畢業旅行期間熟悉起來。

「不知道那兩個人在聊什麼。」

惠將食指指向兩人的方向，望向坐在旁邊的朱音同學。她對自己搭話毫無反應。骨溜溜的大眼圓瞪，就像是打磨過的大理石。有些圓潤的鼻梁、晶瑩的唇瓣、纖細的頸部，以及只開了一顆扣子的襯衫。視線順著她的身體輪廓掃過，自然會注意到她異常白皙的肌膚。大概是怕曬黑，她在有點悶熱的遊覽車裡，袖口的扣子也乖乖扣好。

「對不起，朱音同學。」

改用尋求注意的方式出聲搭話，朱音同學嚇了一跳。她大概沒意識到自己看純佳兩人看得出神，緊繃的表情轉眼間化為和藹的笑容。

「為什麼？」

「坐在妳旁邊的是我。」

「為什麼要突然說這種話？妳不需要道歉啊。」

「但說實話妳應該比較想跟純佳同學坐在一起，而不是跟我吧？」

純佳同學在這間學校是特別受到注目的人。成績優秀，外貌也出眾。朱音同學一定也覺得，比起跟惠這種四處可見的平凡高中生一起行動，跟平常就很要好的朋友更快樂。難得的畢業旅行居然得跟惠一起度過，肯定讓她覺得很痛苦。

惠的臉不受控制地壓低，右腳腳尖隔著樂福鞋踩住左腳。弄痛自己可以讓低迷的心情緩和一點，自虐是惠的拿手好戲。

「這我倒是無法否認。」

呵呵，朱音同學冒出笑聲，指尖再次揪起紅色軟糖。大概是遊覽車內溫度過高，心型融得歪歪扭扭。

「不過妳也一樣吧？」

來，給妳，說完她硬是把軟糖塞進惠的掌心。聽見出乎意料的回應抬起頭，朱音同學正舔著指尖沾到的砂糖。魅惑的鮮紅舌尖隱然自雙唇透出。真不檢點。閃現胸口的厭惡感，在與她四目相對的瞬間轉變為興奮。臉頰浮現熱意。是成熟女子的感覺，惠茫然地想。

見到看呆的惠那張傻乎乎的表情，朱音同學輕輕地笑了。

「惠同學應該也更想跟要好的朋友同一組，而不是跟我吧？」

「沒、沒這回事。我很高興能跟朱音同學同一組。」

急急忙忙否認，朱音同學便一副理所當然地點頭同意。

「我也是，我很高興能跟惠同學同一組。接下來三天我們好好相處吧。」

「好、好啊，說好嘍。」

朱音同學是個有奇特魅力的人。她主動找怕生的惠聊了很多，還買了同款的吊飾。只不過到頭來朱音同學從來沒有帶著吊飾來學校過。

「細江同學真的就愛跟男生廝混呢。」

寧靜的走廊傳來朋友的談話聲，沉浸於感傷中的惠這才回過神來。她趕緊揮動掃把，以免被發現在摸魚。教室那邊的窗戶為了通風全數敞開，待在走廊也能清清楚楚看到室內的狀況。教室裡的人全都恣意聊起天來，少女的交頭接耳隨即被喧擾蓋過。帶著嘲笑的聲音融入室內溫熱的空氣，轉眼間不再有人理睬。

「都不跟女生，只顧著找男生說話。」

「感覺好差。」

「這種人不是很多嗎？會說『比起跟女生，我跟男生相處比較自在。』那種。」

「怎麼想都很雷。」

「我懂。」

「說跟男生相處比較自在的女生，很多都是白目。」

「就是那種會說自己被女生討厭的人嘛，我懂我懂。」

「那種人應該沒有想過自己的問題在哪裡吧。」

「一定是這樣。」

哈哈哈。愉快的笑聲傳入耳中。少女A與少女B，無論置身何處都能立刻融入環境、極為普通的少女。對她們來說，細江同學不過就是一個話題。學校這個空間提供了漫長的時間。想填補學校的空白，共同認識的人的八卦極為管用。討厭鬼的八卦尤佳。閒言閒語是凝聚人心的好道具。

「怎樣？」

吵雜轉為寧靜，一道絲毫不掩飾不悅的聲音在此時響起。一抬起臉，就見到細江同學揪著朋友。她雪白柔嫩的手直扯少女A的領帶，兩人的距離必然地拉近。

「妳到底想說什麼？」

室內鞋底摩擦地面。別這樣，身後的男學生制止細江同學。這人想必是她的朋友。他略帶褐色的頭髮朝四面八方翹起，穿制服的方式也有種講究的感覺。

「有意見怎麼不會直說？在別人背後吱吱喳喳，個性有夠差勁。妳們這種行為真讓人火大。」

對於細江同學的指控，少女A僅是張著嘴發抖。細江同學真的好可怕，好像太妹。果然最好跟她保持距離。惠避開她充滿壓迫感的眼光，一聲不響地移動到走廊的角落。

細江同學緩緩放開領帶。氣管獲得解放，少女A當場咳嗽不止。細江同學輕蔑地一瞥她的模樣，不屑地哼了一聲。她撥開長髮，轉身面向朋友。

「俊平，我們別在這邊聊了。外人太吵。」

「好、好喔。」

「去餐廳吧。對了，你知道嗎？有一款新出的果汁超難喝的。」

細江同學將拖把靠在牆上，就這麼離開教室。男學生有一瞬間露出歉疚的表情，隨後直接追在她後頭離開，但打掃時間仍未結束。

「好可怕喔。」

「她就是以為像那樣威脅別人，大家都會聽她的話。」

「一定是。」

與剛才害怕的態度差了十萬八千里，兩名友人開始湊在一起抱怨。不這麼做就無法保住自尊，惠深深了解兩人的心情。

「惠同學，要不要畚箕？」

夏川莉苑踩著小碎步靠近。她對每個人都會親暱地用名字稱呼，但沒什麼人也用名字稱呼她。全年級第一名。這個光榮的頭銜，為她與其他人拉開距離。

「啊，夏川同學，謝謝妳。」

「奇怪，怎麼了？」

夏川同學似乎立刻察覺教室異常的氣氛，歪起她惹人憐愛的臉。被那雙跟松鼠一樣的烏黑眼珠盯著看，罪惡感不知為何油然而生。教室裡的兩人還在繼續說。

「她一定也是像那樣在霸凌朱音同學啦。」

「肯定是啊。」

「畢竟細江同學討厭朱音同學啊。」

對話傳入耳中，夏川同學的眉頭抬了起來。啊，慘了。才這麼想著，夏川同學便已進入教室，左手還握著畚箕。

「妳們這樣講很不好。」

她吐出的聲音與平時無異。被她找上的朋友似乎因不速之客登場，不知該如何是好。夏川同學雙手叉腰，露出具親和力的笑容。

「明明是在講愛，沒必要把朱音的事情翻出來說吧？在旁邊聽了感覺很不好。」

「啊，也是。」

「說得對。」

見到兩人聽話地點頭，夏川同學鬆了一口氣地雙手合拍。她每個動作都很誇張，總給人一種孩子氣的感覺。

「妳們知道就好。」

噗嘻，夏川同學發出詭異的笑聲。她笑聲獨特這點是大家都知道的。

在惠尚未回神的期間，夏川同學把畚箕交給惠。正當惠茫然地望著她隨口道別後翩翩離去的背影，突然有一股溫熱的感覺挨上右肩。

「小惠，妳很介意夏川同學嗎？」

轉過頭來，少女A將下巴靠在惠的肩頭，在她隔壁的少女B嘲弄地揚起了嘴角。

「啊、不，也沒有啦。」

兩個朋友對看一眼，接著哈哈大笑。明明就沒什麼好笑的。惠這群人正值筷子落地也笑得出來的年紀。她們感覺麻痺，大半眼前發生的事都能被視為娛樂。

「她太愛裝乖寶寶了。」

「那個笑聲到底是怎樣？」

「『噗嘻』咧。」

「哈哈，超像。」

「真的假的，學起來當才藝吧。」

一如往常笑鬧的兩人，讓惠不禁啞口無言。不莊重，原本用來評論夏川同學的三個字，正在腦海反覆閃現。

夏川同學認真糾正了兩人，惠卻做不到。她沒有膽量。這大概就是路人與非路人的分界線，惠無法跨越這道分界線。在心裡斥責對方不莊重，她就心滿意足了。

惠握著畚箕，低下頭來。朋友還在放聲大笑。

長方形的畫布是只屬於惠的沙盒。她在宛如棉花糖的一片白上，刷上鮮豔的紅。打底的顏料乾燥後，還要陸續覆蓋上其他顏色。油畫等表面乾燥要花上許多時間。急性子的人會在乾燥前就上色，導致表面龜裂，因此絕對不可心急。無論任何事，計畫性與耐心都至關重要。惠以在腦海染成紅色的長方形畫布加上構圖。倒映水面的夜間工廠。鐵塔在光的裝飾下璀璨奪目，一旁漆成紅白兩色的煙囪正奮力吐出白色蒸氣。這是惠的認知中，世上最美的景象。

「今天近藤學姊也沒來啊。」

流連夢幻世界中的妄想，因外人的呼喊叫停。往旁邊一看，學妹正盤腿在理央的座位。儘管坐沒坐相，反正社辦裡沒有男生，惠沒叮嚀她。

「看來是。」

「不知道她什麼時候會來，請假太多會趕不上展覽啊。」

學妹說完，拿起夾在畫架上的照片。本校足球社雖然是在區域賽迅速敗陣的弱隊，比賽時的照片看起來倒是有點強隊的架勢。但話說回來，這張照片是理央自己拍的嗎？為了拍畫作的資料照片特地去幫足球社的比賽加油，想必下次展覽能見到她的精心力作。惠目不轉睛盯著照片看。

「啊，借我一下。」

此時惠不經意看到熟悉的臉孔，從學妹手上抽起照片。伸長了腿拚命要掃到球的青年，正是方才在教室與細江同學待在一起的男生。

「這個人是足球社的啊。」

「他是學姊認識的人嗎？」

「不是，只是看過一次。說起來我怎麼可能認識足球社的男生，光是跟他們說話就會緊張。」

「我懂。我們學校足球社該怎麼說呢，有點不一樣的男生比較多，那種受女生歡迎長得帥的男生。」

「我覺得帥哥很可怕，跟他們說話時感覺自己都被瞧不起了。」

「我懂！會自己內傷。」

沒錯沒錯，學妹浮誇地點頭。惠重重嘆口氣，將照片歸位。

「希望理央可以快點打起精神，至少跟我聊一聊也好啊。」

「不過目擊自殺現場，恢復得慢也是難免。川崎朱音學姊也不該選那種會波及他人的地點，應該要選更低調的手段。」

「這不是朱音同學的問題，單純是巧合連環發生。」

「巧合是？」

聽見學妹的問題，惠無意識地摸摸自己的臉頰。

「聽說家長會時學校解釋說在朱音同學自殺前兩週，工友把北棟教學大樓樓頂的鑰匙弄丟了。」

「這樣喔？工友是之前這裡燈管壞了過來修的大哥嗎？他怎麼沒報告遺失的事，換個鎖不就得了。」

「我媽說他不是正式員工，大概是怕弄丟鑰匙曝光就完了吧。」

「啊……這樣聽來工友還真令人同情。」

學妹迅速坐好，兩條腿緊緊貼合。她每做一個動作，都會飄來制汗劑的果香。結合了顏料的氣味，瞬間就成了惡臭。太陽穴開始發疼。惠將手臂在胸前交叉，微微搖頭。

「無論有什麼苦衷，這都是工友的過失。如果他沒弄丟鑰匙，朱音同學也不會用這種方式自殺。這麼一來，理央也不會不來上課。」

「這樣想也是說得通啦。」

「再說……」

白色信封閃過腦海。以圓滾滾的字跡寫上的收件人。負責封口的是別緻的星形貼紙，指甲一摳就會輕易鬆脫。裡頭的一張便條寫著簡短的字句。惠看了便條，然後——

「再說怎麼樣？」

一口氣靠近的聲音，打斷了惠的回憶。

「學妹，妳現在在戀愛嗎？」

「怎麼突然說出這種好像連續劇宣傳的話？」

「如果妳有男朋友，妳還會想自殺嗎？」

「妳是在說川崎學姊嗎？」

「妳就當成假設狀況吧。」

「又來這招。」

學妹將體重倒向椅背，身子向後傾。椅子的前腳浮起，她的身體搖搖晃晃起來。晃來晃去的腳尖，勉強掛著室內鞋。

「那個女生有男朋友，但男朋友的前女友是個很可怕的人。前女友對男友念念不忘，大概就是因為這樣，她就去霸凌那個女生。」

「川崎學姊被霸凌了嗎？」

「不知道算不算霸凌……但細江同學對她的確很差。」

「那個細江學姊就是前女友啊，長得漂不漂亮？」

「妳幹嘛問這個？」

「連續劇常演啊。美麗的前女友登場，想搶回男朋友。我該怎麼辦！這樣。」

學妹比手畫腳重現戀愛中的少女，讓惠很不屑。被惠賞了冷冷的一瞥，學妹慌慌張張打直背脊。

「總之感情糾紛是常有的事。川崎學姊自殺，也可能是男朋友站在前女友那邊。她孤立無援就自殺了。」

「這應該不可能。」

「為什麼？」

「因為那個男生在一年前就跟前女友斷得一乾二淨了。他們在走廊大吵大鬧，鬧得人盡皆知。前女友還大叫說她不想分手。」

聽說細江同學與男朋友從中學時代開始交往，一起升上這間高中。然而進了高中沒幾個月就鬧分手，在走廊上演波瀾壯闊的情侶吵架。你希望我哪裡改進，我改！為什麼？你不是說你愛我嗎？據說細江同學說出這些棄婦的標準台詞，淒慘地緊緊揪著男朋友不放。那副模樣與平常的她是天差地別，想必相當精彩。談戀愛談得這麼痴狂的女人真是丟臉丟到家。

「哇，還真是純愛耶。前女友真是個專情的人。」

學妹將手靠在臉頰上，愉快地呵呵笑了起來。

「講專情是很好聽，但就因為如此遷怒別人也不對吧？」

「這也是沒辦法的啊。我要是有天看到分手的男朋友跟其他女生甜甜蜜蜜，也會想揍人啊。」

「學妹，妳又交過男朋友啦？」

「沒有。這是想像啦。」

「還想像咧。」

「有什麼關係，學姊也沒有吧？」

「妳不要擅自斷定啦。」

「但這是事實吧？」

得意洋洋望著自己的學妹惹惱了惠，她以手肘戳了一下學妹的腰。能讓個性文靜的惠做出這種事的，也就只有眼前的學妹了。

「學妹妳真是狗嘴吐不出象牙。」

「嘿嘿，不好意思。」

為毫無歉意的她嘆息的那一刻，惠隔著裙子感受到微弱的振動。手機似乎收到了訊息。將手插進裙子口袋，設定為振動模式的手機彷彿很害怕似地抖動不已。

「啊，是理央。」

「近藤學姊？」

聽見惠的呢喃，學妹的表情亮了起來。她興致勃勃湊近想偷看液晶螢幕，惠輕輕彈了一下她的額頭，輸入密碼。啟動應用程式，訊息立刻出現在螢幕上。

「不好意思這麼晚才回妳。我想跟妳商量一些事，妳今天晚上有空嗎？」

她睽違數日傳來的訊息相當淡漠。才剛回覆，訊息又立刻傳來。她指定的地點是沒聽過的店，位於距離學校有三站遠的車站，不是連鎖店的咖啡廳，上網搜尋找不到半點評價。

「她找妳出去？」
「好像是，約今天晚上。」
「不知道是怎樣。找妳出去可能就表示有在學校不方便談的事，很可疑喔。」
「妳也覺得？」
「一定是很重大的事。」
儘管一臉正經，她的眼神中卻透出了藏不住的好奇心。對不同年級的學妹來說，同一間學校發生的事，或許與談話性節目爆出的八卦新聞沒什麼兩樣。
到了晚上，惠換下制服，前往與理央約定的地點。肩頭掛著的白色托特包，是畢業旅行與理央一起買的。袋子中央畫了一個大大的咖啡杯。惠不喜歡喝咖啡，但她喜歡那股烘焙過的香味。
惠照著手機導航程式的指示前往目的地。穿過大條馬路，在第二條岔路左轉。街燈與行人都逐漸減少。就在惠開始懷疑自己是否走錯路，那棟建築物終於映入眼簾。
陳舊的木造外觀，表示店名的招牌怎麼看都是手工製作。惠畏畏縮縮地打開門，銅製鈴鐺便叮鈴叮鈴作響。幽暗的店內僅有零星人影，坐在精緻沙發上的客人以年長男性居多。自己這種小女孩明顯不屬於這個地方。惠睜大眼睛環視周圍，這才終於發現她要找的人。
「理央，好久不見。」
惠繞到對面的座位坐下，近藤理央嚇得當場聳起肩頭。圍住雙眼的大型黑框眼鏡配上從鼻子一路服貼到下巴的口罩。坦白說在旁人眼裡看來，她完全就是個可疑人物。

「好、好久不見。」

「怎麼戴口罩？妳感冒了？」

「沒有啦。」

「那要不要拿下來？妳扮成這樣，我第一時間都沒認出妳。」

「真的啊？」

「對啊，不過最後靠背影認出來了。」

「是喔。不過在到這裡來之前沒被其他人發現就行了。應該沒人跟蹤妳吧？」

「什麼跟什麼，妳被跟蹤狂糾纏了？」

「沒有，只是這件事不能讓其他人聽到。」

「好好好，我知道了。妳的眼鏡都因為口罩起霧了，快拿下來啦。」

理央戰戰兢兢地用手指扯下口罩的邊緣。直至下巴的布面被掀開，惠這才終於看到一週沒見的朋友臉孔。雙眼對上的瞬間，單純的安心感油然而生。

「太好了，妳看起來還算有精神。」

見到惠露出微笑，理央卻不太自在地垂下眼。沉重的眼皮浮躁地眨動。惠翻找起包包，從裡頭拿出資料夾。

「這些是理央妳沒來時的課程進度筆記影本。快考試了，不知道進度很不方便吧。」

「啊，好。妳幫了大忙。謝謝妳，惠。」

理央原本垮下的嘴角，這才綻開笑容。從開襟外套伸出的手遠比印象中肥厚，讓惠輕易察覺理央她在這幾天內累積了不少贅肉。或許是為了紓解壓力暴飲暴食吧。

「理央妳要點什麼？」

「我要熱紅茶，還有草莓塔。」

「這樣啊。那我也點紅茶好了，配一個布丁。」

不好意思——對店面深處大喊，店員隨即來到桌邊。在惠告知店員兩人分的餐點期間，理央直直盯著菜單不發一語。

「話說回來，妳居然知道這種店。」

見到店員回到廚房，惠轉向理央。她玩起紙巾的邊緣，垂下眉頭。

「以前我爸帶我來過。」

「好老派的店。」

「再說約這裡就不會遇到同校學生，這件事絕不能被認識的人聽到。」

理央說完，將玻璃杯裡的水一口氣喝光。看來她喉嚨非常渴，可能很緊張吧。為了安撫她，惠也跟著喝起水。免費提供的冷水有股薄荷的香氣。

店內播放的音樂不是惠平常聽的流行樂，而是輕柔悅耳的鋼琴曲。附近的座位傳來上班族的談笑聲。這是一種讓時間放慢腳步的舒服喧嚷。惠靠向柔軟的沙發，靜靜吐了口氣。她不討厭這種氣氛。

「所以妳要講什麼？」

一進入正題，理央的表情就變得僵硬。咕嚕。她的喉頭發出明顯的聲響。理央把紙巾揉成一團，深深吸了一口氣。

「有一件事我一直沒說。」

說完，她把握拳的右手放在桌上。惠不解用意歪頭疑惑，理央直瞅著她的眼睛看。接著那隻緊握的手一聲不響地張開了。

掌心上有一把造型簡單的鑰匙。

「這是什麼鑰匙？」

聽見惠的疑問，理央的嘴唇微微發抖。她拿出的鑰匙看起來非常老舊，一拿起來看就看到表面生了鏽。

「……」

「咦？什麼？」

細若蚊蚋的回應，惠根本聽不見半個字。將左手扶在耳朵旁，這次理央倒是用清楚的語調說了：

「學校屋頂的鑰匙。」

鏘，鑰匙掉落的聲音響起，它從理央的手中滑落。惠連忙撿起鑰匙，目不轉睛盯著理央看。

「怎麼回事？為什麼妳會有這個？學校說屋頂的鑰匙是被工友弄丟的。」

「兩個星期前，工友不是來幫我們檢查日光燈嗎？妳還記得當時的狀況嗎？」

用不著回溯記憶，這件事今天惠才跟學妹聊過。

「我記得，就是那個大哥嘛。」

「對。當時工友說鑰匙塞在口袋裡會卡到，把鑰匙給我保管。他請我在換燈管的時候幫他拿著。」

工友大大的鑰匙圈上掛著許多把鑰匙。上頭全都寫著「焚化爐」、「體育倉庫」之類的地點名，使用頻率低的居多。惠還記得自己覺得一些鑰匙形狀很稀奇而摸了幾把。

「當時我把這把鑰匙抽出來。反正上面有一堆鑰匙，想說一定不會被發現。」

理央伸手把鑰匙翻面。鑰匙上貼著紙膠帶，上頭用神經兮兮的字跡寫著北棟教學大樓屋頂。

「妳為什麼要這樣做？」

「因為我實在很想去屋頂。」

「為什麼？」

惠摸不清意圖沉吟半晌。理央雙手掩面，拚命擠出聲音回答：

「我很煩惱要不要告白。」

「啥？」

惠真的完全聽不懂。她跟理央從上高中後開始來往，這還是第一次從她口中聽到感情話題。惠的視線停留在理央臉上，手指在玻璃杯表面滑來滑去。空調強烈的室內冷颼颼的，惠後悔起自己沒加件開襟外套出來。

告白是跟誰告白？

就要脫口而出的疑問，因店員現身而煙消雲散。托盤上放了兩人份的茶壺。光潤的白瓷形成渾圓可愛的造型，壺口冒出的蒸氣猶如人的嘆息。

惠拿著茶匙攪拌紅茶的期間，理央正用叉子的尖端戳起草莓塔。塔皮上擠滿了卡士達奶油。端坐其上的草莓因表面塗抹的鏡面果膠，宛如寶石般晶瑩。酸溜溜的紅讓人光是看著就快流口水了。

「妳不吃嗎？」

「啊，當然要。」

理央連忙刺起草莓，但到頭來還是沒送進嘴裡。

「所以妳剛才的話到底是什麼意思？」

惠將茶杯放回茶托，手伸向茶匙。

「惠，妳應該知道我不擅長談戀愛吧？」

「嗯，我知道啊。」

「我從以前都是單戀，從來沒有告白過，所以也不知道該怎麼告白。」

理央扭扭捏捏，說到這裡頓了一下。

「就算要告白，我也不知道該怎麼做，因為我完全不想讓外人看到。煩惱了好久，正好工友請我保管鑰匙。然後我就心生一計，覺得去頂樓就沒問題了。當然，我原本打算告白完以後乖乖奉還鑰匙，但在那之前就失戀了……」

「結果就沒還？」

「我找不到機會。」

理央內疚地別開眼。惠明白她不是積極為非作歹的人，這句話很誠懇。惠停下挖起布丁的手，深深地嘆口氣。

「理央妳真的很不會挑時間。」

「對啊，我無法否定。」

「不過鑰匙明明就在妳手上，為什麼朱音同學上得去屋頂？」

「那大概是我的錯。」

越接近語尾越微弱的聲量，顯示出她沒有自信。理央雙手包圍自己的臉頰，啊地一聲呻吟起來。她陷入了自我厭惡，擺來擺去的腳偶爾撞上惠的小腿。

「就算我拿到了鑰匙，也沒有找他出去的勇氣。我有時候會偷偷爬上屋頂。因為在那邊可以把操場看得一清二楚。我每天都下定決心明天要告白。就連朱音同學過世的前一天，我也在屋頂上。然後我把鑰匙藏在老地方。」

「老地方是？」

「屋頂的入口前方是樓梯間。那邊有收藏打掃道具的櫃子與消防用的水桶，兩個疊在一起。

我都把鑰匙放在下面那個水桶的底部。這麼一來鑰匙就會被上面的水桶蓋住，匆匆看過去不會發現。」

「也就是說，妳沒有隨身攜帶鑰匙在身上嘍？」

「當然，被抓包的機會太高了。」

話說多了口渴起來，理央啜飲起紅茶。擱在盤子上的叉子，上頭仍刺著草莓。

「我猜朱音同學大概看到我藏鑰匙，所以她才會發現拿那個鑰匙就能去頂樓。」

「我大致了解了，但為什麼妳現在手上還有這把鑰匙？既然朱音同學在自殺時用上了這把鑰匙，它現在在這裡不是很奇怪嗎？」

「就是說啊。天啊，我真不知道該怎麼辦才好。」

像是個在耍賴的孩子，理央趴在桌子的中央。惠伸出指頭戳戳她柔嫩的臉頰。皮膚下沉的觸感充滿彈性，手感很好。

「不要玩我啦。」

老大不高興的理央抬起臉來。對不起，惠的賠罪有口無心。

「所以妳在耿耿於懷什麼？寧可喬裝打扮也不能讓別人知道的事又是啥？」

「就是……」

這件事大概格外難以啟齒，理央閉上嘴再次低下頭。賣關子賣到這程度，惠也無法按捺下去了。即使如此她依舊不敢對精神受到打擊的理央說出尖銳的話語，只好維持沉默。

「惠，我跟妳說。」

理央下定決心，從放在身邊的包包取出一個透明資料夾。淺藍色的資料夾裡裝著熟悉的信封。惠的心臟一顫。

「我其實收到朱音同學給我的信了。」

遞出來的信造型簡潔，貼在封口的貼紙被粗暴撕裂。大概是用蠻力扯開的，埋央的個性意外地粗枝大葉。

「這把鑰匙也裝在信封裡。」

把信封翻到背面，上頭以朱音同學的字跡寫著「給理央同學」。沒寫上地址。

「我可以讀裡面的信嗎？」

聽見惠的詢問，理央點點頭。信封裡有兩張便條對半疊在一起，上頭只寫了一行訊息。

「今天放學後方便的話，請到北棟教學大樓樓頂來。川崎」

手寫的文字大概是因為語氣拘謹，看起來也有些客套。第二張上頭沒有寫字，僅是大大地畫上了一朵蓋過格線的粉色百合。用彩色鉛筆輕柔上色的插圖，應該是出自朱音同學的手筆。在惠以指尖滑過那一行字的期間，理央滔滔不絕繼續說道，彷彿剛才的沉默全是偽裝。

「這封信放在我家的信箱裡。朱音同學死了以後，我不是一直待在家裡嗎？然後我媽就把這封信拿過來，說有人寄信給我，但上頭只寫了收件者。沒寫地址就表示是有人直接丟進信箱裡的吧？起初我以為是惡作劇。不過因為字跡像女生，我想說不定是某個朋友特地來家裡投的。而且因為是在朱音同學死掉之後的事，我莫名有點不安，覺得搞不好有關。」

一旦開口就再也無法停止，理央激動地緊接著說道：

「我媽查看信箱是在朱音同學過世的隔天。那天很忙，我媽傍晚才去看信，說不定是朱音同學特地把信拿來我家。說不定她知道我常去頂樓，希望我阻止她自殺。可是我卻滿腦子自己的事，完全沒注意到信！」

「理央——」

「怎麼辦？要是大家發現我收到這種信，不就會覺得是我害死朱音同學的嗎？我沒理會她，一定會被大家討厭。追根究柢要是我沒有偷走鑰匙，就不會發生這種事。我真的不知道該如何是好，所以我——」

「理央，妳先冷靜。」

惠抓住她的雙肩用力搖晃。哈、哈，理央吐出了像狗一樣的短促呼吸聲。她苦悶地揪著自己的胸口，睜得斗大的雙眼落下大滴淚珠，是換氣過度症候群。惠之前也見過理央陷入這症狀，連忙跑到理央旁邊的座位，撫摸她的背。緊抓著裙子的手越縮越圓，可憐兮兮的模樣不知為何令惠感到揪心。

「慢慢深呼吸。吸氣。」

惠的掌心順著背脊緩緩向下移動。她刻意加重呼吸讓理央聽見自己的呼吸聲。配合平穩的節奏多次撫摸她的背，理央原本痛苦的呼吸聲也逐漸轉為平靜。

「要喝水嗎？」

惠遞出玻璃杯，理央搖搖頭。她撥開被汗水黏在前額的劉海，臉上浮現虛弱的自嘲之意。

「對不起，給妳添麻煩了。」

「不用介意，妳還好嗎？」

「沒事了，總覺得這在不知不覺間都養成習慣了。」

理央的手在臉旁邊來回擺動，對惠故作鎮定。儘管那顯而易見是強顏歡笑，見到她臉上的笑容還是讓惠鬆了口氣。理央一直獨自面對著朱音同學的死亡。一個人背負這樣的祕密太過沉重，所以她才會把惠找出來。她只向惠透露不想告訴任何人的祕密。

因為我們是朋友啊。

「其實我也有事必須跟妳坦白。」

惠起身，在對面座位翻找自己的包包。一封信夾在筆記本之間。舉起信的瞬間，理央倒抽了一口氣。

「那不就是——」

「是朱音同學的信，我也收到了。」

理央雙手顫抖接過信封。純白的長方形與理央收到的信外型一模一樣。信封背面僅以渾圓的字跡寫著「給惠同學」。沒徵求惠的同意，理央隨即取出理頭裝的便條。中間簡短地寫了一段宛如戲言的文字。

「今天放學後可以來北棟教學大樓屋頂嗎？我有特別的事要說。妳不來，我可能會死。笑。朱音」

與寫給理央的信相比，內容直接多了。口氣輕鬆，署名還用平假名。不過寥寥幾行的信，也能輕易看出是寫給親密友人的信件。而第二張便條跟理央的信一樣畫上了花朵，是用彩色鉛筆繪製的紫色薰衣草。

「怎麼連惠也收到了？」

對於上頭的內容難以置信，理央的黑眼珠左右轉動，來來回回讀了好幾次。惠的嘴貼上茶杯，將身體靠上椅背。眼前出現一個比自己更加震驚的人，莫名地令她冷靜下來。見到這封信的瞬間，惠也跟理央做出了相同反應。為什麼寫給我？自胃的深處湧升的感情是徹底的疑惑，與少許的厭惡。

惠也是在朱音同學死亡隔日才發現那封信。星期六還得在學校聚集的學生對於難得的休假告吹毫不保留不耐。儘管人人都看得出對方全都懷著相同的不滿，卻沒有人說出口，全是因為大家至少還保有最低限度的禮節，知道在同學自殺的時候必須避免這類發言。頭腦好的學生很清楚，有些玩笑是說不得的。

惠一如往常來到學校，坐上自己的位子。大概是因為前一天沒睡好，她接連不斷打起呵欠。

「嗯？」

將手伸進桌子裡，傳來好幾張紙的觸感。想必是昨天惠請假時發下的講義。數學作業、古文小考通知、暑修選課須知、圖書館快訊。惠一張張過目，將需要的講義與其他文宣分類。此時指尖不經意碰到了某個硬質的物體。是一封信。沒有任何裝飾的潔白信封，深藏在紙張之間。惠小心地撕下封緘的貼紙，連忙看起內容。

「今天放學後可以來北棟教學大樓屋頂嗎？我有特別的事要說。妳不來，我可能會死。笑。朱音」

朱音。不過兩個字，就讓惠感覺自己全身血液倒流。如果當天就看到這封信，惠想必只會簡單地把它當成玩笑話吧，然而如今的惠很清楚這句話的真實性。

——因為朱音同學昨天死了。

惠感覺口腔發乾，心臟怦通怦通急促跳動，跳得她都痛起來了。腦內瞬間閃過前幾天見到的自殺相關報導。

男高中生自殺，疑受霸凌所苦——這個案件中有一名因班上人際關係苦惱的學生，在前往學校的路上臥軌自殺。網路立刻起底出帶頭霸凌的同班同學，從姓名、照片到住址的眾多個人資料都被公開。如果人家知道惠收到這封信，下一個被獵巫的人說不定就是自己。

該怎麼辦？該告訴老師自己收到這封信了嗎？但這麼一來自己就會受到懷疑。惠還有前途還有未來，不能讓偶然同班的人讓她的履歷染上汙點。那她該保密嗎？說不定其他人已經知道這封信的存在了。如果是這樣，這下則變成她因為隱瞞這封信而挨罵。哪個選項才是對的？自己該如何度過這個局面？惠將信放回桌內，尋思起來。

「啊，惠果然也收到啦？」

「哇！」

突然有人從背後對惠搭話，她不禁彈起身子。一轉身，惠見到面露賊笑的少女E正望著自己。

她從背後環住惠的肩膀，邊嘆氣邊低語：

「那封信啊，全班女生都收到了。」

「不會吧！」

「真的啦。」

說完她放開惠。彎成笑容的嘴唇，充滿對懷有相同祕密的共犯的憐憫。

「信是昨天體育課後冒出來的，但沒有人過去。因為她找得太突然了，大家早就有各自的行程。再加上可能是惡作劇，大家都沒理她。」

「也、也對，一般人應該都會以為是惡作劇。」

獲得同伴讓惠瀕臨短路的腦袋又急速運轉起來。仔細想想，不過就是收到一封信，用不著這麼焦急。見到這種內容，每個人絕對都會當成在開玩笑。信上自己都寫「笑」了。

「所以嘍，大家決定一起隱瞞這封信的事。」

「為什麼？」

「沒必要說出來啊。」

少女的手指爬上惠的肩頭，沿著脖子，最終沿著臉的輪廓掃過。湊得極為親近的雙眼，讓惠反射性地別開了臉。少女E笑了。

「把收到信的事情告訴老師，又能做什麼？跟老師說朱音同學把信全給了她能給的人，但大家全都沒理她？這樣講豈不就像朱音同學很沒人緣，很可悲耶。再說要是報告這件事，會留下不良紀錄吧？不管哪種情況都有害無利。所以無論是為朱音同學還是為自己著想，隱瞞才是最佳選擇。」

她如此斷言的語氣非常堅定，讓惠產生了強烈的安心感。有人在前頭引領著她，她加入了多數的集團。對害怕引人注目的惠而言，這些事實真是無比令人安心。

「是啊。跟別人提起這封信，只會讓大家都不好過。」

惠拿起桌子裡的信，悄悄夾進筆記本裡。這封信的存在就別讓老師知道吧。這是對大家來說最好的選擇。

「我們什麼都不知道啊。」

少女E一口咬定，像是在暗指這句話就是事實。而她的這句話，也成了支配全班的不成文規定。收到信的女生全都裝得若無其事。我什麼都不知道。問卷陳述的話語，全是謊言。

「所以真的全班都收到信了，對吧？」

談完過去發生的事，理央虛脫地將雙手攤在桌上。可見「全班」這個關鍵字讓她明顯放下一顆大石頭。理央擦掉眼角的淚水，將肺裡的空氣全部吐出。惠把信封再次收進包包裡，從茶壺倒出紅茶。

「對啊，所以妳放心吧。」

「那麼純佳同學會剛好出現在頂樓也就說得通了。純佳同學不是朱音同學的兒時玩伴嗎，一定是朱音同學把她找去頂樓。」

「大概吧。」

「啊，不過等一下。」

發現古怪之處，理央對著自己伸出掌心。

「那夏川同學跑來找我就不太對了吧？夏川同學照理來說也一定收到朱音同學的信了吧？她怎麼沒去屋頂？」

「有道理。夏川同學跟朱音同學也很好。說她沒收到信，我也覺得很牽強。」

「該不會夏川同學跟我一樣，信也是送到家裡？」

「說起來理央的信被丟進家裡信箱的理由也是很難以理解。那天妳不是來上課嗎？為什麼只有妳的信被送到家裡？」

「是因為裡頭裝了頂樓的鑰匙嗎？」

「這也有可能，但是總覺得怪怪的。」

當天朱音同學沒來學校。她單純為了尋死，特地在放學後跑來學校。也就是說她是先打開頂樓的鎖，再把鑰匙放進信封。如果是朱音同學自己送信去理央的家，她就得先去一趟學校再前往理央的家，然後再去一趟學校。即將自殺的人會做這種費時費力的事情嗎？

「現在講這個有點晚，但我可以問為什麼妳那天會待在教學大樓後門嗎？」

「呃、啊、嗯。是可以問啦……」

理央的雙頰變得跟楓葉一樣紅通通的。聲音越說越含糊，兩根食指扭扭捏捏打轉。那側臉完全就是戀愛中的少女，讓惠不自覺拉開距離。同情心消失無蹤，好奇心則探出頭來。惠回到理央對面的位子聽她的說法，接下來應該不需要幫她拍拍背了。

「這個嘛，我不記得剛剛我提過多少。就是我有喜歡的男生，不過是單戀。」

「對方是誰？我認識嗎？」

「我不知道，他是別班足球社的人。」

足球社。聽見這個詞彙的瞬間在惠的腦海閃現的，是一張夾在美術教室畫架上的照片。

「該不會就是那張照片上的男生吧？」

光是這句話理央就明白惠意指的照片，羞答答點頭承認。

「他是田島俊平同學，我一年級跟他同班。」

「他的確滿帥的。可是那個男生今天掃地時間來找細江同學喔？啊，失戀該不會就是指這個？」

難道說細江同學在跟田島俊平交往？惠還以為她現在仍對前男友存有愛意。

「狀況很像，但對方不是細江同學。」

「那是誰？」

「純佳同學。」

「原來。這麼說來，她是足球社經理嘛。」

高野純佳，宛如從書中走出來的模範生。對大家都很溫柔，很會照顧人。成績優秀以外，還率先接下大家都避之唯恐不及的班長工作。外表也賞心悅目，從她身上找不出任何缺點。足球社的男社員喜歡她，惠覺得很合情合理。

「聽說田島同學喜歡純佳同學。」

「他們沒有交往啊。」

「雖然沒有交往，但我覺得我贏不過純佳同學，所以我決定要對田島同學死心。因此我想把至今寫給田島同學的情書確實銷毀。就在我煩惱該怎麼銷毀時，我想到兩年前我曾經幫爺爺撒過骨灰。」

「呃？」

話題朝意外的方向發展，惠大為不解。為什麼會在這裡提到撒骨灰？理央沒理會疑惑的惠繼續說個不停。

「把爺爺的骨灰灑進海裡時，悲傷的情緒一口氣被安撫了。我感覺這樣爺爺就能自由自在地前往世界的每個角落了，我希望我的心意也能像那樣隨風而逝。於是我帶著整捆累積的情書跑去教學大樓後方。雖然我怕丟臉不想被任何人看到，但要是去屋頂撒信，散落在各地，之後會很難清潔吧？」

「妳還考慮到清潔啊？」

「當然，亂撒紙會造成大家的不便吧？再說我撒的可是自己寫的情書，我當然不想被大家看到。」

「也、也是。」

惠壓根不會想到要撒情書，只能不置可否點點頭。既然都考慮到收拾善後了，怎麼沒想到乾脆不撒情書？理央的思路太羅曼蒂克，惠有點難以理解。

「我坐在教學大樓後方的長椅決定要撕信，但重讀起自己寫的內容時，我感覺越來越難過。而當我回過神來，就像剛才一樣過度呼吸，喘不過氣。在我手忙腳亂時救了我的，就是夏川同學。」

「夏川同學怎麼會去教學大樓後面？」

「她好像是湊巧路過，看到我在哭，就覺得事情不單純。」

看到同學嚎啕大哭，難免會大吃一驚。夏川同學的行動沒有任何古怪之處，只不過湊巧路過這個說明仍有疑點。說起來北棟教學大樓後方平常幾乎沒有人煙，就算偶爾有人，也就是操場洗手台全被霸佔的運動社團成員，逼不得已來用這裡閒置的洗手台。沒有參加社團的夏川同學湊巧出現在那裡，怎麼看都不自然。

「夏川同學一直聽我訴說，然後她還幫我一起撕破信。我一直以為夏川同學是很難親近的人。她腦袋好得不得了，長得又可愛。但其實只是我自己在躲避她，一聊才發現她人很好。她直到最後都很擔心我，還跟我說了很多體貼的話語。我感覺自己因此看開了，因為她才能克服失戀。」

大概是想起了當時的事，理央陶醉地紅著臉頰眺望半空。夏川同學就這麼迷人嗎？一想到這點惠不太高興，從理央的盤子搶了一口水果塔。

「撕了好多封以後，夏川同學說要幫我收集碎片。這我真的就不好意思麻煩她了，但她卻說理央心情能舒服點的話，她無所謂，所以我就聽她的話一個人繼續撕。過了一陣子刮起一股強風，我一抬起臉，就看到朱音同學掉下來。」

陶器摩擦的聲音響起。理央的中指撞上了茶杯。大概是那一刻的記憶又湧上心頭，理央眉頭深鎖，瞳孔看起來彷彿也瞪大不少。她的手在空中擺動，在毫無一物的空間拚了命要抓住什麼。

「我就像這樣對朱音同學伸出手，彷彿慢動作。我還記得自己感到很混亂，疑惑她為什麼飛在空中。然後……等我明白狀況，我就昏了過去。」

當時的朱音同學究竟是什麼姿態？光是想像就令人作嘔，惠連忙喝起紅茶。惠時常幻想自己死亡的場景，但那都不具真實感。死在惠的想法裡，是種便利的救贖。只有死亡能輕輕鬆鬆斬斷對未來漫長人生的擔憂。然而即使惠曾沉溺於妄想，她也未曾實際付出行動尋死。惠並不想離開人世，她只是偶爾會對活下去感到厭煩。而惠也非常清楚，這種渴望不怎麼稀奇。

「我一醒來就躺在保健室的床上，推開隔間看到好多老師之類的大人。純佳同學崩潰大哭，夏川同學在安慰她。她一直告訴純佳同學這不是她的錯，我因此想起了朱音同學的事，就吐了出來。保健室的老師在一旁安慰我。」

「朱音同學那時……」

「對，雖然送去醫院，但已經沒救了。純佳同學的母親好像馬上就來接她，她一臉黯淡地跟媽媽一起回家。我則一直躺在床上等我媽來接我。目送純佳同學後，夏川同學改陪在我身邊。」

「夏川同學哭了嗎？」

對於惠的疑問，理央僅是輕輕搖頭。

「她沒哭。夏川同學非常冷靜。我想她應該是在顧慮我跟純佳同學，覺得自己必須振作吧。」

「原來如此。」

還有這種解讀方式啊，惠大感意外。茶杯裡的紅色水面蕩漾起來，沉入水底的檸檬籽，就像是混入泥巴裡的砂金。

「夏川同學給了我一個超市的塑膠袋，一打開全都是信的碎片。她跟老師只說這是情書。老師一開始對我有不好的懷疑，說我在這個時機撕信很可疑。為了解開誤會，她告訴老師這是情書，但沒說出我喜歡的對象是誰。」

理央吸起鼻子。她從包包拿出面紙，隆重地擤起鼻涕。與店內寧靜的氣氛格格不入的舉動讓惠不禁苦笑。

「那信的碎片最後怎麼了？拿去海邊撒了？」

「怎麼可能，我才不會污染環境。」

「那妳拿去丟了嗎？」

「我還是沒辦法豁出去丟掉，所以用家裡的瓦斯爐燒掉了。」

這真的超乎惠的思路範圍。撇開傻眼的惠，理央一臉坦然地拿起刀叉。

「奇怪，我的草莓塔怎麼少了一塊？」

「不，現在該在意的才不是妳的塔。用瓦斯爐燒是什麼狀況？」

見到惠激動起來，理央愣愣地用刀子切起草莓塔。刀子緩緩鋸開塔皮，使得塔皮最後碎裂成不自然的形狀。「草莓塔真難吃得漂亮。」刀工讓理央很沒面子，一臉難為情。

「就跟妳說塔一點也不重要，燒掉到底是怎樣啦？」

「就是字面上的意思啊？我拿著夾子把信全都燒掉了。廚房被我弄得很臭，我媽還對我發飆，叫我要燒東西就去院子生火。」

「我完全同意妳媽，要是失火該怎麼辦？」

「啊，這我倒是沒想到。」

理央將草莓塔送進嘴裡，幸福地咀嚼。惠手抵著額頭撐在桌子上。她說傻氣也未免過頭的舉動，總是把惠耍得團團轉。理央豪爽地乾光涼掉的紅茶，再倒了一杯。儘管沒加檸檬也沒加牛奶，她仍隨手用茶匙攪起紅茶。

「跟惠坦白以後，我心情舒坦許多。謝謝妳。」

「我倒是不停陷入混亂，真沒想到妳會用瓦斯爐燒情書。」

「有這麼奇怪嗎？」

「該說怪嗎……很像妳會做的事，還可以啦。」

惠已懶得去想，拿湯匙掬起盤子上殘留的焦糖醬。就連要好的朋友也有這麼多難以理解的地方，自己這種貨色妄想推敲夏川同學的思考，或許本身就是種厚顏無恥的事。

「可是我到底該怎麼處理這把頂樓的鑰匙，還有朱音同學那封信？是不是還是告訴老師比較好？學校應該也想多取得一些線索。」

「不要，這件事就別說出去吧。」

「為什麼？」

儘管一雙詫異的眼對著惠，理央也沒停下吃草莓塔的手。惠舔掉湯匙沾到的醬汁，將尖端指向理央。

「因為說了也沒好處啊。」

「好處？」

「對。假設妳把那封信跟這把鑰匙的事都告訴老師。那老師就會發現我們班每個女生都收到信了吧？要是人家覺得全班都是共犯，妳知道會發生什麼事嗎？我們班會被貼上有霸凌問題的標籤，也會波及紀錄。光是班上有人自殺就對推甄有負面影響了，我不希望再給自己多找麻煩。」

「可是……」

「這也是為了妳好。妳偷走鑰匙與朱音同學的死無關。一般人不會因為得到屋頂的鑰匙就想自殺，朱音同學是自己去尋死的。但如果在這個節骨眼妳偷走頂樓鑰匙的事曝光，鐵定會有人把朱音同學的死歸罪在妳身上。這可不行，萬萬不可。」

「萬萬不可……」

「沒錯。這是為了大家好。理央妳能為大家做的事，就是保持沉默。」

惠語帶保留地緩緩解釋。她的眼睛直盯著前方，無比認真地訴說。理央雖然少根筋，卻也不是傻子。對團體來說什麼才是最佳解，她想必能做出明智的判斷。

理央用指頭抹掉嘴唇沾上的鮮奶油。喝下冒著熱氣的紅茶，她的臉上浮現平靜的微笑。

「說得也是，這是為了大家好。」

她手中的白色信封被撕成碎片。給理央同學。圓潤的字跡崩解，化為不具意義的黑色形體。見到堆積在桌上的碎紙堆，惠有種莫名的成就感。

「這也給妳撕。」

惠說完便將給自己的信交給理央。望著化為紙屑的便條，惠想像起碎片隨風遠颺的模樣。五顏六色的紙片在寬廣的藍天優雅飛舞。這個景象想必很迷人。至少比被瓦斯爐燒成焦黑灰渣好。

「這些紙屑妳要怎麼辦？」

理央笑盈盈地回答惠的疑問。

「嗯？當然是拿去丟啊。」

「這樣啊。」

惠拿起堆積在桌上的其中一片紙屑撕成兩半。「朱音」的字樣轉眼間已無法辨識。

理央在星期五回到學校。當事人大概也下定決心，多日沒來上課的她，表情看起來已釋懷。

到了午休，學生歡天喜地跟要好的團體聚在一起。理央來上課，今天的午餐久違地八人到齊。在教室的角落，與理央一樣在今天回到學校的純佳同學，正與夏川同學等人一起享受午餐時光。細江同學與桐谷同學，然後再加上夏川同學與純佳同學。外貌水準出眾的四人組輕而易舉地釀造出特別的氣場。

惠用筷子尖端撥開鮭魚皮，環視排排坐的七個人的臉孔。每個人都是隨處可見的平凡少女。庸俗而沒個性。隱身於人群中，渴望與「大家」待在一起的少女。如果理央是少女G，惠自己就是少女H。

「不過幸好理央恢復精神了。我好擔心妳喔。」

「就是說啊。居然碰巧在場，妳真的很不會挑時間。」

「理央就是這樣，很容易被牽連進有的沒的騷動。」

「謝謝大家為我擔心。」

「為朋友擔心是理所當然的。」

「哇，妳說得真好。」

「別逗我啦，我會害羞。」

哈哈哈。一張張嘴流露出和樂融融的笑聲。夏日逼近，射入窗內的陽光很炫目。雖然距離開冷氣時期還有一段時間。氣溫仍日漸攀升。原本放在朱音同學桌上的花瓶，不知何時撤掉了。

「對了，我看到了。那天垃圾桶丟著朱音同學寫的信，而且是寫給細江同學的。」

「真的假的，所以是細江同學丟的喔？」

「不知道朱音同學有沒有看到信被丟掉。」

「她一定大受打擊。」

「朱音同學好可憐。」

少女F同情兮兮垂下眉。就是說啊。大家異口同聲贊成。

「細江同學到底想怎樣啊？」

「居然在本人看得到的地方丟信。」

「好過分。」

「我如果站在朱音同學的立場，一定會很受傷。」

「對啊。」

「大家為什麼那天沒去屋頂？」

接連不斷的對話以不自然的形式戛然而止，全因為理央的疑問。所有少女全都為了掩飾困惑而露出笑容，就像是在暗罵理央不識相。為了遲鈍的友人，惠輕踹理央的腿，然而她卻只是大不解地歪著頭。

「突然收到信，我也很難處理啊。」

「我還要去委員會。」
「我也有社團啊，不能翹掉。」
「因為大家都收到一樣的信，我以為一定會有人去。」
「再說朱音同學真正想找的人大概是細江同學吧。」
「把我們牽扯進來有什麼用啊。」
「她這樣我們也很困擾。」
「惠呢？」
少女D突如其來把話鋒轉向惠，大概是因為惠沒作聲吧。正要咬下小香腸的惠連忙抽開筷子。
「我那天請假。」
「妳真好，還可以找這種藉口。」
「咦？」
惠太過震驚，小香腸從筷子上滑落。少女C探出身子。
「妳要是沒請假，也一定不會去啦。」
「妳都去美術社嘛。」
「一定是這樣。」
「因為妳跟朱音同學也沒那麼好啊。」
「我敢說妳百分之百不會理她。」

對她們來說，朱音同學的死亡只是閒話的衍生，只是在每天的對話之中逐漸消費掉的話題之一。

「不過撇開信，我看朱音同學也在為細江同學的事煩惱。」

「不用遺書也看得出來。」

「對啊，細江同學真的好差勁。」

「她之前掃地時間也只顧著跟別班男生聊天。」

「拜託她愛巴著男生也要懂得收斂。」

「既然還愛前男友，怎麼不專心在他身上。」

「遷怒別人真的很過分。」

「細江同學真的很爛。」

「對啊。」

對話繼續鬼打牆。不管從哪裡開頭，到頭來都會回到相同的結論。沒有人想承擔責任，所以全都推到細江同學身上。問卷調查表也沒有半個人老實寫出朱音同學寫信的事。大家都想掩蓋自己無視邀約的事實，才會裝出若無其事的表情。

少女A望著惠的眼睛，像是要尋求她的同意而開口問道：

「惠，妳也覺得是細江同學的錯吧？」

「對啊，細江同學真是個爛人。」

惠不假思索。要是不這麼回答，今後她在班上就成了格格不入的人。她當然是以嚴肅的眼光看待死掉的朱音同學，但到頭來這也是與自己無關的事。再怎麼善待死人，都無法為惠的校園生活帶來紅利。既然如此，裝作無知才是上選。不要自己多事，重視團體和諧，因為這正是好學生應有的面貌。

少女H笑了。大家也笑了。

「就是說啊。」

第二章
少女甘願當個路人

3.作答者：

細江愛

Q1. 請問您對川崎同學有什麼了解？

無。

Q2. 請問您是否在校內看過某名同學遭到霸凌？

無。

Q3. 請問您對霸凌有什麼看法？

怎樣才算霸凌？我不懂界線在哪。

Q4. 若您針對這次案件與霸凌問題對學校有任何建議，還請告知。

這件事明明跟我八竿子打不著，
莫名其妙被當成元兇讓我很火大。

對細江愛而言，川崎朱音是討人厭的同班同學之一。她是個不起眼的存在，屬於無法成為班級中心成員的類型。儘管如此，不知道從什麼時候開始，她卻囂張地染起頭髮。她把裙子弄短，襯衫的扣子也開了兩顆，刻意要靠近愛也很煩人。

愛有種領袖氣質，從以前就有吸引他人的魅力。這都拜天生的美貌與才能所賜，不管川崎怎麼做，都絕對比不過愛。

「據說妳與川崎朱音常起衝突……這是事實嗎？」

這說法真是委婉。話語經過層層包裝，讓愛不禁煩躁起來。就像是在網路上訂指甲油，收到包了足足七層的巨大紙箱一樣不必要。既然懷疑我何不直說？

「不是。」

愛撐著臉頰遙望窗外。天氣晴朗得要命。藍天的色澤均勻到不存在濃淡變化，不具現實感令人作嘔，看起來就像電腦繪圖。坐在面前的訓導老師狐疑地將手掌貼在臉上。

「可是有好幾份問卷，都說看過妳跟川崎同學有糾紛。」

「所以呢？老師是想把那女的自殺這件事都怪在我身上嗎？」

「妳怎麼會跳到這種結論，老師只是在調查實際上發生了什麼事。」

「調查有什麼用？妳找我問一百次話，就能找到那女的寫的遺書了嗎？蠢斃了。」

「妳不要稱呼死掉的同學『那女的』。」

「所以她沒死就可以說了？那我明天也去死好了。這樣老師大概也會反省自己不該罵我。」

「這種事情就算是玩笑話也說不得。實際上真的有學生死了，妳這樣很不得體。」

「好好好，您說得是。」

訓導室位於教師辦公室隔壁。這是個宛如連續劇中偵訊室的狹小空間。中央放著造型單調的桌椅，窗戶裝了鐵欄杆。違反校規的學生會被叫到這個地方接受指導。我感到非常抱歉，再也不會犯了，他們在此繳交徒具形式的悔過書，請求學校赦免罪孽。

「吼唷，真是麻煩死了。」

見到愛大表不屑，老師的臉頰抽搐起來，可能她用來維持假笑的肌肉已逐漸衰老了吧。

「既然如此我就開門見山地說了。有人目擊妳上上星期五與川崎同學在掃地時間起了爭執。」

「我們哪有爭執？」

「問卷上說妳對川崎同學撂狠話。」

「我才沒撂什麼狠話，我只是把我想到的事情誠實說出口。」

「妳說了什麼？」

彷彿不願錯過任何愛說出來一字一句，老師湊近愛。抹滿化妝品的皮膚傳來濃郁的香精味。愛嘆口氣，將視線轉向老師。

「我說，我可沒把妳當成朋友。」

「妳確定妳這樣跟川崎同學說？」

老師緩緩挨近，跟愛再次確認，逼人的視線讓愛露骨地皺起臉來。

「對啊，一字不差。」

「然後川崎同學怎麼回答？」

「誰知道，我說完就直接離開教室了。」

老師在夾板寫下愛的證詞。她平常放在胸前口袋的原子筆，是站前銀行發送的禮物。貓型吉祥物穿著明亮水藍色的連身裙。露出肉球揮手的模樣，根本就是做作這個詞的濃縮。女生喜歡可愛的東西，但討厭裝可愛的女生。

愛將自己的手指對著日光，裸色指甲油隨著角度變幻閃耀的色澤。

「我不知道老師怎麼想，但川崎才不會因為這樣就去死。」

「妳怎麼可能知道這種事。」

「我就是知道。不是常有人說，喜歡的相反是漠不關心嗎？」

放在老師身邊的提包裝了班上繳回的問卷。儘管數量眾多，卻全是不痛不癢的證詞。

「班上的人都不關心川崎。他們認識的川崎，就跟千層派最上面那層一樣淺薄。我比他們了解川崎多了。」

「為什麼？」

「因為我討厭川崎，川崎也討厭我。」

我們情投意合呢。聽見這玩笑話，老師的腿抖了起來。居然會抖腿，可見她非常惱怒。老師停下搖著原子筆桿的手，視線筆直地投注在愛身上。充滿責備的目光，散發出人師的強烈信念。大人矯正起孩子，像是把扭曲的釘子打回原樣。把他們腦裡的理想框架硬是塞給孩子。

「都什麼時候了，妳還在跟我鬧？」

「妳好意思說我鬧？說起來不過就是川崎死了，為何你們要因此跟我死纏爛打？真是莫名其妙。」

「妳的同班同學可是過世了，我不允許妳這樣說。」

「誰管妳啊。每個人心裡還不是都這麼想。不熟的同學死了，就跟電視新聞報導有人死了沒兩樣。」

會為川崎朱音身亡真心落淚的人，一定只有從小認識她的高野同學。即使每天待在同一間教室，不熟的人也等於不存在。就跟偶爾會闖入視線內的班級圖書差不多。就算對書背的書名有印象，對內容沒興趣就沒有意義。

「我說那個問卷啊，我們班有幾個人認真作答？」

「我不能說，內容必須保密。」

「我看也只有高野同學會認真回答吧。」

愛這句話讓老師的眼神明顯閃爍。問卷羅列的場面話說來好聽卻沒有內涵，學生不過是配合演出學校要求的理想學生。

「大家都滿嘴謊話，只會騙騙騙。每個人滿腦子只有自己，根本不在乎川崎。他們也是這樣對我，只要把我視為敵人就能產生向心力，所以才會在問卷上說我的壞話。」

愛的腦海中冒出了不起眼的同班同學。尤其是那群烏合之眾的女生小圈圈。一群思緒膚淺、認為佔據多數就能保住自己安身之地的傢伙。愛起身，露出靠自拍練出的燦爛笑容。

「老師妳應該也知道，排擠某個人使得剩下的人團結一致，並不是多稀奇的事。那妳知道嗎？這就叫霸凌啦。」

老師無法反駁，一張嘴只是無聲張合。不管口紅把她那張嘴妝點得多嬌豔，發不出聲音也不過是個裝飾品。愛對眼前的大人投以輕蔑的眼光，站住！老師說。愛沒聽從，她絲毫感受不到理會她的必要。

「唉，好累喔。真是莫名其妙。」

等待愛回到教室的，是桐谷美月與夏川莉苑。她們注意到愛的聲音，停下筷子。愛刻意大搖大擺地坐上椅子來表現不耐煩。美月靜靜微笑。

「辛苦了，去好久啊。」

「大家人好差，完全在懷疑我。」

「好可憐喔，給妳拍拍。吃下這個打起精神吧。」

給妳。美月把蛋捲夾到愛面前。愛毫不猶豫咬下，舔舔嘴唇。美月家的蛋捲加了砂糖甜滋滋的。愛喜歡鹹蛋捲，但能接受偶爾吃吃甜蛋捲。

愛把在店裡買的午餐麵包倒到桌上。炒麵麵包、可頌、蛋沙拉麵包。母親工作忙碌的時候，愛的午餐總是這三種麵包。她把這個組合命名為黃金三重奏推薦給大家，但目前仍沒有任何人跟進。

「我剛才才跟美月在聊這個，果然是找妳去談那個問卷調查的事嗎？」

以優美的姿勢將羊棲菜送入口中的夏川同學微微歪起頭。不久前夏川同學還與高野同學跟川崎朱音三個人一起吃午餐。然而現在川崎死亡而高野同學沒來學校，夏川同學就落單了。是美月看不下去找她一起共進午餐。愛與美月原本就對夏川同學有好感。這是因為班上多數女生對她們兩個的敵意表露無遺，但夏川同學卻敢毫不在乎地找兩人說話。

「沒錯沒錯，真的好煩。為什麼大家都要懷疑我啊？」

「誰叫妳素行不良。」

美月笑嘻嘻地嘲弄愛。妳喔。愛噘起嘴，打開鋁箔包的飲用口。麝香葡萄味的紅茶是這個月的新產品。容量五百毫升這個價位算是便宜，因此有許多學生都買鋁箔包的紅茶。然而因為量多到喝不完，常常都開始上課了，鋁箔包還放在桌子角落。

「話說回來，高野同學還是沒辦法來上課嗎？」

愛的視線落在空位上。好學生高野同學的桌子裡沒放任何東西。見不到任何生活痕跡的桌子，看在別人眼裡莫名有些陰冷。

夏川同學垂下肩。

「對啊，她心情好像還很低落。」

「畢竟是童年玩伴，當然會難過。」

美月摸摸夏川同學的頭。每天追求成熟風韻的美月與有一張娃娃臉的夏川同學湊在一起，看起來就像一對姊妹。

「希望純佳快點回來學校。」

「對啊，我好想念高野同學。」

愛的發言讓夏川同學表情瞬間亮了起來。

「要是告訴純佳妳很想念她，她一定會很高興。」

噗嘻，從她小巧的嘴流露的笑聲極為獨特。愛非常喜歡這個笑聲。優秀的外貌再加上優秀的腦袋，這笑聲是乍看完美的夏川同學唯一的瑕疵。每當愛聽到這個笑聲，她就會想起眼前的少女也跟自己一樣，是個普通的女高中生。

放學後的教室一口氣安靜下來。一半的學生有社團活動，另一半則打道回府。圖書館附近的自習空間總是人滿為患，有許多年輕人埋首於學業。這間學校就是這樣的地方。擁有考上理想校系這個明確目標的學生，在念書這個共同目的下共聚一堂。

這樣想來，或許愛從一開始就選錯高中了。在補習班老師的建議下迷迷糊糊考上的當地高中，是被譽為縣內首屈一指的明星學校。校內有許多用功的學生，以往建立人際關係的方式在這裡毫不管用。愛從以前就注重打扮，也能跟男生自在交談。自己沒有任何特別企圖的這些行動，看在周圍同學的眼裡卻似乎很礙眼。等愛發現時，她已經成了班上女生的眼中釘。起初她也曾經煩惱過。愛也只是個普通的高中女生，可以的話她也想跟大家度過融洽的校園生活，然而這個目標看來已無法達成。全因為對方絲毫沒有跟自己好好相處的意思。

「好煩喔。」

美月將手放在窗框上，重重嘆了口氣。這是她的口頭禪。她心情正低落，她心情正煩躁，她的聲音會向愛透露這類心情狀態。

「窗外有什麼好看的嗎？」

「沒。」

「也是。」

嘴巴上這麼說，愛還是坐到了美月的身邊。足球社社員正吹著舒爽的風在操場奔馳。在這個夏日將至的季節，跑來跑去稍嫌氣溫太高。灌進教室的風掀起了劉海。美月伸出手指將愛的劉海從前額到耳邊一路撫平。

「妳看過那支影片了嗎？」

對於美月的問題，愛模稜兩可地哼了一聲。

「妳是說川崎的影片？」

「就是那支。」

「我看了，真扯。」

「那支我也不行，到底是誰拍的啊？」

「不知道，不過沒拍屍體這點還可以。」

以手指操作手機螢幕，愛輕鬆找出川崎的自殺影片。這年頭自殺影片不算稀奇。就算短期間有人關注，川崎也會馬上被人遺忘。

美月聳肩。

「川崎害得課程進度落後，大家就算沒說出口，也很不耐煩吧。」

「老實說與其逼我們聽可有可無的愛惜生命論，我更想趕快寫補習班的作業。」

「我懂，浪費時間。」

在假日強制召集學生的全校集會上，她們被迫聽了校長又臭又長的演講。請你們想想，父母是懷著什麼樣的心情把你們撫養長大。在妳的身邊一定也有心疼妳的人。他對著學生全力疾呼生命的美妙，然而這些好聽話反倒讓愛更噁心。無從挑剔的乖乖牌說詞是說給不特定群眾聽的，而不是專為自己吐出的話語。追根究柢，身邊有心疼自己的人跟尋死的念頭也是兩回事。

「我每次都很懷疑，會因為那種道德勸說就回心轉意的人真的存在嗎？」

「有沒有效果不重要，學校只是以防萬一想做出校方已經採取措施的樣子。」

「啊——真討厭，大人好骯髒。」

「就是說啊。」

打開通訊軟體，朋友開開心心的對話映入眼簾。「星期日想去買東西，有沒有人要陪我去？」、「夏裝？」、「聽說開始折扣了。」、「真假，我想買涼鞋。」、「啊，我週日有空。」、「幾點開始？」、「在哪碰面？」、「趕得上的話我會到。」

對話框接連冒出，愛也趕緊打起回應。她跟中學時代的朋友如今也很要好。儘管目前是這副德性，當年愛在小圈圈裡功課可是特別好。學校建議她去符合自己成績的高中，但或許她其實該去朋友就讀的當地普通學校。跟話不投機的人共同度過每一天，實在太痛苦了。

「但這樣我就無法與美月相遇了吧。」

「妳沒頭沒腦說什麼啊？」

聽見愛的自言自語，美月溫和地瞇起眼。每當她那充滿愛憐的眼光對著自己，愛總有種心癢的感覺。

「沒啦。」

「很令人在意耶。」

「妳才沒有在意咧。」

「真的啦。」

美月笑道，接著將手伸向放在桌上的文庫本。書店代為包裝的紙書套上，以簡單的線條畫著異國街景。美月將頭髮撩到耳後，塞進藍色耳機。一旦她的視線顧著追逐文字，任何人的呼喚都會被她排拒在外。確定美月已埋首於書中後，愛觀察起美月的側臉。

愛與眼前的桐谷美月邂逅的機緣極為平凡，說穿了就是社團。中學時代就參加籃球社的愛，上了高中也順理成章地想加入籃球社。體育社團也有許多體保生，對在班上沒有容身之處的愛而言，社團是少數可以喘息的空間；而美月就來到了籃球社。

美月從一開始就擄獲了許多人的心。愛雖然常常被稱讚可愛或長得漂亮，美月的類型卻壓根與她不同。她一塵不染，毫無累贅。眼線與睫毛膏對完美的容顏來說皆是無用之物。她是上帝創造的最高傑作，愛深愛著她的稀世美貌。

進入社團沒多久，愛就找上美月，兩人就這麼成為朋友。平時矜持的美月，只有在愛面前會親暱笑鬧，這讓愛有種優越感。兩人沒花上多久時間，就成了特殊的朋友。

「美月……」

愛用像是說悄悄話的輕聲細語呼喚她。呼吸大過說話的聲響，沒引起美月的反應。專注於書本上的她已聽不見自己的聲音。愛已經習慣她這種狀況了。起初她也曾為兩人相處時還聽音樂這點感到火大，在她發現美月沒有任何惡意後，愛也開始會做起自己的事。

愛邊玩手機邊觀察眼前的少女。白皙如雪的肌膚。高挺的鼻梁。低垂眼瞼上一圈纖長的睫毛。水潤的紅唇透出蜜桃微微的甜美香氣。浮出的鎖骨、細瘦的手肘。隨著夏日接近，美月又消瘦幾分。

她在高一的夏天離開社團。由於氣喘宿疾惡化，醫生祭出禁令。人前表現堅強的美月，唯有在愛的面前示弱。我不想退出社團，她淚眼汪汪地哭訴，愛在衝動之下將她擁入懷裡。

——我也會退出社團，我要陪在妳身邊。

直到如今愛未曾後悔過這個選擇。想打籃球隨時能打，但想陪在美月身邊就只能把握現在。

「美月，我喜歡妳。」

幽幽的低語沒有獲得任何回應。

星期二是個雨後的晴天。足球社社員一臉不滿地仰望著放學後完全晴朗的天空，「怎麼不下雨暫停一次社課啦。」這樣的咕噥完全就是進行戶外活動的人會說的話。還在籃球社的時候，愛從來沒在意過天氣變化。

「等待期間會不會很無聊？」

「不會，我在寫數學作業。」

「期末考也快到了。」

「對啊。也差不多該認真讀書了。」

愛與美月捧著數學參考書，一起踏進圖書室。每週二是美月這個圖書委員的值班日。愛回到家裡也閒閒沒事做，因此每次都會等美月下班。最裡面的圖鑑區前的書桌，是愛的寶座。

愛打開筆記本，在紙張之間插入墊板。右邊寫上日期，鉛筆盒則擺在左手邊。這是她認真讀書時的老規矩。愛在格線上寫入數字，全心投入算式。中學時代從頭數起比較快的校排名，在進入這間高中後掉了不少。稱霸雜牌軍與在精挑細選的菁英之間奪魁，兩者之間是天壤地別，所以夏川同學真的很厲害。從入學考試到現在，她一直是第一名。愛打從心底尊敬這位天真可愛的同班同學，儘管其他人完全不懂她的可貴。

「呼。」

有別於中學時代，放學後的圖書館充滿人氣。這裡很多愛書的學生。瞥一眼櫃檯，愛見到美月正與陌生的女學生談笑，是愛不認識的女生。她感覺不是滋味，停下解題的手。愛看向手表轉移焦點，發現就快到結束時間了。作業還剩一點就能寫完，時間抓得剛剛好。正當她想接著回到筆記本上時，有個礙眼的東西毫無防備地闖入愛的視線內。整整齊齊的黑髮，具有中性之美的側臉——是中澤博。認出他的那刻，愛不禁脫口而出：

「倒楣死了……」

幸好博沒對愛的自言自語做出反應，他似乎撐著頭睡著了。博的眉頭緊皺，嘴發出微弱的呻吟。他大概遇上了什麼讓他會做噩夢的倒楣事，遺憾的是愛不是超能力者，因此無法得知他的內心——不對，愛其實知道。博現在正思念著死亡的川崎朱音。

「畢竟他們兩個現在在交往啊。」

這次的自言自語，愛好不容易留在嘴裡。她用舌頭掃過牙根，設法嚥下了就快吐出的嘆息。愛將臉壓近桌子，努力把他的存在從視線中驅逐。

中澤博直到一年前都跟愛交往，就是所謂的前男友。主動追求的人是愛。那是中學三年級的事，愛想忘也忘不了。他們持續交往，進了同一間高中，但在高一那年夏天兩人散了。提分手的人是博。

愛喜歡的是博的長相，性格她不在乎，博就是長相姣好的類型。愛從小就不分性別喜歡美麗的人。無論是一起行動的朋友或交往的對象，長得好看就對了。眼福多多益善是愛的一貫主張。

「抱歉，久等了。」

結束圖書委員工作的美月飛奔而來。趕人的鐘聲響起，然而博的意識還在九霄雲外。

「辛苦啦，我現在收拾。」

愛快手快腳將筆盒與筆記本收進書包，轉身面對美月。等待愛收拾的期間，美月面色險惡緊盯著博。

「美月，回去吧。」

愛扯扯美月襯衫袖口，她的表情這才微微放鬆。她勾起愛的手臂，緊貼著愛要給周圍的人看。這大概是在牽制博吧。她覺得美月這種愛吃醋的個性很可愛。兩人行經博的正後方，不過陷入沉眠的博毫無反應。他帶著憂愁的臉仍是一樣地美。

「妳在看中澤吧？」

隨著夏日接近，日落時間慢慢變晚。夕陽融入山間的殘渣，不久後將被吞噬進支配四周的深藍之中。愛把包包放在長椅角落，腿大剌剌伸開。從腳尖包覆到腳跟的黑色樂福鞋，是入學前纏著母親買的。

站前的公園是愛與美月在歸途流連的地點。咬下超商買的冰棒，牙根立刻一緊。正當愛為融化的冰棒叫苦連天，買了杯裝冰淇淋的美月說了剛才的這句話。看她鼓脹起雙頰，可見美月相當生氣。愛不禁笑了出來。
「我是看了，但沒有特別的意思。」
「真的？」
「真的啦。」
「絕對不可以看上那種男人，絕不可以選拋棄愛的傢伙。」
美月用樂福鞋的尖端挖起了柔軟的地面。沾上的土因為上午的雨變得軟黏，無法輕易去除。美月緊緊盯著自己，舔起塑膠湯匙。
愛趕緊解釋。
「不用擔心，我對他已經沒有任何愛意了。」
「我無法信任，妳就拿帥哥美女沒轍。」
「這是本能，沒辦法啦。」
見到笑嘻嘻的愛，美月氣得豎起雙眉。
「怎麼能說沒辦法。妳要是不小心，會被不正經的男人吃掉的。」
「美月妳真愛操心。」
「我只是希望妳能幸福，因為我喜歡妳啊。」
「是是是，謝謝您的關心。」
「我每次都說的，我是認真的。」

「我知道啦。」

愛揮揮手，再次咬起蘇打口味的冰棒。冰棒表面已完全融化，汁液滴到手上。用舌頭舔舐木棒，如糖水的單純甜味黏上舌尖。

「話說回來，關於那封信啊。」

「妳說川崎那封？」

愛硬是轉換話題，讓美月露出苦瓜臉。不過她也沒多抱怨，仍舊配合她聊起新話題。用不著說出口，美月也能讀出愛的心情，因此愛總是仰仗著她的體貼。

「對。我看老師的感覺，大家果然都沒跟老師說。」

「我們這班不意外。」

美月拿湯匙插進香草冰淇淋，融解中的冰淇淋表面形成了好幾個凹洞。

美月的嘴角露出冷笑。

「到頭來收到信去樓頂的，也只有高野同學啊。」

「班上的人把我說得這麼難聽，自己也挺狠的。」

「不過這裡就是這種地方啊。」

美月口中的這裡到底是指哪裡？是學校這個狹窄的封閉空間，還是巨大的現實世界？

美月繼續說：

「川崎也太看得起自己了。居然覺得寫那種信，大家就會聚集到頂樓。她人緣又沒那麼好。」

「結果居然只有高野同學過去啊。」

愛清清楚楚記得那天的事。雨後的天空異常晴朗，那天的夕陽強烈得宛如世界在燃燒。樓頂。信。體育服。記憶的片段在腦中聚集，在愛的腦海裡喚醒當時的情境。

星期五第七節課是體育。由於掃興的雨，體育館的空氣充滿了濕氣。為了幫流汗燥熱的身體降溫，愛握著體育服的下擺搧起風來。籃球還是一樣好玩。拿下綁頭髮的橡皮筋，她感受到風鑽進悶濕的髮絲之間。

「二班跟六班，別忘了你們今天負責整理場地。解散。」

鈴聲響起，同一時間老師解散同學。學生發出壓抑興奮的歡呼。星期五下課那一瞬間永遠令人雀躍。

「愛，快走吧。」

愛被美月牽著手拖回教室。其他的學生忙著閒聊，每次都會略晚回到教室。兩人總是在體育課結束後率先解開門鎖，享受兩人獨處的短暫時光。代替更衣室使用的教室，每個人的桌上都亂糟糟地堆著脫下來的制服。

愛脫下體育服，把襯衫套在無袖背心外。正當她一顆顆由下往上扣起扣子，美月突然盯著愛的抽屜看。

「裡面有封信。」

「信？」

愛歪起頭。小學時雖然很流行跟朋友互傳信件，到了高中人人有手機，寫信的機會瞬間變少。無論是悄悄話或是聊天打屁，靠通訊軟體也就夠了。對理所當然會把手機帶在身上的愛這些人來說，寫信具有特別的意義。

還沒換下襯衫配短褲的不搭調打扮，愛就從自己的桌子裡抽出那封信。純白的簡單信封看在喜歡繁複裝飾的愛眼裡有些寒酸。翻過來信封上寫著「給愛同學」。拆開信封，裡頭放著兩張便條。第二張紙畫著寫實的黃色花朵。愛不熟花的種類，但這種花她也認得。小學上課也學過的喇叭型花朵，這是水仙花。

視線回到第一張紙，上頭寫著簡單的語句。愛回過神才發現自己眉頭皺得多緊。

「麻煩妳今天放學來北棟教學大樓樓頂一趟。我有特別的事要說。妳不來我大概會死。朱音」

見到句子的那瞬間，她渾身上下都起了雞皮疙瘩。

「噁心死了。」

這種麻煩的事就要盡快忘掉。愛把信揉成一團，直接丟進垃圾桶。漂亮，美月隨口說說。

「妳桌子裡也有嗎？」

「有，妳看。」

她舉起的信上畫著藍色的繡球花，中央寫上的文字與愛收到的信有著相同的字跡。

「今天放學有空的話請來北棟教學大樓的樓頂一趟。我想繼續談那件事。川崎」

內容跟自己的不一樣。愛開口詢問：
「那件事是？」
「我不知道，完全沒頭緒。先不提這個，妳看近藤的桌子裡也有。」
美月說完抽出了隔壁桌子裡的信封。那是近藤的桌子。白色信封與愛和美月收到的那封一模一樣，兩人對看一眼。
「要開嗎？」
「要。」
美月的手指小心翼翼撕開貼紙，愛用眼神催促著她。教室還沒人進來，不過被人撞見她們拆別人的信總是不太好。
「打開了。」
美月從信封抽出便條，第二張信紙照樣用彩色鉛筆畫著花卉圖案。
「今天放學有空的話請來北棟教學大樓的樓頂一趟。川崎」
與寫給愛或美月的內容相比，這封的內容簡單多了。其他學生也收到信了嗎？愛無法抗拒好奇心，巡視起教室裡的桌子。
「天啊，這傢伙在全班女生的桌子裡都放了信。」
「真的假的？」
「好誇張，到底多想求關注。」

要寫這麼多封信，得花費相當多時間。而且川崎還在所有信上加了手繪的圖畫。從細心描繪的每一片花瓣，都能看出她非得找人上樓頂的執著。愛更加厭惡川崎朱音這個人了。

「是說川崎今天根本請假吧？所以她是特地來學校送信？嗯……」

「美月，妳不要繼續認真推理了。難看到我都心情差了起來。」

聽見愛這麼說，美月一臉同意地點點頭。愛討厭川崎，但她更不喜歡研究討厭鬼的思路。與其讓不順眼的傢伙佔據意識，思考自己喜歡的東西要好上太多。

手中還拿著近藤的信，美月不解地望著自己。

「不知道夏川同學或高野同學的信裡寫了什麼？」

「對耶，跟她要好的人也被叫去樓頂了嗎？」

「真好奇。」

愛跑到夏川同學的座位，從桌子裡抽出信封。反面圓滾滾的字跡寫著「給莉苑」。她像剛才美月那樣仔細撕開貼紙，拿出裡頭的信。

「妳最近好像身體不太舒服，今天早點回家吧。朱音」

第二張便條畫的是沒見過的花。長長的綠莖就像仙女棒一樣，頂端綻開小白花密密麻麻行程球狀。湊到愛的手邊看起信的美月佩服地點起頭。

「是毒芹呢。」

「那是啥？」

「纈形科的植物。顧名思義具有強烈毒性，誤食嚴重會致死。不過花本身很漂亮。」

「妳好清楚啊。」

美月露出嬌羞的笑容。

「我喜歡這種有毒的東西。」

這麼說來的確是。雖然愛完全無法理解，美月就喜歡調查這種有毒的生物。她曾經口沫橫飛地訴說毒物有攻擊性這點很迷人，但愛實在無法產生共鳴。

望向手中的信，毒芹照舊直挺挺地盛開。愛是水仙。美月是繡球花。近藤是百合，而夏川同學是毒芹。單看每個人的花種類都不同這點，勢必具有某種涵義。只不過愛絲毫不想推測川崎的意圖。

美月沉吟。

「她果然都要夏川同學這種跟她交情好的人遠離樓頂。」

「川崎想在樓頂做什麼啊？」

「連我跟妳都找出來要做的事？搞爆炸嗎？」

「這我倒是沒想過。」

「不然……我隨便說的，像是自殺。」

「不可能啦。她真的想死，應該會找高野同學或夏川同學吧。一般應該會想在死前跟要好的人見面。」

「也對……對了，信封裡是不是有裝別的東西？」

美月一指，愛連忙以指尖在信封內摸索。指甲猛然碰到一個物體，是一把舊鑰匙。表面還貼了寫著「北棟教學大樓樓頂」的紙膠帶。川崎原本就令人一頭霧水的行動，這下更加難以理解。

「為什麼信裡會裝鑰匙？美月，妳有頭緒嗎？」

「完全沒有。是說川崎怎麼會有樓頂的鑰匙？她偷的？」

「都這樣了，也來看高野同學的信吧。」

握著給夏川同學的信，愛與美月走近高野同學的桌子。就在此時，門另一端傳來開開心心的談話聲。看來班上其他同學回來了。愛與美月瞬間對看一眼，火速將手中的信塞進自己的桌子裡。被撞見自己翻找別人的桌子可不妙。愛在短褲外套上裙子，匆匆忙忙裝出更衣中的模樣。

教室的門開了。這班規模最大的女生團體吱吱喳喳地邊聊邊踏進教室。之前大概是在等負責收拾的朋友吧。原本寂靜的教室瞬間恢復吵鬧。

「不會吧，距離期末考只剩兩週了喔？」

「每次看月曆都會被嚇到。」

「慘了，我完全沒讀。」

「妳這種口氣就是那種喊假的沒讀。」

「不，我是真的沒讀。」

「啊，桌子裡有東西。」

一名女學生望向自己的桌內。她注意到川崎的信。其他女學生也陸續叫了出來。
「我的桌子裡也有。是誰寄的啊？」
「是朱音同學寫的，要我去北棟教學大樓樓頂。」
「我的也這麼寫。」
「可是我還要去委員會。」
「我也有社團不能去。」
「是說她這樣臨時傳信找我都沒想過我方不方便，我也不能去啊。」
「反正會有人去吧？」
「星期一見到她再問有什麼事吧。」
女學生一個個將信收進書包裡，全部一臉理直氣壯地忽略川崎的信。
「是說我現在超想買東西的。」
「我懂。」
「我也想，靠零用錢根本買不了想要的東西。」
「可是學校不准打工。」
愛斜眼望著她們，默默繼續換衣服。有個詞叫做校園階級，但凡兩人以上聚集的地方，必定會產生上下關係，而愛從以前就處於其中的高等階級。然而立於人上也未必能保障順遂的校園生活。數量就是力量。在這個明星高中裡，乍看個性穩重的學生群聚著一起生活。這些人看似溫良恭儉讓，卻對一旦視為敵人的人心狠手辣。重重的隱形高牆無聲地排拒了少數人口。她們是弱者？大錯特錯。她們強迫大家維持皇城內的和諧，重視不成文的規則。她們靠這種方式讓向心力變得更穩固，在檯面下持續排除被認定的異己。分進這班過了好幾個月，愛與美月到現在都還不知道同班女生的聯絡方式，而她們全都早就互加了通訊軟體。

換好制服，愛邊看鏡子邊調整髮型，此時近藤與高野同學回到教室。夏川同學也跟在她們背後。這麼說來今天體育課中，老師要她們兩個送比數紀錄去教師辦公室。愛拿梳子梳開頭髮，思索起放在自己桌子裡的信。貼紙還沒恢復原本的狀態。要是現在把信交給夏川同學與近藤，偷看的事鐵定會曝光。愛故作鎮定，雙手顫抖地將頭髮綁在側邊。幸好沒人跟晚一步回來的三個人提起信的事。

三個人分別回到自己的座位，急忙換上制服。再五分鐘這裡就不再是更衣室，會恢復為普通的教室，得在男生回來之前換好衣服。盯著鏡子看，坐在背後的高野同學的身影必然會進入視線。上課時戴著無框眼鏡的高野同學，平常是不戴眼鏡的。頗有班長風範的規矩服儀，更加襯托出她清純的魅力。高野同學的臉也符合愛的喜好，她就跟清純派偶像一樣可愛。

扣上襯衫第一顆扣子時，高野同學的動作停了下來。她的視線固定在桌子上。愛立刻心裡有數，是信。高野同學發現了川崎的信。她先四下張望，接著才在桌底下偷偷摸摸動起手來，大概在拆信吧。高野同學擔任班長又身兼足球社經理，同時也是川崎童年玩伴。看到來自川崎的信，她又會有什麼想法呢？

愛將視線移回鏡子裡自己的臉，順利整理好亂掉的頭髮，心想或許耳後該用髮夾固定。

「細江同學。」

「怎麼了？」

聲音突然從頭上冒出，愛不小心破音了。看向身旁，高野同學竟然站在那裡，不知道是什麼時候靠過來的。

「今天一起回家吧。」

高野同學右手使力起來。她的手中有個東西唰唰作響，揉成一團。

「咦？好啊。」

「太好了，就這樣。」

高野同學說完再次回到自己的位子上。愛也曾與高野同學一起回家過，但這還是她第一次主動邀約。到底是怎麼了？看來川崎的信可能果然要她遠離樓頂。愛拿著髮夾刺進髮束裡，偷偷看向鏡子。高野同學正遙望窗外，眼神彷彿飄向了某個遠方。

「高野同學為什麼要去樓頂呢。」

戳著冰淇淋，美月語帶嘆息地囁嚅。她那天被老師找過去，因此沒與愛兩人一起回家。要是高野同學沒去樓頂。要是當時自己強行留住高野同學。她心中有萬萬個假設，但在幻想中怎麼掙扎，現實永遠不會改變。高野同學那天就是去了樓頂，然後看到川崎同學死去。

「老實說一想到川崎害得高野同學難過，我就好難受。」

「我懂，高野同學人那麼好。」

「她幹麼對川崎的死耿耿於懷？那種人愛死就讓她去死吧。」

「她們從小認識，心情應該很複雜吧。」

「這我也知道啦。」

愛只是不高興見到川崎使得某個人悲傷。若那個人是善良體貼的高野同學，就更不用說，然而愛不知道怎麼為她打氣。

美月的手突然扯起愛的襯衫下擺。眼睛轉向旁邊，就見到她的臉緊貼著自己，連美月的睫毛都根根可見。長長的睫毛就像是川崎桌上放的白菊，呈現柔美的弧形且直直向上翹。睫毛環繞的兩顆眸子，順著角度熠熠生輝。

「妳用不著為這件事苦惱。」

「是嗎？」

「因為到頭來也跟妳無關。」

美月的聲音冰冷至極，令她反射性屏息。

帶著夜意的空氣惡作劇地刺痛著愛的肺。

到了星期三，高野同學依然沒來學校。近藤也請假。目擊川崎自殺現場的人除了夏川同學全都缺席。愛知道夏川同學因此遭到周圍的人冷嘲熱諷。

「為什麼夏川同學還能一臉無所謂？」「朋友死了卻還心平氣和的，這是哪裡有問題吧。」這些話語被歸類為插科打諢，當成玩笑話聽過就算。多數班上同學大概希望夏川同學垂頭喪氣。只有一天也好，希望她讓大家見識自己悲傷落淚，但夏川同學卻沒這麼做。她一如往常歡笑，一如往常生活。對此感到不自在的學生，便對夏川同學投擲有透明包裝的惡意。

「夏川同學，作業寫完了嗎？」

愛用指甲戳戳眼前的嬌小背影。課程與課程之間安排的十分鐘休息，平常愛總是把這段寶貴時間分給與美月聊天，這次她決定完全花在夏川同學身上。在高中生身上看起來太幼稚的雙馬尾，反而與夏川同學很搭調。她轉過頭，圓滾滾的眼珠對著自己。

「寫完了，我昨天都寫了。」

「也是。」

「怎麼了，妳還沒寫完嗎？」

「寫完啦，昨天就寫完了。」

「這麼說來，星期二是美月同學在圖書室值班的日子啊。等待時會不會很無聊？」

「超級無聊，所以才會做作業。有效運用時間。」

「早知道我也去圖書室，就可以跟妳一起寫了。」

「妳解題太快，感覺馬上就會寫完。」

「應該是比一般人快啦。」

噗嘻，夏川同學露出潔白的牙齒笑道。對全年級第一名的她來說，這句話顯然謙虛了點。她那顆小小的腦袋瓜裡，想必塞進了壓縮過的超級電腦。

「對了，高野同學還好嗎？」

聽見愛的問題，夏川同學眉間蒙上一層陰霾，以沒有塗上任何東西的粉色指甲輕觸自己的嘴唇。

「我打電話給她，她是說自己不要緊。但她今天還是沒來學校。心情還很低落吧。」

「是嗎，希望她可以早日恢復。」

「真的不行的話，我打算突襲她家，叫她打起精神。」

「哈哈，這個不錯，震撼治療。」

「只要純佳能重新振作就好，總之只要能像以前那樣一起生活就行。」

這次換夏川同學的話語讓愛的表情黯淡下來。像以前那樣。這種事真有可能嗎？夏川同學、高野同學，還有川崎。她們三個常膩在一塊。現在失去川崎，她們的關係勢必會大幅改變，說不定高野同學再也不會回到學校。在愛心中川崎只是個討厭鬼，但在高野同學心中大概是擁有某種迷人之處吧，難以估計失去兒時玩伴的她所受的打擊。如果高野同學就此離開學校，夏川同學還能繼續維持原樣嗎？周遭翹首期盼她示弱的狀況下，她還會在這個如坐針氈的教室度過下個春天嗎？愛垂下頭，她能做的就只有找夏川同學吃午餐。就算成了朋友，愛與美月都無法取代高野同學。

「愛同學，怎麼了？」

夏川同學不知有什麼誤會，溫柔地摸起愛的頭。我的任務明明不是接受安慰。愛雖然此心想，仍閉上了眼。夏川同學的手蘊含了無償的愛。她有這種感覺。在愛閉起的眼底，浮現了那天面帶微笑拿著信的夏川同學。

那是在川崎死掉的隔天。原本放假的星期六被迫來到學校的學生，在全校集會後奉命填寫問卷。等到散會已經到了下午，許多學生滿口抱怨地穿過校門離開。

早在校方聯絡之前，川崎自殺就已眾所周知。這是因為自殺瞬間的影片在網上流傳。星期五晚上從美月那裡聽說川崎自殺時，愛正在泡澡。她毫不驚訝，甚至還有點痛快。聽說川崎死了。是喔，那不就她自找的。真的真的。短短幾句話，這個話題就結束了。此時對愛來說最重要的，不是可有可無的同學之死，而是該怎麼把抹在自己頭髮上的潤絲精沖乾淨。

交出問卷後，愛與美月把夏川同學找出來。這是因為兩人做了無論如何都得向她道歉的事。白色襯衫外套著象牙色背心的夏川同學，晃著及膝的裙子跑到愛她們的面前。她們約在操場附近的騎樓。平常擠滿了運動社團社員的洗手台，今天空空如也。大概是因為社團活動全面暫停。

「怎麼了？有什麼重要的事嗎？」

歪著頭的夏川同學，惹人憐愛的程度似乎沒因區區川崎之死折損。有彈性的肌膚與生氣蓬勃的雙眼。友人死亡的隔天，夏川同學仍一如往常。

「對不起，其實我們有東西想交給妳。」

「有東西想交給我？」

「就是這個。」

美月遞出兩封信，信上各有一個收件者。「給理央同學」與「給莉苑」。前者是給近藤，後者是給夏川同學。像這樣放在一起，就會發現她們的名字很像。

「這是什麼？」

夏川同學的頭更歪了，愛忍住尷尬簡單說明狀況。

「星期五體育課結束後，大家的桌子裡都塞了信。我跟美月討論起寫了什麼內容，講著講著就……看了起來。」

「所以妳們擅自開了寫給我的信？」

「呃……就是這樣，而且我們找不到機會歸還，才會到現在還妳。」

「我可以看嗎？」

「啊，好。當然。」

夏川同學同時抽出兩封信裡的便條。她讀過上頭的文字，接著匆匆看過第二張紙畫的花朵。愛與美月默默聽著紙摩擦的聲音。嬌小的夏川同學低著頭，看不見她的表情，愛為她看完不知道會有什麼反應，心裡七上八下的。

「所以這是朱音同學寫給我的信啊。」

夏川同學將便條放回信封說道。是啊，愛緊張到破音。

「這是川崎寫的信。那天川崎好像把很多人都找去樓頂，只是給夏川同學的信內容看來不太一樣。」

「……原來如此。」

「還、還有，信封裡也裝著這個，是樓頂的鑰匙。」

愛從制服襯衫口袋取出銀色的鑰匙。此時夏川同學才終於抬起頭，表情與平常沒什麼差別。

夏川同學一把從愛的掌心拿走鑰匙。

「這是理央同學的。」

夏川同學正要把手中的鑰匙收進給近藤的信封裡。愛連忙追加說明。

「啊，可是那把鑰匙放在給夏川同學的信裡。」

「我想她大概弄錯了，誰叫我跟理央同學的名字很像呢。」

夏川同學雲淡風輕地如此宣言，從書包中取出口紅膠。她直接跪坐在騎樓的柏油地面，用筆記本墊著信，把有拆封痕跡的貼紙黏回原樣。匆匆一瞥，寫著「給理央同學」的信就像不曾開封過。

「這個由我去送給理央同學，就塞進信箱裡吧。」

夏川同學正要把給近藤的信收進書包時，美月開口了：

「頂樓鑰匙是近藤的，這是怎麼回事？」

「就是字面上那一回事。昨天理央同學親口告訴我，她常去樓頂。」

「夏川同學知道為什麼川崎會有樓頂鑰匙嗎？」

「這我就不知道了，但我猜得到為什麼朱音會想把這把鑰匙交給理央同學。她應該是想物歸原主吧。」

愛忍不住插入兩人的對話。

「所以近藤才是這把鑰匙真正的主人？」

「對不起，這我不能說，我跟她約好要保密。」

夏川同學露出燦爛的笑容，一個不給對方商量空間的完美笑容。相較於吞了口口水的愛，美月則是低聲沉吟。

夏川同學將給近藤的信收進書包，接著才終於起身。她拍掉襪子沾上的塵土，伸了一個大大的懶腰。雙手一向上舉，便能清楚見到夏川同學纖細的身體曲線。身高不高的夏川同學看上去就與小朋友差不多，就像被施了時間停滯的魔法，始終殘留著稚氣。

美月抱著雙臂，臉色凝重地問夏川同學說：

「要是信箱突然收到川崎寫來的信，近藤同學會不會嚇一跳？」

「那妳們兩個可以去跟理央同學解釋嗎？告訴她妳們在下課後擅自偷走她桌子裡的信。」

她這一回問，美月啞口無言。愛尷尬地抓抓自己的臉。她們怎麼敢講。愛與美月本來就跟那個女生團體感情夠差了，要是跟其中一員的近藤理央從實招來，這件事一定會立刻傳遍班上，愛與美月會偷走別人的信。

夏川同學語氣開朗地告訴默不做聲的兩人。

「別擔心。理央同學肯定會很開心，朱音同學寄信給我耶！」

真的是這樣嗎？但已故的同班同學的信遲了幾天寄來，怎麼聽都像是恐怖故事。

夏川同學似乎完全無法理解愛的心情，天真的眼神望向自己。

「這可是來自天國的信耶？收到的人怎麼可能不開心。」

對於如此高聲宣言的她，愛什麼都說不出口。

早晨來臨。躺在床上時間就會自己經過，睜開雙眼時四周全都亮了。就算不倒轉沙漏，時間仍會兀自流逝，這一天也正靜靜走到尾聲。

這一天美月的心情很低迷。輪到她當值日生。班級日誌缺席欄裡的名字連續四天相同。近藤理央與高野純佳。

「美月，妳還沒寫完嗎？」

在窗邊的位子，愛打開指甲油的瓶子。放在一起的瓶子有兩瓶，一瓶是透明的，另一瓶是淡淡的粉紅色。

「再一下下。」

「這樣啊。」

愛換一隻腳翹，悄悄瞥向美月的手邊，她正在欄位中填寫整天發生的事情。愛望著指定欄位歪頭疑惑。今天到底發生了什麼事？反覆的每天都很平凡，就算把記憶中每件事都填上，也無法填滿這麼小的格子。

「哇，好美。」

夏川同學津津有味盯著愛的手看。細小的刷毛在指甲上掃過，薄薄的指甲上形成了粉紅色的膜。愛將手對準窗外，指甲發出宛如淑女的高雅光澤。

「夏川同學要塗嗎？」

「我在旁邊看就好。」

夏川同學原本笑嘻嘻的，嘴角卻又靜靜垂下。她咬牙切齒似地低語：

「要是朱音還活著，也會跟愛同學作同樣的事吧。她大概會跟妳一樣用護甲油把指甲修得美美的，也會來學校。」

「為什麼？」

「因為她很憧憬妳啊。」

沒這回事啦，愛把手暴露在外頭的空氣中笑道，但她其實不屑到想啐一聲。

或許就像夏川同學說得一樣，川崎很憧憬愛；但那不是純粹的感情，而是更加陰險狡詐。那女人是想利用愛，利用前女友這個身分，把自己的地位抬得比愛還高。這點愛實在無法容忍。愛最討厭的就是手段卑鄙的人。沒錯，像是今天掃地時間班上的人。

這週愛的組別負責打掃教室。宣布掃地時間的鐘聲響起，愛從掃具櫃拿出拖把。一班大致上分為六組，其中三組輪流負責打掃。今天愛的組別負責掃教室。擦窗戶、擦黑板、拖地、掃地。最不受歡迎的是會蒙上粉筆灰的擦黑板，熱門的工作是拖地與掃地，因為不太會弄髒手。

「細江在嗎？」

正大光明進入教室的人是足球社的田島俊平。這傢伙是愛中學以來的朋友，愛認識他所有前女友。

「怎樣？」

一回應，俊平就喜孜孜地跑來身邊。

「昨天謝謝妳告訴我高野愛吃的東西。」

「別客氣，我也只是聽夏川同學說的。是說你還真的去探望她？」

「對啊。去女生家裡好讓人緊張啊。」

「高野同學精神還好嗎？」

對於愛的問題，俊平不知為何脹紅了臉。他以食指與中指捲起整理過的劉海，開口道來邏輯支離破碎的話。

「精神還是不太好，不過……看起來很性感？」

「你腦袋跟下半身是連在一起的啊？」

對一個憔悴的人說這什麼話？見到愛無法掩飾錯愕，俊平連忙搓起雙手。

「不不不，不是啦，真的只能這樣形容啊。」

「我還以為你很認真為她擔心咧。」

「我當然認真擔心她啊，她跟我們一樣是足球社的夥伴。」

「真的嗎？」

「真的啦！」

俊平大叫的模樣太過拚命，害愛忍不住爆笑出聲。儘管他試圖隱瞞，但他暗戀高野同學已是人盡皆知。

俊平從以前就是個好人。不僅貼心，對大家都很溫柔，然而這種溫柔也是他戀情短命的理由。女人喜歡溫柔的男人，但不喜歡對每個人都溫柔的男人。

「你知道嗎，高野沒交過男朋友。」

「真的嗎？」

「她說她不受男生歡迎，但看她長那樣怎麼可能，搞不好是她對男友的標準太高。」

「不會吧……」

愛的話語讓俊平一喜一憂。單純過頭的他情緒與行為完全一致，因此跟他相處很輕鬆。

「不過你加把勁說不定就能順利進行喔？我支持你。」

「獲得妳的支持也沒意義吧？」

「為什麼啊，我可是個強大的幫手耶。」

就在她這樣反駁的那刻，嘲笑的聲音不經意傳入她的耳裡。聲音來自教室的角落。

「細江同學真的就愛跟男生廝混。」

自己的名字突然冒出來，愛的視線自然朝那個方向射去。不起眼的同學聚集的模樣，令她聯想起聚集在光亮處的蚊蟲。

「都不跟女生說話，只顧著找男生說話。」

「感覺好差。」

哈哈哈，爆出的笑聲傳入耳中。聽著她們的對話，愛感覺血液直衝腦門。太陽穴閃過一陣閃電般的衝動，驅使愛的身體行動。雙唇吐出的聲音猶如怒吼。

「怎樣？」

對話停下了，少女一起閉上了嘴。愛把拖把朝牆壁一扔，揪起眼前女學生的領帶。學校規定的領帶布料堅韌，扯一下也不痛不癢。愛直盯著長相醜陋的女人的眼睛，開門見山問道：

「妳到底想說什麼？」

眼前的女人嘴巴無意義地蠕動，就像被蛇盯上的青蛙，她矮小的軀體縮了起來。

「別這樣。」

俊平抓住愛的肩頭。這句話不是斥責，而是勸誡。他很清楚事情鬧大後，未來校園生活會遭受損失的人不是對方而是愛。

「有意見怎麼不會直說？在別人背後吱吱喳喳，個性有夠差勁。妳們這種行為真讓人火大。」

愛嘖了一聲，放開手甩開領帶。一臉慘白的同學激烈地咳嗽起來。

「俊平，我們別在這邊聊了。外人太吵。」

迅速溜出教室後，愛繼續說起無關緊要的話。在餐廳買的點心很好吃、朋友抱怨剪了劉海變醜、學長姊不得不換志願。她會這樣試著不斷填滿沉默，是因為一分心可能就會想起剛才同學令人不悅的笑聲。走在一旁的俊平充滿耐性地附和著愛。他對每個人都很溫柔，但愛不是這種人。她討厭喜歡在背後說人壞話的傢伙，有哪裡不高興就會跟對方直說。在愛的想法裡，人際關係就是這麼一回事。因此那天她也是跟川崎實話實說，那是愛的真心話。

記憶中的川崎露出惹人厭的表情。

「愛同學。」

川崎這樣找上她搭話，是在她死前一週的掃地時間。她拿著掃把特別過來找靠在窗框上翻閱雜誌的愛說話。

「怎樣？」

愛不喜歡川崎，因此聲音不禁變得冷峻。用電熱棒燙捲的頭髮、戴在手肘上的淺藍色大腸圈。站在一起的兩人有諸多共通點，素不相識的人見了這副景象，說不定還會誤以為她們感情很好。

川崎扭扭捏捏卻又有些驕傲地俯視自己，她比愛還高。

「我跟中澤同學交往了。」

「跟博？」

「對。」

川崎的嘴角明顯流露愉悅。我搶了妳的男人——她臉上這麼寫著。愛抓著雜誌頁面的手無意間變得用力。作清純打扮的女人在冒出皺褶的紙面上競爭誰的衣服比較貴。

愛對中澤博沒有留戀。以前交往過的小帥哥，愛對博的評價非常簡單。分手時雖然很難過，現在的愛已經不需要他了，所以不管博跟誰交往都無所謂。只不過當面聽到這句話還是很令人惱火。

愛闔上雜誌，轉向川崎。

「幹麼跟我說這個？」

「沒什麼，只是想該跟妳報告一下。因為我們是朋友嘛？」

朋友，愛在嘴裡反芻這個字眼，感覺粗粗刺刺地，聽起來真讓人不舒服。看來愛與川崎對朋友這個字的定義截然不同。

「我可沒把妳當成朋友。」

愛放完話後，川崎看起來有點退縮。見到她臉色發白，愛感覺怨氣一掃而空。

「愛，我們去餐廳吧。」

美月拿著裝入紅茶的鋁箔包，慵懶地向愛招手。川崎似乎想說什麼，嘴唇蠕動著。愛裝作沒看到，刻意走過川崎的身邊。她當然也沒忘記啐了一聲。

她知道有許多學生都看到兩人此時的互動。愛也打從一開始就知道她們把這件事寫進問卷。老師懷疑愛在霸凌川崎，但愛跟川崎之間才不是那麼幼稚的情緒，是女人之間的地位爭奪。川崎試圖利用愛的前男友這項武器打敗她，但愛沒理睬，僅此而已。

川崎死後又過了幾天，然而愛的心完全無法產生對她的同情。愛無法像夏川同學那樣溫柔地細數川崎的點滴。

搖搖頭打斷漫長的回憶，愛呼喚夏川同學。

「夏川同學，手伸出來。」

聽見指示，夏川同學瞪大雙眼。美月還在寫教室日誌。

「手？」

「對，手伸出來。」

夏川同學戰戰兢兢地將手指擱在愛的手上。她右手中指第一節附近有個浮腫。是寫字磨出的繭。愛以指腹輕撫發硬的皮，夏川同學羞紅了臉。

「抱歉，手很醜。」

「沒這回事。」

夏川同學的手與愛相比略為乾澀。愛用鉗子剪掉指甲的乾皮，在上面塗上打底的護甲油。夏川同學的指甲很小片，塗一把就能讓透明的液體滲透整片指甲。愛抬起她的手指，在美麗的指甲上吹氣。藥粧店賣的護甲油不愧是以快乾為賣點，不消一眨眼的時間，表面就凝固了。

「夏川同學的手真是嬌小可愛。」

「第一次有人這麼說。」

「是嗎？妳男朋友沒這麼說？」

「我從來沒交過啦。」

噗嘻，夏川同學笑出聲來。像是喉嚨痙攣的獨特笑法。她每次害臊地搖起身子，像松鼠尾巴一樣捲起的雙馬尾都會輕輕晃動。

「是喔？夏川同學長得這麼可愛，應該很受歡迎吧？」

「一點也不，人家都嫌我陰陽怪氣。」

「怎麼會，誰這樣說的？我如果是男的，一定會追妳的。」

「也只有妳會這麼說了。」

每當夏川同學伸手掩嘴，薄薄的護甲油都會閃閃發光。在對方身上留下自己的痕跡，給了愛奇特的滿足。

「我會去跟純佳炫耀，告訴她是妳幫我把指甲弄得美美的。」

說完夏川同學把自己原本放在桌上的書包揹上。她撐著十指，大概是怕護甲油沾到其他東西吧。用不著這麼做，護甲油老早就乾了。

「咦？妳今天會跟高野同學見面？」

「我現在要過去她家探望她。」

「原來如此。」

「我還很苦惱該帶什麼去。現在決定要帶超商的蛋加倍布丁、卡士達泡芙跟杏仁巧克力。吃了喜歡的東西，純佳一定能打起精神。」
「嗯，一字排開都是甜的。」
「一邊享用美食，也比較容易順利對話。我想純佳明天一定就會回來學校。那麼，兩位再見嘍！」
夏川同學大力揮手，愛也對她輕輕揮手回去。美月悄悄抬起臉，但僅投注了視線，沒什麼反應。腳步聲逐漸遠去，最後完全沉寂。愛把椅子拖到美月的桌子前。她將手臂架在椅背上看起日誌，空欄全都填滿了。
「……妳在鬧什麼彆扭？揮個手又不會少一塊肉。」
聽見愛的話，美月撐著臉頰別開臉。不大高興地皺起眉頭的側臉令愛焦急，喉頭吞了一口口水。
「妳在吃夏川同學的醋啊？」
「妳才知道啊？」
美月將手伸到愛的眼前。她用銼刀修整過的指甲沒塗上任何東西，卻像櫻貝一樣呈現美麗的粉色。
「什麼？」
「也幫我塗吧，像夏川同學那樣。」
「呵呵，收到。」

愛打開瓶蓋，首先將刷毛抹上無名指的指甲。與夏川同學小而圓的手相比，美月的手整體細長，無論是手指或指甲，全都是尖銳的。

「妳為什麼要幫夏川同學塗？」

「沒為什麼。」

「妳的嘴靠近了她的手指，對吧？」

「我想說吹一下比較快乾嘛。」

「還跟說什麼是男的就會追她。」

「我現在是女的，所以無所謂吧。」

「愛就是這點該改進。」

「哪點？」

「妳不該說這種曖昧的話，我之前已經講過了。」

「是是是。」

塗完全部十根指頭的護甲油，愛暫且抬起頭。美月的表情不安與期待交織，正緊緊盯著自己。愛將嘴湊近她的指尖，輕輕吹氣。

「這樣可以了嗎？」

這麼一問，美月維持一張臭臉點點頭。看來她心情還很差。從以前就是這樣，美月異常地愛吃醋。

「我喜歡愛。」

「是是是，謝謝妳喔。」

愛緩緩將手伸向美月垂落的髮絲。指尖穿進宛如絹帛的黑髮，美月十指緊扣地握住愛的手。

她開口，語氣宛如宣誓忠誠的騎士。

「為了愛，我願意做任何事。」

我知道喔，愛悄悄聲囁嚅，聲音有種宛如溶了蜜糖的甜意。

第三章

追求愛的女人

4.作答者：

夏川莉范

Q1. 請問您對川崎同學有什麼了解？

我不是很了解她。我是把她當朋友，
但她完全沒找過我商量任何事。
我對這次的事感到很震驚也很不平，
她怎麼就這麼棄我們而去呢？

Q2. 請問您是否在校內看過某名同學遭到霸凌？

我沒看過，但這樣說來可能只是我沒注意到。

Q3. 請問您對霸凌有什麼看法？

我覺得這是個複雜的問題。怎麼樣的
關係才叫霸凌，我心中還沒有定見。
動用暴力顯然就是霸凌，但扯上人心就很難說了。

Q4. 若您針對這次案件與霸凌問題對學校有任何建議，還請告知。

已於先前告知，目前沒有其他建議。

對夏川莉苑而言，川崎朱音是朋友的朋友。她是因為和高野純佳走得近，而開始有往來的朋友之一。莉苑知道很多關於她的事情。

微微向內卷曲的頭髮與厚劉海。總是用櫻花香氣的洗髮精，睡前會偷用母親的面膜。喜歡粉紅色，討厭米色。喜歡的食物是明太子義大利麵與半熟蛋包飯佐多蜜醬。小時候曾經被馬追著跑，所以很怕馬。喜歡吃甜食，尤其是只要見到新出的水果軟糖就會立刻買下來，想請純佳跟莉苑吃。沒什麼在用通訊軟體。口頭禪是「不過啊」，跟童年玩伴純佳交談就會變得多話。

因為有純佳這個共同朋友，莉苑在放學後有許多與朱音共度的機會。莉苑把朱音當成自己的朋友，但她不清楚對方是不是也這麼覺得。

因為朱音已經不在人世了。

「愛同學還沒回來呢。」

星期一。在一週開頭的這一天，桐谷美月找上莉苑，問她要不要一起吃午餐。她這麼問顯然是出於一番好心。莉苑原本都是跟純佳與朱音一起度過午休，然而這兩個人今天都沒來學校。前者躲在被窩裡，後者則是上了西天。莉苑沒多想就答應了美月的邀請，她原本就與美月兩人關係親密。

「她說老師找她過去，果然是去談問卷的事吧。」

美月撐著臉頰用筷子戳著便當的內容物。金黃的蛋捲、鮮紅的小番茄、鮮豔的彩椒炒牛肉，再加上火腿捲櫛瓜。拌入鮭魚鬆的白米飯撒上了一點點的黑芝麻。莉苑的母親總是說，光看便當的模樣就能看出父母對孩子的愛護程度。照這個道理，美月想必是在父母的疼愛下成長，不過前提是這個道理是對的。

「啊，我想到了，這是妳要的那本。」

像是忽然想起的，美月從書包中拿出一本辭典。鮮豔的彩色照片封面上貼著印有校名的貼紙。圖書館借期為一週，上限是四本。

「謝謝，這本書也還給妳。」

從美月手上接過辭典，莉苑以物易物似地遞出文庫本。美月興致勃勃地探出身子。

「怎麼樣？我剛看這本書就覺得妳一定會喜歡。劇情雖然比較平實，不過敘述文有許多地方都很一針見血。」

「我最喜歡第四章，媽媽半夜煎蛋捲那裡。」

「我懂。文字描寫得讓人都快流口水了。半夜看超難熬。」

「害人很想吃。」

「寫得很細膩。我真的好喜歡這個作者，我可是從出道追到現在喔？我一定是頭號書迷。」

美月不好意思地笑了。平常態度冷淡的美月一聊起書就多話起來。莉苑與美月之間的距離，也是靠聊書拉近。擔任圖書委員的美月常常幫莉苑借還書。

「愛不太看書，因此我很高興身邊有妳這種能聊書的人。」

「如果是那種電影原作，她會不會也有興趣啊？」

「行不通啦。她說就算對影像有興趣，但看三十頁以上的文字書就會想睡，腦袋會短路。」

「噗嘻，這樣啊。」

一不注意爆出的笑聲，高亢有如鸚鵡的啼叫。這是莉苑從小的壞習慣。儘管母親總是要她改掉，這也不是能靠自己改掉的東西，她沒理會。

「真是可惜。要是愛同學也會看書，我們就可以三個人一起聊感想了。」

「不過逼她看會有反效果，現在是我配合愛在看漫畫。」

「這麼說來我沒看過漫畫呢。我媽禁止我看，不買給我。」

「真的假的，那我下次帶來借妳。」

「好期待喔。」

夾起培根捲蘆筍，莉苑露出燦爛的笑容。雙層便當盒下層裝著雜糧米。注重健康的母親每天為女兒準備的便當也是滴水不漏。高中畢業前禁止使用智慧型手機，只允許她使用僅有通話與收發郵件功能的機型。漫畫與電玩自然也不能碰。門禁是傍晚，晚上禁止外出。這些想必會讓同年的孩子不耐的規矩，對莉苑來說是極其稀鬆平常。畢竟她從小就是這麼長大的，並不會覺得綁手綁腳。

「那本花語辭典寫得很詳細，以那個開本來說彩圖還滿多的。」

美月邊說邊指著放在莉苑桌上的辭典，就是莉苑剛從她手中接過收的書。

「謝謝妳，不然我對花沒什麼了解。」

「……妳打算要查嗎？」

美月沒說調查的對象。用不著說出口，她們都聽得懂。

「美月同學，妳已經查過了？」

「是啊。」

美月放下筷子，手伸向辭典。她匆匆翻過書頁，找出目標。

「我的信上畫著繡球花，藍色繡球花。」

「花語是？」

「有好幾個，像是善於忍耐的愛情。」

「意思還滿正面的啊。」

「當然也有負面花語。像是傲慢，或是妳雖然美麗卻很冷漠。」

「後面那個搞不好滿適合妳的。」

「會嗎？」

「形象有點像。」

桐谷美月這個人的容貌極為端正。莉苑小時候讀的圖書書裡出現的女神，長得就像她那樣。或許是因為她在不熟的人面前表情沒什麼變化，周遭的人都覺得美月冷淡，但莉苑很清楚事實絕非如此。

「雖然不知道川崎出於什麼理由畫花，這個花語大概有某些涵義。」

「正常來想應該就是這樣吧。但不知道這些猜測符合事實到什麼程度。搞不好她只是單純想畫花。」

「我覺得光是因為單純想畫花，應該不會挑毒芹。」

「是嗎？我看了那張花的圖，只覺得很漂亮。雖然不知道朱音是抱著什麼心情在信上畫花，但我很想知道她到底想做什麼。」

「我覺得最好不要，跟川崎扯上關係沒好事。」

「不要緊啦，別擔心我。」

美月不滿地皺起眉，但沒多說什麼。她一語不發遞出辭典。莉苑雙手接過書，收進桌子裡。美月想必已經查過莉苑信上畫的毒芹的花語，因此才會這樣勸告她。她的體貼讓莉苑害羞得要命。

莉苑的指尖沿著辭典書背滑動，對美月笑道：

「不管誰怎麼想，我都不會掛在心上。」

這句話是真心話。真正了解夏川莉苑這個存在的人，就只有她自己。來自他人的中傷就跟噪音沒有兩樣，是過耳即忘的毫無價值的聲響。因此不管誰罵莉苑什麼話，她都不會焦躁也不會惱火，因為話裡沒有足以影響自己的價值。

「唉，妳真有修養。」

美月佩服地嘆了口氣，莉苑覺得有些難為情地搔起臉。

「教導我這個道理的是我奶奶。她要我受了別人的氣，轉過身就要忘掉，但相對地受了別人的恩惠，一輩子都不要忘掉。」

「說得真好。」

「不過我奶奶自己完全沒有實踐這個教誨。」

「呵呵，居然。」

美月柔和地彎起的雙眼，冷不防變得銳利。原本放鬆的嘴角緊繃起來，視線帶著寒意。她發現班上女生在談論細江愛了。只要碰上愛的事，美月就會變得敏感。

「吼唷。」這聲嘆息就形同她的口頭禪。美月只要心情不好，常常會發出類似呻吟的嘆息。

「那種人真的很討厭。為什麼要花時間說不喜歡的人的壞話？不喜歡就別管對方嘛。」

「為什麼要起衝突呢，大家和樂融融地相處，不是很好嗎？」

美月不屑地笑了：

「因為不是每個人都像妳一樣，大家對其他人的接受範圍窄得很。」

「可是我覺得要是大家能了解妳跟愛同學的本性，應該就能好好相處了。」

不可能啦，莉苑在內心呢喃。緊接著美月的嘴就冒出了一模一樣的話。

「不可能啦。說起來她們根本不想了解我們。追根究柢我們也對她們沒興趣，也算半斤八兩吧。」

「難得大家有緣同班，一直交惡真是可惜。」

會嗎？美月接著會這麼說。

「會嗎？我覺得現在這樣就好。要我像個蠢蛋一樣陪笑配合旁邊的人，我可受不了。」

「但應該也有別的相處方式吧？」
沒那種東西。
「沒那種東西。」
美月不假思索，她對同班同學的嫌棄是貨真價實。見到美月的反應與自己的預測完全相同，莉苑頗為滿意。
美月撩起劉海，露出死心的微笑。
「要是大家都像妳這樣，我應該也能好好相處吧。」
「真的嗎？」
「鐵定是。」
烏黑的眸子猛然轉向教室門口。愛回來了。從她每一步都大搖大擺的模樣來看，應該被說了很不中聽的話。內容果然跟朱音的事有關吧。莉苑無意識地摸了摸桌子裡的花語辭典。愛的信上畫著黃色水仙。這種花有好幾種花語。
「辛苦了，去好久啊。」
美月若無其事地露出平靜的表情對愛揮手。莉苑維持人們稱讚可愛的表情，望著眼前的兩個女生。
桐谷美月喜歡細江愛。

沒參加社團的莉苑在放學後沒有行程。她直接回家也不會受到任何人責備。過去她都是與朱音一起待在這間教室等純佳社團活動結束，但今天沒有這個必要。莉苑把課本塞進書包裡，再用掌心使力壓平。她把辭典硬塞進好不容易空下來的位置，把撐得彷彿隨時會爆開的書包拉上拉鍊。

「呼。」

每天帶課本與筆記本回家，怎麼想都是個效率不佳的辦法。在家的時候需要的課本就是那幾本，實際上帶回去也沒用上的還比較多。即使如此莉苑還是會把所有課本帶回家，全要怪在小時候養成的習慣。

「夏川同學。」

突然被人呼喚，莉苑抬起頭。站在她身邊的是班上的女同學，廣播社三人組。她們一臉尷尬地彼此對望，最後其中一人將智慧型手機的螢幕塞到莉苑眼前。

「聽說這支影片拍到的人是妳，真的嗎？」

「影片？」

「妳不知道嗎？是朱音同學死掉時的影片。」

對方雲淡風輕地說出這句話，莉苑的脖子竄過一陣涼意，指尖感覺正逐漸失溫。母親嚴禁她使用通訊軟體的莉苑，完全沒聽說網路上有自殺影片。

「可以借我看看嗎？」

少女點頭答應莉苑的詢問，手指按下播放鍵。

播出的動畫很短。大概是光線不足，畫質很差。首先是模糊的教學大樓，接著焦距迅速放大，拍到了一名少女的身影，是朱音。莉苑如此篤定，是因為她在現場見到了相同的情景。少女的慘叫聲伴隨著雜訊傳入耳內。這是近藤理央的叫聲。當時莉苑也在背後聽見她的慘叫。朱音跳下樓。紙片進入畫面。一瞬之間可以見到站在地上的少女身影，下一刻鏡頭又接著回到樓頂。儘管莉苑只在一瞬間入鏡，認識的人仍可以單靠背影認出她，只有背影被拍到這點算是不幸中的大幸。

「啊，的確拍到我了，這是我跟理央同學一起時的影片。」

「所以傳聞果然是真的啊。」

少女這麼說的聲音聽起來有種興奮。只有自己這群人掌握到了無人知曉的真相——她的聲音隱約透出了這樣的優越感。站在正中央的少女望著身邊的兩人。因身邊有同伴而感到安心的模樣，看在莉苑眼裡很是滑稽。

「夏川同學啊，妳為什麼都沒請假呢？妳當時也在場，一般來說都不會來學校吧？像理央或純佳同學那樣。」

「因為來上課是應該的，我只是在做應該的事啊，還是說妳們希望我請假嗎？」

「不是這個意思啦，只是覺得很奇怪。」

「奇怪？」

「妳都不會難過，讓我們感到很疑惑。因為妳跟朱音同學不是感情很好嗎？每天放學都在一起，可是妳卻像這樣心平氣和地來上課，很奇怪耶。」

「啊，我們不是在責備妳喔。聽見補上的這句話，莉苑靜靜垂下眼。她們藉由表達「我對妳沒有敵意」來消毒，但根本就是在懷疑莉苑。

「我只是裝作平靜。要是這讓妳們不舒服，我道歉。」

「不是啦……呃，我們只是在想，難道妳跟朱音同學的死亡有關嗎？」

「有關啊。」

這麼一答，三人倒抽一口氣。儘管嚇得身子縮在一起，瞪大的瞳孔卻無法掩飾興奮。她們就是追著八卦跑的鬣狗。自己隨心所欲利用朱音的死，卻老愛偽善地指責別人，而她們還對這一點全無自覺。

「不只是我，班上的女生全都有關。因為大家都收到信了，卻沒去樓頂。」

少女被踩到痛腳，默不作聲。莉苑將鼓鼓的書包揹上肩，露出親切的笑容。

「我知道大家因為班上同學死了，心裡很慌。就是因為這樣，才會對我說不客氣的話吧？但我不介意，妳們不用擔心我有沒有因此受傷。」

再見，莉苑揮手道別。少女儘管一臉不滿，仍然乖乖揮手回敬。她們沒有當面起衝突的膽量。莉苑認為她們這種膽小也可以稱為識時務。在學校這種狹窄的空間建立人際關係，急躁的個性往往會招致負面影響。對自己誠實不是種美德，至少世上大半的人都是這麼想的，長大成人大概就是這麼一回事。

教學大樓後方的長椅今天也空無一人。莉苑坐上長椅，隨手放下重得毫無意義的書包。長椅碰地一聲搖晃起來。以前她曾經用體重計秤過書包，被超過十公斤的重量嚇到。

人死了會怎麼樣？莉苑仰望屋頂，茫然地想著。

朱音與莉苑開始會交談，是透過共同朋友純佳居中牽線。上個月畢業旅行時，莉苑與純佳被分到同一組行動。兩人瞬間意氣相投，旅行結束後也會一起行動。

「我可以從今天開始拉莉苑一起吃飯嗎？」

對於純佳的詢問，朱音只是露出曖昧的笑容，莉苑馬上看出她不願意。

「好啊，當然可以。」

朱音雖笑著回應，午休期間卻幾乎沒與莉苑交談。要是莉苑與朱音繼續交惡，純佳應該也很為難。莉苑判斷這不是好事，當天放學就找待在教室等純佳的朱音攀談。

「朱音同學。」

正在寫作業的朱音靜靜抬起臉。宛如清純代言物的柔順烏黑直髮，反射的光澤宛如天使光環。

「我跟妳說，我沒打算從妳身邊搶走純佳，那妳願意跟我好好相處嗎？」

莉苑清清楚楚記得朱音那刻雙眼瞪得多大。纖細的喉頭上下滑動，隨後朱音尷尬地別開臉。

「這應該不需要我同意吧？」

「但朱音同學比我早與純佳成為朋友，所以我想跟妳問過一聲。」

朱音若有所思地不發一語，沉默在兩人之間流動。莉苑耐心地等待對方的反應。幾秒後朱音敗下陣來輕咳幾聲。她難為情地把玩起劉海，抬起眼仰望莉苑。

「妳也叫我朱音就行了。」

咦？莉苑驚訝得瞪大眼睛，朱音向她伸出手。

「叫我朱音吧。請多指教，莉苑。」

於是兩人成了朋友。

擔任足球社經理的純佳，大致會窩在操場附近的社辦直到社課結束。等待她回到教室再一起回家，是朱音的例行公事。莉苑常坐在一副閒得發慌的朱音旁邊的位子找她閒聊。

「妳知道《銀河鐵道之夜》嗎？」

這是她在講義上寫下的英文詞語。薄薄的Ａ４紙上寫著今天上課出的英文作文作業。面對面擺放的桌子另一端，朱音正百無聊賴打起呵欠。

「當然，宮澤賢治的書嘛？」

「我喜歡那個故事。朱音，妳讀過嗎？」

「沒有，我可能以前看過一點，但不記得了。」

「所以妳也不知道喬凡尼跟康內帕拉？」

「不知道啦，他們是誰？」

「妳說呢？但雖然不知道，不覺得這名字取得讓人很想念出來嗎？」

康內帕拉，朱音結結巴巴地覆誦。

「朱音要寫哪本書？」

「還沒決定。」

「快決定嘛。」

「妳這樣說我也決定不了啊。」

英文課出的作業很單純，「My favorite book」。簡單來說就是英文的讀書心得，選一本喜歡的書來寫。

「我反過來問妳，為什麼妳要選《銀河鐵道之夜》？」

「因為我喜歡啊。」

「我就是要問妳為什麼會喜歡。」

「因為很美。」

莉苑立刻接話，朱音籠統地附和一聲。

「故事裡有一段在看窗外的風景。窗外開著許多龍膽花，我就是覺得那段很美。」

想像看看吧，眼前是一整面打著黃底的龍膽花。每當風吹過，艷藍便會浮沉搖曳，宛如雨滴打在海面上，將寧靜的漣漪越推越遠。那副景緻想必美不勝收。

朱音瞇起眼，用自動鉛筆的尖端叩叩地反覆點著紙面。

「妳喜歡龍膽？」

「妳不喜歡嗎？」

「不喜歡也不討厭。」

「那朱音妳最喜歡什麼花？」

「勿忘我。」

「為什麼？」

「我有份特別的回憶，妳沒有這種關於花卉的特別回憶嗎？」

「嗯，沒有耶！」

「妳居然能馬上回答。」

朱音始料未及地爆笑出聲。她猛然掩住嘴邊的指尖留著多次啃咬的痕跡。記憶中的朱音直盯著莉苑。

現在的莉苑終於知道勿忘我的花語了。

丟著包包站起身，莉苑想起了不久前看到的影片。從左方拍到牆壁這點來看，那支影片拍攝時教學大樓應該在左邊。在這個條件下能拍到屋頂的地點。角度完全一致的地點。縮小條件，拍攝處自然就水落石出了。

「洗手台附近啊。」

搞不好拍攝者是在尋找水龍頭時碰巧撞見自殺現場。拍完影片就逃跑，是因為那人無論如何都要隱瞞自己拍了影片。那天用操場的是足球社，這樣看來拍下那支低級影片的應該是足球社的人。

「我這推裡還真草率。」

莉苑輕輕敲擊生鏽的水龍頭，大大地伸了個懶腰。天氣好的日子風也舒服。小時候莉苑很喜歡玩沙子，常堆起沙坑的沙挑戰各種沙雕。像今天這種風大的日子，她多半是用手捧起沙子來玩。將握在手心的沙子撒入空氣。宛如生物的沙粒就會順著風的形狀滑動。那副景象很有意思，她百玩不厭。閃閃發光的物體從手中滑落的模樣，讓莉苑覺得自己彷彿成了魔法師。

「別再弄了，會跑進眼睛裡。」當時母親斥責了莉苑，在她眼裡莉苑的魔法無關緊要。每當母親見到卡在指甲與皮膚之間的泥巴，她總會嘆氣。莉苑暗自認為她才是想嘆氣的人。大人總是不明白孩子的心，年紀還小的莉苑領悟了這個事實。因此莉苑決定不要成為大人，她要永遠維持童稚。

隔天早上，頭上的世界是一片灰濛濛。和昨天的晴朗截然不同，今天似乎會下雨。莉苑將筆記本收進書包，清點是否有沒帶的東西。

「對了，上次模擬考的成績單也該發回來了吧。」

在便當盒裡裝入配菜的母親問起莉苑。對啊，莉苑點頭。母親心情愉悅地呵呵笑起來。

「莉苑這次一定也是第一名。爸爸也直誇妳厲害。沒去補習班還能考第一。」

「我不在意名次啦，我只是喜歡讀書。」

「妳這種愛讀書的個性說不定是遺傳到妳奶奶，出門前別忘了跟她道別。」

「好。」

掛在牆上的鏡子裡映照著做日常打扮的莉苑。短劉海配上雙馬尾，是莉苑從小學以來的一貫造型。莉苑拍拍毫無皺褶的及膝制服裙，從餐廳移動到和室。全是西式格局的家裡，唯有離玄關最近的房間是日式格局。打開紙門，線香的氣味撲鼻而來。一開門迎面就見到莉苑的祖母。

「奶奶早安。」

全彩的祖母與八年前長得一模一樣。從她過世的那天起，莉苑從沒有一天漏掉早晨的問候。這或許是因為祖母教導她不可輕忽祖先。祖母常常這麼告訴莉苑。

「絕對不可以講往生者的壞話。」

來到學校也沒見到純佳。今天理央與純佳都缺席。大概是擔心自己要好的朋友不在，美月對莉苑特別關照。莉苑其實一點都不排斥獨處。她不討厭跟別人相處，但獨自度過的時間跟與朋友度過的時間各有各的好。只不過能體會莉苑這種想法的人不多。莉苑自己並不引以為苦，身邊的人卻擅自認定，憐憫起莉苑的孤獨。

「夏川同學，妳下一堂數學課是？」

「我是進階班，所以要換教室。」

這間學校的國文、數學、英語的部分課程採取能力分班。共有進階、標準、基礎三班，學生依程度進入適合的班級。莉苑的班裡上數學進階班的有五個人。三個男生與純佳和莉苑。平常莉苑都會跟純佳一起換教室，但她不在也沒輒。

「午休再見。」

莉苑揮揮手，愛與美月也跟著朝她揮手。

進階般的課程在第三視聽教室上課。座位一開始就是固定的，莉苑總是坐在靠走廊前方第二個位子。她打開課本，翻到上次課堂進度。莉苑將透明的紅色墊板夾進筆記本，從鉛筆盒拿出自動鉛筆。莉苑在各學科中最喜歡數學。雖然存在明確的答案，解答的方式卻不只有一個。找到出題者預設方法以外的解法那刻，莉苑的腦袋瓜就會冒出滿滿的多巴胺。

「妳還在解題？」

「嗯？」

聽見問話，莉苑繼續手邊工作地抬起臉。坐在隔壁位子呆愣望著自己的人，是別班的中澤博。

「啊，博同學。早安。」

博與莉苑在分班時從來沒同班過，但兩人在三門學科都隸屬進階班，必然會認識。全年級第一名的莉苑與第二名的博。有許多學生猜測兩人水火不容，但至少莉苑自己對博懷有善意。

「妳說早安，但現在已經第四節課了，所以妳現在在解什麼？」

「解之前模擬考的題目。我覺得我的解法有遺漏，正在重新檢查。」

「哦？對了，模擬考成績昨天班會時發回來了喔。」

「我們班還沒發。啊，下次方便的話我想問你這個問題。」

莉苑指向題目手冊的一部分，博的眼神瞬間變得銳利。

「啊，這個問題嗎？我不記得怎麼解了。」

「下次教我。博同學數學比我好吧？」

「沒這回事，我根本比不上妳。」

「怎麼會呢。」

聽見莉苑的否定，博僅是曖昧地瞇起眼鏡後的雙眼。仔細觀察就會見到眼睛底下有微微的黑影，是黑眼圈。

「博同學，你最近睡得好嗎？」

「不，我沒什麼睡。」

「你要睡飽一點，你氣色很差。」

「我知道。」

見到博露出虛弱的微笑，莉苑沒繼續多說。中澤博原本與朱音交往。失去戀人的他是什麼心情，莉苑對感情事再生疏也能察知。

「開始上課嘍。」

教室的門開啟，老師從中現身。兩人的注意力自然轉向老師，對話無疾而終。莉苑眼角看向博。一目瞭然的憔悴身影，想必能激起他人的同情。

數學課在解名校兩年前的入學考問題。由於內容太過簡單，莉苑在筆記本邊緣塗鴉起來。該畫什麼？想著這個問題的時候，莉苑腦中閃過那天見到的白花，就是毒芹。她之所以看到朱音的信立刻就知道花名，是因為那種花也在莉苑心中留下很深的印象。

自動鉛筆中放了細細的筆芯，尖端只要在紙上書寫就會緩緩磨短，讓光亮的粉灑落在筆記本上。依照記憶畫出的花，就跟小孩子畫壞的圖一樣慘烈。莉苑從小就不太會畫圖，但即使如此祖母依然總是誇她畫得好。記憶的碎片成了導火線，讓回憶源源不絕冒出。祖母滿是皺褶的手，總是擱在白色床單上。

醫院有種乾淨的氣味，至少在莉苑的記憶裡永遠是這樣。身邊的大人以同情的眼神望向揹著書包的莉苑，表情悲喜糾結。他們大概都知道祖母的病名。

當時祖母待在當地的私立醫院。裡頭有許多跟祖母一樣在住院的老年人，每個人差不多都臥病在床。那段時間祖父在外縣市的安養設施。祖父目前仍在世，但莉苑從來沒見過他。祖父的老年癡呆很嚴重，不只孫女就連自己的兒子都不認得。自從祖父在設施大鬧以來，父母就不讓莉苑與他見面。

「奶奶，我來了。」

那一陣子莉苑天天到醫院報到。每次踏進病房，祖母多半都戴著眼鏡在看書。莉苑愛看書，就是受到祖母的影響。

「奶奶眼睛不好嗎？」

「年紀大了啊。看遠沒問題，看近就不行了。」

「好奇怪啊！」

莉苑坐上放在床邊的椅子，從書包拿出筆記本。請祖母指導自己念書，是她那段時間的每日例行公事。祖母很會教導他人，莉苑從來沒有討厭讀書過，反而覺得學問是一種娛樂。不僅有趣，光是認真投入就會被稱讚。世上還有其他這般好處多多的事嗎？

「莉苑，上學開不開心啊？」

「嗯，很開心。」

「那真是太好了。」

祖母總是會問莉苑校園生活的感想。坦白說莉苑並不覺得上學讓她多開心，她只是不得不去才會去上課，就跟呼吸差不多。就像她不覺得呼吸讓自己多開心，去上學在莉苑心中也是極為天經地義的事。只不過這種回答一定會讓祖母難過，因此莉苑總是假扮成好寶寶的模樣。她裝得越是天真無邪，祖母就會笑得越開心。

「啊，對了，我今天發現一個很有趣的東西。妳看，很漂亮吧？」

莉苑從書包裡拿出手機。母親為了防身要她攜帶的手機，只能使用訊息、電話與相機功能。雖然手機被設定成不能上網，讓母親能隨時掌握莉苑所在處的GPS倒是啟用狀態。

「這個。」

說完莉苑向祖母展示了小河附近看到的白花。小巧的花瓣形成球狀的物體，朝四面八方散開。

重新戴好眼鏡的祖母皺著眉頭望向手機的螢幕。

「這是毒芹，妳沒碰它或吃下去吧？」

「沒有，因為媽媽不喜歡我碰野草。」

「最好不要碰，這個有毒。」

「咦？」

「是啊，還有人誤認成芹菜，吃下去被毒死。」

真想吃吃看啊，莉苑心想。死亡那瞬間，人會做什麼樣的夢呢？

「智子說不定哪天就會餵我吃這玩意。她討厭我。」

祖母呵呵笑起來。又來了，莉苑繃起嘴角。夏川智子，莉苑的母親與祖母打從成為婆媳起感情就很差。無論是母親或祖母，都會在莉苑這個孩子的面前毫不客氣地抱怨，夾在中間的莉苑兩面不是人。儘管因為她們沒有當面爭執，莉苑總是叫自己不要去想。

「說到這個，今天學校老師說，別的小學有人自殺。」

「唉呀，好可憐。」

「聽說是忘記帶作業被老師罵，就直接從窗戶跳下去了。幹嘛為了這種小事去死呢——」

「莉苑！」

祖母罕見地拉高嗓子打斷莉苑的話。她以皺巴巴的手靜靜撫摸縮起身子的莉苑的頭。與母親的手不同，祖母的手散發出濃郁的花香，大概是她平常用的護手霜的氣味。

「不可以說死掉的人的壞話。」

祖母的話讓莉苑吞了口口水。她不覺得自己在說對方的壞話。雖然如此，莉苑坦率的感想在祖母耳裡卻不太動聽。一旦脫口而出的話語就不再僅屬於自己，會隨著聽者的不同改變意思。既然祖母覺得是壞話，她的想法就一定是對的。要怪就得怪語氣像是在說壞話的莉苑不好。

祖母從床邊的抽屜拿出糖球給垂著頭的莉苑。包覆在塑膠紙裡的糖球，是祖母在莉苑心情低落時往往會給她的特別糖果。

「妳知道為什麼不能說死人的壞話嗎？」

「因為他們死了已經夠可憐嗎？」

「不是，是因為死掉的人不管被怎麼說都無法反駁。」

妳聽好了，祖母溫柔地告訴莉苑：

「世界必須是為了活著的人而存在，絕不能讓活著的人為了死掉的人犧牲。所以為了不讓某人的死亡不當傷害到活著的人，人們擁有扭曲真相的權利。」

「扭曲真相？」

這麼做真的好嗎？喜歡動畫的同學老是把「真相永遠只有一個」掛在嘴上。見到莉苑不敢苟同的表情，祖母的眼神變得柔和。

「就拿剛才妳給我看的毒芹來打個比方吧。假設有個去採野菜的孩子把毒芹誤認成芹菜摘回來，先開動的爺爺因此而死，問題就在該怎麼跟那個孩子解釋才是對的。跟他說爺爺是被你害死的很簡單，但如果那個孩子因此難過自殺該怎麼辦？妳不覺得他很可憐，明明沒有惡意卻得背負罪惡感嗎？這樣的話，我覺得騙他爺爺是生病死了才是正確的。」

對於祖母的話，莉苑只是曖昧地附和。如果真相會傷人，或許讓對方見到赤裸裸的真相是種殘忍的舉動。

「我們可以說謊，但死人不能說謊，所以不可以說那個孩子的壞話。這對死掉的人不公平。」

「但如果死掉的孩子有我無法原諒的地方，又該怎麼辦呢？難道得忍下去？」

「沒錯。當對方一死，他就失去了報復的權利。所以要是妳有真的無法原諒的人，就要在對方活著的時候當面說清楚。不可以欺負他，也不可以動用暴力。妳要誠實說出自己的心情。人際關係就是這麼一回事。」

「我明白了！」

與祖母的對話深深地烙印在年幼莉苑的記憶之中。報復的權利會在對方死亡的那刻喪失，也就是說報復只能在對手活著的期間執行。莉苑用自己的方式解釋了祖母獨特的信念。

祖母在一年後死亡。原本跟她關係那麼差的母親，自從祖母過世後就突然絕口不提她的壞話。要是母親早祖母一步離開人世，祖母大概也會做出一樣的事。母親口中的祖母，與莉苑記憶中的模樣是天差地遠。顯然她心中冒出的祖母形象，已經被扭曲成對母親有利的模樣，但莉苑沒有指責她。

因為世界必須是為了活著的人而存在。

到了星期三，純佳依然沒來學校。今天天氣不好，莉苑引以為傲的雙馬尾朝奇怪的方向翹起。

「抱歉把妳找出來。」

「不會，我不介意。」

今天是莉苑第一次被叫去訓導室，因為她平常是個品行端正的好學生。坐上硬邦邦的沙發，訓導老師對莉苑遞出冰涼的寶特瓶飲料。包裝上以蒼勁的字跡寫著「綠茶」。

「針對川崎朱音同學的死，我有些問題想請教。」

「可是我星期五時已經把我知道的都說了。」

「是沒錯。」

老師露出混雜著嘆息的笑容，在莉苑對面的沙發坐下。畫得直直上吊的烏黑眉毛，可看出她為維持威嚴所下的努力。

「夏川同學，妳跟高野同學、川崎同學都很熟吧？但看問卷妳沒什麼提起川崎同學的事，我想問妳是怎麼看待她的。」

「老師還真想深入了解朱音的死呢。」

「這是當然的。川崎同學在這間學校自殺。無法想像她會毫無理由就去尋死。這樣看來，她選擇在這間學校結束生命，想必是有某些想傳達給我們的訊息。我不清楚原因到底是霸凌還是家庭煩惱。但我身為一名教師，並不想草草了結她的死亡。」

「原來如此。」

「我再問妳一次。夏川同學，關於川崎同學，妳是否知道些什麼？」

「對不起，我一點都不清楚她的事情。」

聽見莉苑的回答，老師失望地嘆口氣。這樣啊，她簡短回道。雨聲隔著窗戶傳入耳內。每次思考朱音的死，莉苑腦海都會閃過長方形的輪廓。那是朱音寫給全班女生的信。

——只有莉苑知道川崎朱音想做什麼。

上週五放學後的教室空無一人。純佳與愛早一步一起回家，其他學生也飛快逃離教室。考試期間以外的時間，學生幾乎不會留在教室內，大多都是去社團、委員會或是自習室度過。莉苑在教室的角落一個人寫著數學題。解了幾題計算題，桌面邊緣的橡皮擦屑越堆越多。雖然可以直接拍到桌子底下，一想到已經掃過地，她就有些抗拒。莉苑把橡皮擦屑移到墊板上，走向掃具櫃旁的垃圾桶。她打開蓋子倒進橡皮擦屑。此時她見到一團被揉爛的廢紙。以普通的垃圾來說，紙質格外高級。這是什麼？一冒出這個疑問，莉苑就將手伸進垃圾桶裡。

「信？」

打開揉成一團的紙，上頭以手寫上「給愛同學」。看來這是給愛的信。信既然被丟了，就表示愛已失去所有權。莉苑毫不猶豫打開信封拿出內容物。折起的便條上寫了簡短的訊息。

「麻煩妳今天放學來北棟教學大樓樓頂一趟。我有特別的事要說。妳不來我大概會死。朱音」

第二張紙上畫著塗成黃色的水仙。看來這是朱音寫給愛的信。莉苑再次讀過訊息，摩挲起下巴。

「把愛找出來是想說什麼？」

莉苑把信夾進資料夾，檢查自己的桌子。她沒收到信。朱音原本就憧憬愛。儘管不能排除她只是想找愛閒聊，但為了這種事用了「特別」或「會死」，說詞還真有點誇張。說不定其他人也收到了邀請信。這麼想的莉苑偷看起隔壁同學的桌子，但裡頭也沒有信。說起來愛早就與純佳一起回去了。這樣看來，朱音大概還繼續在樓頂獨自等人過來吧。

「……啊。」

她的眼神不經意飄向講桌。設置在黑板正面的講桌，自從第六節課日本史結束以後就沒人碰過。儘管莉苑覺得可能性不高，仍檢查起內容物。

「猜對了。」

那封信就藏在亂糟糟地堆積的講義裡頭。大概是希望延後發現時間吧。與寫給愛的信不同，這封信是略大的白色長方形。翻到背面，上頭只寫了三個字。

「給大家」

大家當然就是指這個班級的學生。莉苑慎重地拆開信封，拿出裡頭的便條。與剛才的信不同，上頭沒畫圖。白色便條上密密麻麻寫著字。莉苑整張看完，默默吐了口氣。

「原來如此。」

此時莉苑明白了少女的企圖，朱音正打算為了愛自我了斷。

莉苑將便條放回信封，呆立在講桌前。兩封信都顯示朱音要尋死。要是現在去樓頂，或許能跟朱音說上話，但這不是朱音想要的。再說現在她讀了這封信，絲毫沒有非得前去阻止朱音的心情。朱音有明確目的，為愛而死的崇高目的。這麼一來自己就沒有阻止她的必要。莉苑閉上眼睛，深呼吸一大口。肺隨著吸入的空氣膨脹。摸摸胸口，心臟正怦通怦通以平穩的節奏跳動。她還活著，這是理所當然；而朱音現在正要捨棄這種理所當然。

「那我得去現場見證才行。」

人在死亡的那刻會做什麼樣的夢？那天在祖母的病房冒出的好奇心，在莉苑胸口悄悄發酵。莉苑將信封塞進裙子口袋，迅速收好攤在桌上的文具。一直望著樓頂也不會啟人疑竇的地方，思考著這個條件，她只想得到一個地點。

「果然還是北棟教學大樓最適合。」

那天莉苑在北棟教學大樓看到近藤理央，真的只是湊巧。前往看得到屋頂的長椅時，她見到在那裡把頭埋進膝蓋嚎啕大哭的理央。宛如呻吟的哭聲形成了規律的節奏，最後變成短促的呼吸聲。

聽到這個聲音的瞬間，莉苑猜想她大概是發病了。以前祖母在病房時，也會像這樣喘不過氣。回過神來莉苑已採取行動。莉苑飛奔至理央身邊，她毫不意外地正抓著胸口。

「理央同學，妳沒事吧？」

她坐在長椅旁邊，不由分說將手撫上理央的背。只要莉苑像這樣撫摸祖母的背，祖母的苦悶就會減緩。在眼眶打轉的淚水一聲不響滑落理央臉頰。她無法出聲，僅是無言地大口喘氣。

「我要不要找老師來？」

聽見莉苑的詢問，理央用力搖頭拒絕。她抓住莉苑的手腕，像是要她不要離開自己似地將莉苑用力拉近身邊。

「好，我就待在這裡。沒事了，妳先冷靜下來。」

在理央的呼吸穩定之前，莉苑一直待在旁邊摸著她的背。宛如損壞機械的呼吸聲逐漸減弱，恢復成與平常無異的狀態。理央用圓潤的指尖擦擦眼角，露出令人痛心的笑容。

「對不起，莉苑同學，我給妳添麻煩了。」

「不會，倒是妳沒事吧？」

「嗯，我習慣了。這是我的老毛病，只要大哭就會過度換氣。」

難為情地扶著臉頰的她，腿上散落著幾十封信。起先莉苑以為那是朱音的信。但仔細一看，封口貼紙是心型，也沒寫上收信人。

「啊，這是情書。」

注意到莉苑的視線，理央的臉紅了起來。「哦？」莉苑歪頭。哭泣的她與散亂的情書，在莉苑腦中搭不上線。

「其實我失戀了，所以我想把截至目前為止寫的情書全部處理掉。」

「所以這些信全都是寫給同一個人的嗎？」

「嗯，只不過到頭來沒寄出過半封。」

這樣啊。莉苑撿起散落在腳邊的信。造型可愛，像是生活用品店的商品。粉紅色信封的邊緣印著動物與女孩子的插圖。裡頭塞得滿滿的，讓信封厚得很。

「莉苑同學有沒有喜歡的人？」

「很多啊，我也喜歡妳喔。」

「呵呵，什麼啦。」

理央扯扯制服裙擺，在長椅重新坐下。莉苑望著屋頂，她還沒看到人影。不過從這裡只看得到圍欄，說不定朱音早就在樓頂上了。

「跟妳說，我喜歡足球社的田島同學。因此我每天都待在樓頂看他。」

不等莉苑開口，理央就主動說起自己的戀情。她大概在尋找能分享自己秘密的人。能吐露祕密，認真把她當一回事聽到最後的人。

「樓頂？」

「對啊，從北棟教學大樓樓頂可以清楚看到操場，但這個習慣也要在今天結束了。因為我失戀了。」

霹哩，身邊傳來撕紙的聲音。將視線轉過去，理央正面不改色地撕著情書。就像碎紙機一樣，她偏執地將信撕成碎片。超乎想像的行動讓莉苑驚愕地瞪大雙眼。

「妳在做什麼？」

「我想撤信。」

「為什麼？」

「我想好好地葬送自己的心意。」

化為紙屑的信件碎片，在理央的裙子上堆積成山。

「以前我爺爺死的時候，我們把骨灰灑進海裡。我一直記得這件事，覺得這樣很棒。要是能讓自己不愉快的心情全都隨風而逝，一定很痛快。」

聽見她吞吞吐吐說出的話語，莉苑感覺心跳加速。光是累積了這麼多交不出去的情書就令莉苑難以置信，她沒給對方就躲在這種地方撕信的思路，在莉苑眼裡也是前所未見。平常總是逼自己委身凡人框架的少女，那層薄薄的皮膚底下埋藏著奇特又有趣的事物，莉苑最愛窺見事物的那一瞬間。

「怎麼不告白呢？說出來以後再做也不遲。」

「沒關係，我其實沒有告白的勇氣。」

理央在回答時也沒停下手邊工作，大量的情書到底又花了多少的時間才寫成的？

「誰叫我跟田島同學階級不同。」

「人哪有什麼階級？」

這句話是莉苑的真心話，但聽在理央耳裡似乎只覺得是在安慰她。她聳聳肩，嘴角自嘲地揚起：

「沒這回事。」

「夏川同學大概不懂吧，像妳這樣的人想做什麼都可以。」

「就是有，比方說交朋友吧。」

「交朋友也跟人的階級有關？」

「大大有關。夏川同學妳跟任何人說話時，一定不會冒出自卑感吧？妳不會在意自己有沒有資格跟對方說話，身邊的人會怎麼想。所以妳敢用名字直接稱呼任何人，也能跟任何人輕鬆交談。」

「這話真怪，妳跟別人說話就會在意周遭的人了？」

「當然會啊。我一直都很擔心會不會被討厭，會不會被輕視。」

理央用力撕破信，堆積在一起的紙化為碎片，在她的腿上翩翩飄落。用鉛筆寫下的文字四處都是淚痕。

「我其實不喜歡女生，討厭待在女生的小圈圈裡。我其實想像妳那樣一個人過。但如果我這麼做，就會完全被孤立。夏川同學就算一個人，大家也會覺得妳有特別的考量吧？夏川同學處於特殊地位，因此不會被排除。但是像我這種長相或腦袋都沒有優點的人，就必須設法融入團體裡，不然不會有人理我。」

霹哩，撕紙的聲音響起。逐漸激動起來的說話聲在教學大樓的牆面迴響。

「其實我很不甘願。因為待在那個團體裡，我是八個人裡最弱勢的。說成給大家戲弄的人太好聽了，實際上就是拿我當出氣筒來凝聚其他成員的感情，但我不敢說不要。因為說了就會被排擠。」

「那妳就去找其他人啊，要不要從明天起跟我一起吃飯？」

「到現在才離開已經太遲了，再說我也不能丟下惠。」

裙子上的紙屑逐漸增加。理央要是現在站起來，就能輕鬆將紙屑拍落地面，但她沒這麼做。這些大量紙屑對她來說一定就像沉重的枷鎖。

「我在那個團體裡真正感情好的人就只有惠，但惠的地位也不高。要是少了我，接下來就換成惠的日子難過了。再說她們也不是霸凌我。大家只是愛捉弄人，是覺得不舒服的我不對。如果我能當成玩笑話聽過就忘，就能圓滿落幕了。」

莉苑更加不解。既然不甘願，說出來不就好了？蓋住自己的不舒服，抹上名為協調性的醜惡油漆。莉苑最恨這種行為，簡直就像大人。

莉苑站起身，從她的裙子上撈起大量紙屑。理央嚇了一跳，嘴大大撐開。在她出聲制止之前，莉苑已將紙屑朝周圍扔出去。粉紅色的信件碎片就像雪乘風飄揚。

「夏川同學？」

「理央同學其實不喜歡自己被看不起吧？那至少在我面前別說是自己不好，我不會跟任何人說。不管是妳喜歡誰或妳討厭什麼，我絕不會說出去，所以妳不要用這種奇怪的方式欺騙自己。在我面前，不喜歡就直說吧。妳不就是為了排遣自己真實的心意，才會撕碎情書嗎？」

理央身邊堆著成串的信，像是要逃開莉苑直直望著自己的視線，理央輕輕低下頭。

「夏川同學是為了我才說這些話吧。謝謝妳，我很感動。」

「那——」

「但沒關係，我這樣就好。」

強風颳起。她才撕碎信，紙屑就被風吹走。掉落地面的紙屑已失去價值。失去意義的語言殘骸，在她心中大概早已成為廢棄物了吧。理央的手忙著製造紙屑，臉上則露出成熟的微笑對著莉苑。

「我一直都誤會夏川同學了，大概是我太防備了吧。」

「不需要防備我啊。」

「雖然是這麼說，但妳畢竟還是個很厲害的人。不過今天一聊我就知道了。夏川同學比我想得還要純真善良。」

理央壓住飄起的髮絲，抬頭仰望天空。世界從湛藍轉為朱紅，映照在教學大樓的日光已是一片夕陽的色彩。

「幸好今天來這裡的人是夏川同學。如果是其他人，我說不定沒撕信就回家了。我會怕被對方瞧不起。」

「我沒有瞧不起妳喔。」

「關於我暗戀的對象，妳會幫我保密嗎？」

「當然，我不會跟任何人說。」

「謝謝妳。」

她泛紅的眼眶融入夕陽的紅意，看起來就與平常無異。莉苑在原地蹲下，撿拾散落的紙屑。她覺得將紙屑丟在地上不管是錯的。

「妳把信都撕碎吧，我會幫妳全都撿起來。」

「咦，可是……」

「妳如果心情能因此舒服的話，我無所謂。信還剩很多吧？我都陪到現在了，乾脆就陪妳到最後吧，所以妳就待在那邊。」

「好，謝謝妳。」

理央絲毫沒有懷疑莉苑的話，繼續撕著信。莉苑起身，拿出買零食時拿到的塑膠袋，將一張張紙片裝進去。理央一撕紙片就會跟著增加，這些則由莉苑逐一拾起。大人可能會覺得一開始丟進袋子裡就好。但對兩人來說，這樣就沒意義了。理央不是想丟信，而是想用風葬送累積的心意。

兩人默默忙了好一段時間。紙片飛得很遠，讓莉苑必須離開長椅撿拾。

「——！」

頭頂突然傳來聲音。抬起頭就見到隨時會翻過樓頂柵欄的少女身影——是朱音。注意到這件事的瞬間，莉苑搜尋起自己的口袋。背後傳來理央的慘叫聲。朱音的身體墮入空中。紙片從莉苑的手中飛逝，接著眼前傳來撞擊聲。

沉默籠罩了現場。心臟十分吵雜，自己的血管正猛烈地跳動著。夏天雖日漸逼近，附近的感覺卻涼颼颼的。迎面而來的風送上飛舞的紙片，在莉苑的視野中隱然可見。此時莉苑才終於恢復冷靜。自己現在該做什麼？在無意識之間瞪大的雙眼，收集起最佳解所需的情報。

朱音的身體各部位朝奇異的方向扭曲，就像壞掉的玩具。雖然跟在病房見到的祖母死相明顯不同，兩者卻十分相似。朱音已經沒命了，她死了。

仰望屋頂，她看到有個學生蹲了下來。那個人是誰，莉苑優秀的腦袋立刻有了答案。

「純佳……」

屋頂上有純佳，而地上有樣貌淒慘的朱音。活著的是純佳，死了的是朱音。這麼一來自己該怎麼做？思考立刻導出一個結論。莉苑轉過頭，以高亢的聲音呼喚理央。

「理央同學，去叫老師來。」

然而理央沒有回應。她趕往長椅，發現理央倒在原地。看來她昏了過去。莉苑摩挲下巴開始思考。

要是莉苑現在找老師來，這裡就會被封閉。這麼一來會發生什麼事？撕碎的信會散落在這裡。素昧平生的人可能會收集地上散落的信還原。這可不行，絕對不行。朱音已經死了。那麼她必須把理央放在第一位，因為世界必須是為了活著的人而存在。

莉苑只撿了比較大片的紙片，將它們裝進塑膠袋。收集信花了整整三分鐘。確定自己撿完大部分的紙屑，莉苑將塑膠袋塞進空下的裙子口袋。她抬頭一望屋頂，純佳的身影已經消失了。她也可能先去找老師，但這麼一來老師還沒來就顯得詭異。果然還是該由莉苑自己前往教師辦公室。理央還沒醒過來。

莉苑拍拍雙頰給自己打氣，奔向教師辦公室。

莉苑衝進教師辦公室時，老師們還渾然不知道出了大事。「北棟教學大樓有人跳樓自殺」這句話引起全場騷動，接著室內一陣雞飛狗跳。昏倒的理央被抬到保健室，之後據說在樓頂痛哭的純佳也與老師一同現身保健室。正式接獲被送至醫院的朱音死亡的報告，則是在這之後一小時左右。

「夏川同學為什麼會在那裡？」

莉苑沒有回答保健室老師的問題。此刻仍然憔悴的純佳也在保健室，屏風深處還躺著失去意識的理央。莉苑思考起該透露到什麼程度。大人還不知道朱音寫信給愛和班上同學。以道德來說，她應該全部供出來，但——莉苑一瞥哽咽的純佳。失去兒時玩伴的她十分哀痛。莉苑不想加諸她更多痛苦。

「我想去教學大樓後方的長椅看書，在那裡遇到哭泣的近藤同學。我問她怎麼了，她說她想撕信。」

「信？」

果不其然，老師的表情閃過一絲緊張，大概是聯想到遺書。莉苑從口袋拿出塑膠袋，把部分內容物放到桌上給老師檢查。那是貼著心形封口貼紙的碎片。

「近藤同學失戀了，所以她想把情書撕碎。對象是誰我不想說，而我就幫她撿起那些碎紙。」

「等一下，妳說情書？」

「近藤同學昏倒的長椅大概還留著幾封信。原本有很多封，撕著撕著就只剩這些了。近藤同學看起來透過撕信安心了不少。所以我為了幫她打氣就……就告訴她要撕幾封都行，我會幫她撿，但我的這個判斷是錯的。我當時要是要她別做這種事快回家，近藤同學大概就不會像這樣被牽扯進來了。都是我害近藤同學受傷，都怪我——」

「沒事了，這不是妳的錯。」

「可是——」

「總之妳先深呼吸。夏川同學，妳比自己想得還要激動。來，喝點熱的吧。」

老師遞過來的馬克杯裝著熱可可。喝一口就好，莉苑原本這麼打算，自己卻似乎比想像得還要渴望水分。回過神來，杯內已空空如也。

「請問純佳為什麼會在那裡？」

「她說是被川崎同學找出來的，因此她好像為自己沒阻止她而很自責……夏川同學有沒有收到川崎同學的信？」

「沒有，她沒寫給我。如果我收到，也會去阻止朱音。真沒想到會發生這種事。」

莉苑咬著下唇垂下頭。保健室老師從熱水壺倒入熱水，又給了莉苑一杯滿滿的熱可可。

「今天真是嚇到妳了。我已經跟妳的家長聯絡過，應該就快過來接妳了。總之妳千萬別自責。」

「請問我可以等理央同學醒來嗎？我必須把東西還給理央同學。」

就是它，莉苑舉起塑膠袋。「這些全是情書？」待在保健室老師附近的女老師突然插嘴。她是訓導老師。雖然兩人不認識，但莉苑常在全校集會見到她。

「沒錯。」

「真的嗎？」

「妳懷疑我？」

「我不是懷疑妳。只是近藤同學也可能是在撕別的信。妳沒有每封信都讀過，怎麼能斷定這些全是情書？」

「那老師覺得還可能有什麼別的東西？」

「就我不知道，只是有情書以外的信件的可能性不是零。」

「理央同學跟我都沒有做出虧心事。為什麼老師還要懷疑我？我又沒說謊。我、我！」

莉苑將呼吸調整得又短促又輕淺。腦部無法獲得足夠氧氣，指尖的感覺逐漸遠去。莉苑模仿剛才理央的模樣，反覆進行淺淺的呼吸。莉苑有意識地引發折磨理央的病狀。明明吸了氣，氧氣卻進不去肺裡。從手中滑落的馬克杯破了。熱可可噴向四周，把保健室老師的白衣染成泥色。

「夠了吧，請妳不要繼續責問受傷的學生。」

沒事了，保健室老師撫摸著莉苑的背不斷安慰。紊亂的呼吸逐漸穩定下來。原來過度換氣是這麼難受，莉苑同情起在屏風另一端沉睡的同學。

「對不起，是我多嘴了。夏川同學，很抱歉我說了失禮的話。」

訓導老師的道歉出乎意料地乾脆。見到向自己低頭的她，莉苑默默搖頭。

「只要妳肯相信我就沒關係。」

「我來打掃。夏川同學妳也累了吧？等父母來的時候，妳就去床上等吧。」

在保健室老師的建議下，莉苑在理央隔壁的床坐下。眼睛閉不起來。朱音淒慘的模樣清清楚楚地烙在她的眼底，讓她毫無睡意。

這是她在那天之後第一次與眼前的訓導老師交談。莉苑中斷回想，打開收下的寶特瓶瓶蓋。在朱音死後，莉苑特別注意要盡可能維持一如往常的生活。

夏川莉苑對川崎朱音一無所知。

莉苑會乖乖遵守這個設定，是因為她相信這麼做對班上同學都好。雖然在愛與美月把信給她的時候，莉苑也非常震驚，但到了現在她認為自己做的才是最好的選擇。

「老師，妳也找細江愛同學出來了吧。川崎朱音同學的事都定調為自殺了，為什麼妳還要像這樣繼續調查？莫非老師懷疑是他殺……」

「不是的，我不懷疑她是自殺。」

「那又為什麼？」

「因為自殺總該有理由。」

她交疊的手指使力起來。莉苑不知道該怎麼應對老師這句話，只是曖昧地點點頭。她的眉頭皺起，嚴峻的表情像極了般若面具，很能體會為何一般學生會畏懼她。

「在我中學的時候，有個同學年的學生自殺了。那個人是因苦於霸凌而自殺，但校方卻掩蓋了這件事，當作沒有霸凌。我就是無法原諒這件事才會想當老師。我想從隱瞞真相的大人手中保護孩子。」

呼，老師呼出一口氣。宛如惡鬼的凶相一變，她鮮紅的嘴唇浮現自嘲的微笑。

「但為了追求真相而傷了學生，我還真差勁。當時的事我真的很抱歉。我懷疑了妳。因為看到現場的人裡，只有妳最平靜。明明妳就失去了朋友，怎麼可能不難過。」

「要是我也有能提供老師的線索就好了，這麼一來或許多少能幫上老師一點忙。」

「沒關係，妳有這份心意就夠了。」

老師把托特包拉近，從裡頭拿出資料夾。裡面裝的大概是上個星期六舉辦的問卷調查結果。

「問卷調查的回答也沒得到川崎同學被霸凌的資訊。雖然有人說她跟細江同學有糾紛，但跟她當面談過後，我實在不覺得那女孩會用陰險的方式霸凌他人。而如果細江同學做出顯眼的舉動，旁邊的人一定也會寫進問卷裡。這樣一想，或許川崎同學真的不是因為學校的理由而自殺。」

門的另一端傳來輕巧的鐘聲。掃地時間到了。老師闔上資料夾，慌慌張張站起身。

「對不起，拉著妳陪我講這麼久。」

「沒關係。我才是很抱歉，無法提供有益的情報。」

「要是妳找到什麼與川崎同學有關的情報，希望妳可以告訴我。班上同學應該也很想知道關於川崎同學死亡的真相。再說要是這件事能確實解決，或許高野同學也能寬心。」

接下來說了幾句話後，莉苑就離開訓導室。走廊上負責掃地的學生正默默地完成交辦的差事。

「真相啊。」

把臉探出窗子，莉苑重重地吐了口氣。朱音死亡的真相，第三者真的需要知道嗎？那個老師不認識生前的朱音。大部分的同學也沒跟朱音有過像樣的一對一對話。即使如此為何還要追求真相？答案再清楚不過。單純是他們想知道。就像苦等連續劇的後續，他們渴望著戲劇化的故事。對於想將朱音的死當成單純娛樂消費的旁人，莉苑懷有強烈的厭惡。川崎朱音絕非無名的少女A，為什麼大家就是不能明白這件事？

回到家沒多久，莉苑就窩在自己房裡。她從書桌首先拿出資料夾。裡頭夾著兩封信，寄件者是朱音。一封是寫給愛的，另一封是寫給莉苑的。前者紙上有細小的摺痕，後者則完好。

星期一從美月手上接過的花語辭典就跟她說得一樣，刊登了許多花卉的照片。五顏六色怒放著的花朵，光是看了就讓人心情愉快。

「愛同學是水仙。美月是繡球花。而我是毒芹。」

妳雖然美麗卻很冷漠，這是美月告訴莉苑的繡球花花語。

當天純佳在樓頂，也就是說純佳應該也收到了信。她的信上到底寫了什麼，又畫著什麼花？朱音在信上畫花，勢必是想向對方傳達某些訊息。班上同學放棄解讀其中涵義，只把它當成插圖，遺忘了信的存在。莉苑其實原本也無意解讀插畫，但現在她不能這麼做。

「要是不好好處理，純佳就再也不會回來學校了。」

純佳不來學校，果然還是因為她對朱音的死懷有罪惡感。但朱音已經死了，不管純佳怎麼悲嘆，她再也不會復生。世界以朱音的死為前提，若無其事地繼續運作。對莉苑她們來說最好的選擇，就是克服朋友的死，繼續過著與平常無異的生活。真相沒有必要。只要將朱音這個存在用美麗的記憶覆蓋，像是瞻仰神祇那樣偶爾回味即可。

「水仙……自戀、獨善其身、神祕、尊重。」

朱音要給愛的訊息到底是這裡頭哪一條？這簡直就像國文測驗。在國文拿高分的秘訣不是思考作者的心境，而是看穿出題者的意圖。不管對方安排的解答多離奇，放進考試中就會成為正確答案。

莉苑翻開辭典，在某一頁貼上便條。那頁有著小巧藍色花瓣密集的鮮豔照片。勿忘我，莉苑用指尖撫摸以明體寫上的花名。別忘了我，紙上簡短的字句，看在莉苑眼裡與現在的朱音搭調極了。

5.作答者：

中澤博

Q1. 請問您對川崎同學有什麼了解？

我聽本人說她曾和細江愛起爭執。

Q2. 請問您是否在校內看過某名同學遭到霸凌？

雖然我沒實際目睹，但我懷疑
細江愛有過類似霸凌的舉動。

Q3. 請問您對霸凌有什麼看法？

那是小鬼才會做的事，
會做這種事的人是白痴。

Q4. 若您針對這次案件與霸凌問題對學校有任何建議，還請告知。

希望校方能想辦法刪除
到處流竄的自殺影片。
看了不舒服。

對中澤博來說，川崎朱音是他的戀人。兩個星期前川崎對他告白，兩人開始交往。博喜歡她溫柔的笑容。纖細的手腕、單薄的身軀、長髮、穩重的個性……構成川崎的全部元素都深深吸引博。正因如此，當博聽到川崎朱音自殺的消息時才會痛哭失聲。

數學算式有種簡練之美。追溯固定的路徑就能推導出唯一解。題庫厚到可以當鈍器，再附上詳解就變得相當沉重。夾在書頁中的便條，提醒著博期末考範圍。

對博來說，星期二的數學課是特別的時間。這間學校共通課程進度比補習班慢，因此大部分上課時間都成了複習。但在這個能力分班的進階班，除了教授課本的內容外，也常會講解名校考古題，因此不需要在上課寫補習班作業打發時間。

「這是兩年前出的考古題。知道怎麼解的話就很簡單，但要想到解法非常困難，十五分鐘後我再講解，大家先解解看。」

老師發下來的講義只有一個計算題，看起來是從某本題庫翻印，右邊有出題學校的名字。那是一間位於日本邊陲的國立大學。博拿著自動鉛筆瀏覽題目，這個題型剛好之前在補習班解過。博順著詳解的解題思路導出答案。這次解得還挺快的嘛。正當博如此心想，他瞥見隔壁的夏川一臉認真在筆記本角落畫著不知名的圖案。看起來像是黑洞，又像是墜落的隕石。

「討厭鬼。」

含在嘴裡的嘟囔想必沒人聽見。數學老師可能是注意到博停筆便朝他走來，接著看了看博的筆記本。

「喔，不愧是中澤，解題的速度真快。」

「謝謝老師。」

「之前模擬考也表現很好，入學以來數學成績一直都是第一名。」

只有數學，會被對方沒有惡意的一句話刺激，是不是因為自己不夠成熟？博咬牙忍住一湧而上的苦悶情緒，哈哈兩聲裝出曖昧的假笑。隔壁的夏川完全沒有注意到兩人的對話，默默地繼續在紙上塗鴉。及肩的雙馬尾、整齊的短劉海、造型幼稚的襪子，配上更顯娃娃臉的水汪汪大眼。乍看之下，夏川莉苑這個人的外表，和追求年幼感的普通蠢妹沒什麼兩樣。幼稚這個詞在她們的字典裡，或許就等同於可愛。基本上，博並不討厭女孩子追求可愛的姿態。如同遠觀寵物，博可以不負責任地讚美女孩可愛，但夏川例外。每當她做出幼稚的舉止時，作嘔的感覺就會從胃底冒出。現在回想起來，其實從一開始就是如此。一年級春天的入學典禮，她以新生代表的身分站在台上的身影，就讓他懷著強烈的厭惡感。

「好久不見啊！」

可喜可賀的高中生活第一天，博在歸途看見田島俊平從對面的人行道走來。博和他家住得近，兩人從小就認識。小學時兩人放學後經常玩在一塊，但上中學後分屬不同班級，自然沒了交集。他們上同一家補習班，但選擇的課程不同，幾乎不曾碰頭。頂多是走廊貼出模擬考排名時，博才會看見田島俊平這個名字。俊平總是與看起來腦袋空空、虛有其表的人玩在一起，本人的成績倒是很好。博曾聽過他半開玩笑說自己是天資聰穎。

「沒想到能和中澤念同一間高中，老師還恐嚇我考上才有鬼。」

俊平右手插在制服外套口袋，伸出另一隻手朝博輕揮。他特意等博過斑馬線，然後若無其事與博並肩同行。這一點也完全沒變，博心想。俊平特別擅長拉近與他人的距離。

「你怎麼從那邊過來？那邊不是學校的反方向嗎。」

「我剛剛跟朋友去對面的便利商店。」

俊平一派輕鬆地回答。喔，博用平淡的語氣附和。

「中澤升高中不參加社團嗎？」

「我沒這個打算，會減少讀書的時間。你還是去足球社？」

「大概吧，哪裡輕鬆就哪裡去。」

俊平的白襯衫扣子比學校規定的多解開了一顆，從敞開領口可以隱約看到黑色汗衫。用髮蠟抓出造型的頭髮色澤比中學更淺。這顏色勉強可以說是原本的髮色，想必染的時候經過盤算。

俊平的目光略略壓低，維持笑意的雙唇微微蠕動。

「我以為你是全年級第一名。」

所以呢？博好不容易才吞下差點脫口而出的回擊。夏川站在台上的嬌小身軀，如今依然烙印在博的視網膜上。朗讀致詞時的她感覺是名個性文靜的人，一個活脫脫的乖巧模範生，只有努力可取的空虛人類。這種女生在明星高中裡毫不稀奇。她們不過是會死背，就以為自己會讀書。雖然這種人考試時的確能拿高分，但博不認為這是真正腦筋好。會考試和會讀書完全是兩回事，夏川這類女生大多都是前者。能力側重在考試時取得高分，但碰上問答題的模擬考馬上就會露出破綻。特別是數學，那是女生學不來的科目。

「因為你一直都是補習班第一名。怎麼說呢，我滿意外的，沒想到你也有不是第一名的一天。」

從俊平的音調中可以明顯聽出嘲弄之意。俊平繼續開著玩笑，毫無自覺地踩下自己的地雷。

「不過果然人外有人啊。聽說夏川沒補習，是自學喔。」

「……喔，你很清楚嘛。」

「碰巧班上有同學和夏川是同個中學。她長得不算美艷，比較偏可愛型的。」

「外表不重要吧。」

「所以要看內涵？中澤你這種等級的人就是不一樣。果然要和細江那種高水準的女生交往，就需要這種氣度吧？」

聽到對方用輕佻的口吻說出細江的名字，博不禁停下腳步。

「你從哪裡聽來我跟愛的事情？」

「嗯？她自己跟我說的啊。啊，難不成你在氣我跟她說話？」

「不是這樣。」

只是她原本約好把交往的事保密。他不滿的矛頭不是指向眼前的男子，而是自然地指向愛。細江愛，和博同所中學的籃球社女生。她有一頭紮成馬尾的黑長髮，說話很乾脆。她的容貌端正，也很受男生歡迎。博的戀人就是這樣的女生，光是走在她的旁邊，就能令其他男生欣羨。

「好好喔，我也想跟細江那種水準的女生交往。」

「你現在沒有女朋友嗎？」

「有的話就不會像這樣來找你碴啦，我會跟你多曬點恩愛。」

俊平露出自嘲的笑容擺盪著雙手，說得一副自己是沒人要的男生。但博很清楚他從中學時代就很受樸素的女生歡迎。說好聽是溫柔體貼，說難聽是八面玲瓏。對男性還沒有抵抗力的少女很容易把他的博愛誤認成專屬自己的特權。

「不過是女朋友，你應該馬上就交得到了吧。」

「聽你說得簡單，實際上難得咧。我倒是無法理解左看右看都是草食男的你怎麼會受歡迎。」

「我哪裡受歡迎，只是剛好有人喜歡我。」

「哇，這根本是帥哥才有資格說的話。我都起雞皮疙瘩了！」

俊平裝模作樣地皺起整張臉，不斷磨擦自己的手臂。博很清楚這種浮誇的反應是他的處世之道。

「田島同學也很受歡迎吧？中學時我曾聽說笹原同學跟本田同學都跟你告白過。」

這兩人都是美術社的文靜女學生。據說兩人從小學時代就是朋友，卻因為喜歡上同一個人而友誼決裂。

「啊……」

俊平難為情地抓了抓臉頰，露出傻笑打哈哈。

「怎麼說，就算有人告白，情況也不一樣啦。」

「哪裡不一樣？」

「突然被沒興趣的對象告白，我也很為難。大概是這樣吧。」

說穿了就是被無足輕重的人告白也是種困擾。對他來說告白是他看得上眼的女人主動的行為，因此這範圍外的女生跟他告白也不算數。無條件的溫柔與無自覺的殘忍，就是田島俊平這男人的本質。

「啊，我想和夏川搭話。」

像是要改變話題，俊平露出突發奇想的表情開口說。夏川，光是聽到這個名字，就讓博皺起眉頭。

「不要啦。」

冷不防冒出的聲音，比博想像的還要嚴厲。俊平腳尖勾到柏油路上的龜裂，往前踉蹌了一下。

「為何？」

他重新站直前傾的身軀，回頭看向自己。即使對方這樣詢問，博卻沒有具體的理由。博只是莫名覺得不能把夏川視為戀愛對象。

「她又不可愛。」

脫口而出的話語明顯背離自己的意思，俊平感到疑惑。

「哪會，很可愛啊。你標準太嚴格了吧？」

「不是外表的問題，怎麼說，大概是性格吧。」

「你認識她啊？」

「不，不認識。但你不覺得說成績比自己好的女生可愛，哪裡怪怪的嗎？」

「完全不覺得。」

「是喔。」

抵達家門口，俊平自然停下腳步。他的身體已完全駕馭了新制服，完全看不出他在不久前還只是個中學生。他總都是這樣，轉眼間就能適應新環境。

「再見啦。」

見到俊平朝他揮手，博只是點了點頭。可是我不想再見到你了，這才是博最誠實的感想。

相較於其他日子，星期二圖書室的訪客略少。圖書室人最多的時候是星期五，許多學生會在這天將假日要看的書一起借走。

「啊，中澤同學，今天好早呢。」

管理員老師朝著博微笑，她正將新書擺到距離入口不遠的書架上。每周的星期二和星期五兩天，管理員都會來圖書室。她是一位年輕可愛的女性，聽說大學才畢業沒幾年。和博同時期來到這間學校的她，真正想當的其實是英文老師。

「今天碰巧比較早下課。」

「這樣啊。」

她呵呵地笑了起來。抹上唇膏的嘴唇旁，出現了小小的酒窩。自稱怕生的她，把擔任圖書委員的學生名字全部完整記下來了。沒參加社團的博就只有在處理圖書委員的工作時，被迫與他人扯上關係。

「每天讀書很值得敬佩，但你可別勉強自己。玩樂也是學生的工作。」

博口頭上道謝，心裡卻嫌棄起來，我才沒那麼閒。

博走進圖書室深處，在空位上坐下，一回頭就看到管理員老師正在將歸還的書籍上架。許多男同學稱讚年輕嬌小的她可愛。她從後段私立大學畢業，效率也很低落。博暗自慶幸她不是自己的導師。

博從放在桌上的書包中取出資料夾。印在薄薄講義上的數學題目，是老師整理的名校考古題。博打開筆記本開始解題。自動鉛筆的筆尖摩擦著紙面，鉛粉四處散溢，像是複寫解答本般，計算過程沒有一絲雜質，在計算X與Y的數值時，博停下了忙碌地搖著筆桿的手。

「博同學數學比我好吧？」

一旦鬆懈下來，剛才夏川的聲音就會在耳邊迴響。口齒不清的語調彷彿是要觸怒博。挑釁般抬起的睫毛下，黑漆漆的眼眸正凝視著自己。

「可惡。」

回想令博焦躁，短短啐了一聲。從下課鐘響以來已經過了很久。方才只有小貓兩三隻的圖書室，回過神來充滿了學生。他看向櫃檯，馬上就看見熟悉的臉。一臉氣定神閒，淡然執行業務的圖書委員——桐谷美月。一年級時他們曾共事，只是升上二年級後，博就沒有跟她在同一天工作了。

既然桐谷在這裡，那傢伙大概也在。環顧四周，他見到細江愛就坐在鄰近座位寫著題庫。

「我喜歡中澤。」

空無一人的補習班教室響起了愛的聲音。時值中學三年級的九月。暑假結束，許多學生開始對升學考試有實際感受。

中學時，博是全校最聰明的學生。這不是他信口開河。每次發還的成績單上都寫著校內第一，這個數字就印證了真實性。無論是在學校或在補習班，博都享有特殊待遇。

「……這種程度，大考也綽綽有餘吧。」

看著先前發回來的模擬考結果，博鬆了口氣。博想念縣內首屈一指的明星高中。雖然是公立學校卻有完整的教學設備，每年的競爭人數都讓人跌破眼鏡。校名下方的欄位清楚印著英文字母第一個字「A」。博沒有在落點分析那欄中看過A以外的字母。

他將模擬考成績單規規矩矩地折好，收到透明資料夾中。這間小教室僅供成績最頂尖的學生使用。博不討厭用隔板區隔的自習室，但真正需要專心時，人還是越少越好。放在狹小教室角落的垃圾桶中，裝著疑似低年級學生揉成一團丟棄的模擬考成績單。

「中澤，原來你在這。」

他聽到聲音抬起頭，愛的身影出現在門邊。將黑長髮綁在後腦勺的她，在夏季大賽前都還是女子籃球社的副隊長。儘管她一年級就進入補習班，被分到特殊升學班是最近的事情。她大概原本頭腦就不錯，告別社團把心思全放在課業上的她，轉眼間成績就上來了。

「有什麼事？」

想不到她找自己的理由，博歪了歪頭。從補習班被分到同一班以來，博完全沒有跟她講過話。她的性格直爽開朗，和自己是完全相反的類型，總感覺難以接近。

「沒什麼事，只是想跟你單獨相處。」

面對用放在背後的手關上門的愛，博有些提防。博完全無法想像為何有人想與不曾交談的對象一對一相處。莫非他在沒自覺的情況下得罪她……希望不是如此。想起過去曾經發生過的人際關係問題，博自然地望向遠處。博總是告誡自己要維持穩重，但看他不順眼的人不在少數。大概是面對頭腦與外貌都比他人優秀許多的博，很多人都會被自卑感折磨吧。

「為什麼？」

博若無其事地將東西收進書包裡，用柔和的聲音詢問對方。要是有個萬一，來硬的也要逃出教室。博確認愛背後的門沒有上鎖，緊緊握住書包的背帶。

愛低著頭欲言又止，雙腳交叉忸忸怩怩。高於膝蓋的百褶裙保養得宜，沒有一絲皺摺。愛就這樣低著頭，好不容易才擠出聲音。

「那個……」

「嗯。」

「也不是什麼重要的事情。」

「嗯。」

「我喜歡中澤。」

「……咦？」

博無法隱藏自己的驚訝，聲音卡在喉嚨裡。吞下口水，他發現自己的喉結因為發聲而上下晃動。

愛靜靜抬起原本看著地板的臉龐。

「什麼咦，你的反應就這樣？」

「不然要怎樣？」

「你沒有其他想說的嗎？」

修得短短的指尖相互摩擦，她用嘶啞的聲音追問著博。大概是太緊張了，她的手指微微顫抖著。蕩漾的眼瞳蒙上一層薄薄的淚，在日光燈的反射下，一閃一閃像破碎的水晶閃耀著光芒。

「有其他話想說的應該是細江同學妳吧？」

博故意出言捉弄，愛輕咬了嘴唇，素淨的雙唇抿成一直線，自己一句話可以輕易左右對方的心情。是喜是悲全都任由他操控，一這樣想，就覺得眼前的少女可愛了起來，令博的嘴角綻放出微笑。他喜歡比自己遜色的女孩，這樣才能坦率地覺得對方可愛。

「那個……」

愛只簡短地這樣說，接著慢慢低下頭。她把手放在胸口，深深吸了一口氣。

「不嫌棄的話，能和我交往嗎？」

抱歉，我想專心準備考試，模範回絕方式湧至喉頭。被沒有交談過的女孩告白，照理來說博一定會拒絕。然而剛才課堂上補習班老師半開玩笑所說的話，讓博的判斷力變得遲鈍。

「大部分在大考前交往的情侶，只有女的會上，男的則會落榜。」

只有十五人的教室傳出此起彼落的悶笑聲。大概有的人心裡有數吧。根據補習班老師的說法，交往後女方仍會理性行動，但男方則會樂極生悲。明明就是充滿偏見的想法，但四周的學生卻都一臉贊同地點頭同意。

女生聰明男生笨。這是從小學低年級就被灌輸的成見，看見打打鬧鬧的男生，女生總會故作老成地批評。男生真的好蠢。每當見到有男生把這當成讚賞，都讓博感到焦躁不已。明明男性才是更為優越的人類，為什麼非得被女性藐視？自己和周圍的笨蛋不同。真正優秀的男性，無論處在什麼狀況下都能有最完美的表現。沒錯，博必須以身作則。

「好啊，我們交往吧。」

聽到博的回答，愛轉眼間露出笑容。她的眼睛張得圓圓的，掌心捧著雙頰。

「我好開心，我還以為絕對不會成功呢。」

「為什麼？」

「大家都說中澤要專心念書，不會和別人交往。」

「嗯，這麼說來我平常都會拒絕。」

「那你為什麼會想和我交往？」

愛羞澀地窺視著博，他當然不可能說是因為老師的話惹怒了他。於是博反問對方：

「細江同學為什麼會喜歡我？」

「叫我愛就好了，直呼我的名字吧。」

她微微曬黑的手揪著博的襯衫下襬。

「所以也讓我叫你博吧？」

愛討好地仰望自己，微微歪起頭。這一定是她覺得自己最可愛的角度。博露出曖昧的微笑，不動聲色把對方的手推開。

「嗯，當然。」

「好高興，我一直很喜歡你呢。」

「我剛剛也問了，這是為什麼？我應該沒和妳說過話呀。」

雖然博的語氣略帶諷刺，告白成功的她被沖昏了頭，並沒有注意到博聲音中的微妙差異。

愛沉醉地仰望博的臉龐，用急促的聲音答道：

「我第一次看到你，就對你一見鍾情了。」

所以到頭來妳就是喜歡我的外貌？博吞下差點說出口的內心話，改成向對方道謝。從那天起愛和博展開了有點扭曲的交往。

公布成績那天，愛穿著白色短大衣，圍著藍色薄圍巾。她不知道在什麼時候放下了馬尾，讓長長的黑髮垂下。假日時她開始會略施脂粉，博每次看見她睫毛上有些結塊的睫毛膏，或畫到臉上的眼線時，總會嫌棄她下這些有的沒的功夫。

「你看。」

她用食指將覆蓋到鼻尖的圍巾往下拉，另一隻手則向博出示手機螢幕。報考學校在首頁上傳了錄取考生編號一覽表。愛考的學校和博的第一志願相同。

「我能和博念同一間高中了。」

愛伸出手握住博的指尖。好冰，她小聲嘆息。博的指尖和冰塊一樣寒冷，他天生體質就偏寒。擅長運動的愛體溫總是比博溫暖，彷彿是包著一層薄皮的暖暖包。

「聽說俊平也上了。不過坦白說他是撿到的。每次落點分析那欄他都是E。同一個補習班有三個人考上，老師都很高興。」

明明是冬天，她卻露出大腿，看上去就涼颼颼。不再是處男的博早已知悉那肌膚的甜蜜觸感。

「我想要和博結婚，生下博的小孩，延續你的基因。」

結婚這個詞，對博來說代表著遙遠的未來。對被濃情密意沖昏頭，不斷重複同樣話語的愛來說大概也一樣。正因為這個詞彙太缺乏真實感，她才能掛在嘴上。

忽然之間，愛握著博的指尖膚色驟變。曬成健康小麥色澤的肌膚不復存在，被晶瑩剔透的雪白覆蓋。手腕被長袖包得緊緊的，而拿著手機的那隻手伸到了博的眼前。一道與愛截然不同的甜膩的嗓音撩撥博的耳膜。

「中澤同學喜歡我吧？」

宛如心臟被一雙手捏爆的感覺竄過周身。怦通怦通，博聽見自己的心跳越跳越猛烈。現在是誰在這裡？博感到懼怕，呆立在原地。從頭到腳像是鬼壓床般無法動彈，腳掌黏在地面上。冬天通透的風，也不知在何時變成梅雨季潮濕的空氣，腳邊長滿茂密的雜草馬唐，直挺的莖尖端有細小的穗呈放射狀散開。因雨露妝點，葉綠看起來比平常還要濃郁。地面冒出的莖纏住博的小腿，看不清容貌的少女將手機舉在博的眼前。

「比起細江同學那種人，你更喜歡我吧？」

長方形的液晶螢幕中，出現了那日的天空，從頂樓墜落的少女映照在教學大樓的剪影。刺耳尖銳的慘叫聲，以及吞噬一切的血紅夕陽。從胃底湧上來的強烈酸味，讓博猛然閉上眼。他不願看，他怎可能看得下去。

「告訴我。」

伸過來的手抓住博的脖子。細長的手指掐進骨頭裡，想要奪取博的氧氣。博因為想要喘氣而張開的嘴，發出了像暴風雪般咻咻的氣音。少女的手眼看就要斷絕博的呼吸。你說啊，她再度呼喚了博，博反射性地抬起眼睛，浸潤在淚水中的視野冒出了數日前離世戀人的臉龐。

「為什麼你沒對我伸出援手？」

川崎朱音用冷冰冰的眼神俯視著博，他此時才驚覺這是場夢。

「——中澤同學，起來了。」

世界在搖晃。後背傳來震動，年輕女性聲音從天而降。博猛然起身，眼前變得寬闊的景色，是已經陷入昏暗的圖書室。管理員老師一臉擔心地俯視著博。

「已經放學了喔。你看起來像做了噩夢，沒事吧？」

我沒事，博明明想這樣回答，但喉嚨乾渴至無法順利發聲。他不知何時弄得滿身是汗，吸飽水分的制服襯衫緊密地黏在背脊上。

「只是做了有點不舒服的夢。」

博露出想要含糊帶過的假笑，然而老師的表情越來越嚴肅。

「難受的話就別勉強自己和平時一樣，休息不是壞事。」

「謝謝老師，但我真的沒事。」

博慌忙整理散落在桌上的文具，接著從座位上起身，掛在牆壁上的時鐘的指針，已經過了七點。

從朱音過世後的那天開始，大人對博的態度充滿了黏膩的體貼。眼神含著憐憫，讚美過於誇張，他壓根不想要這種對待。

等著博返家的是與平時一樣美麗的母親，和總是一臉凶相的父親。擺在餐桌上色彩繽紛的食物，出自格外重視營養均衡的母親之手。

「今天好晚回來啊。」

「我留下來念書，不小心睡著了。」

「哎呀，是不是太累了？睡飽了嗎？」

「嗯，我沒事。」

母親將淺咖啡色的頭髮捲成華麗的波浪狀，她穿著黑色薄紗上衣與迷你短裙。雖然暴露的服裝十分適合她豔麗的容貌，看在思春期兒子眼裡，只覺得她一把年紀還這麼不成體統。在知名大企業工作的父親與家庭主婦母親，兩人的學歷有天壤之別，腦內容納的知識量也是天差地遠。博心目中的典型女性形象，就是以自己的母親為基礎。

「對了，之前的模擬考考得如何？」

父親一臉嚴峻地詢問博。博要到很久以後，才知道這種看似生氣的表情，是父親的正常狀態。

「成績發下來了。」

「給我看。」

博將模擬考結果連同資料夾遞給父親，父親特意去遠離餐桌的書架上拿老花眼鏡。父親表示看不清楚近物，是最近這陣子的事。

「全年級第二名……又輸給女生了嗎。沒出息的傢伙。」

母親連忙插嘴袒護默不作聲的博。

「這年頭女生也很聰明，再說第二名也很厲害嘛？」

「才這樣就誇獎他沒有好處，我念書時可沒有拿過第一名以外的成績。」

「你是你，博是博。」

「妳就是這點不行，太溺愛孩子了。」

「是你對博太嚴厲了吧。」

對於母親的說法，父親僅是嗤之以鼻。

「你不要放在心上。」

母親邊說邊撫摸博的背安慰他，但說實話，博完全沒有對父親的說詞感到受傷。他嚴厲的言行舉止，反過來看都是對博的期待。追根究柢，這是他激勵兒子的方式。

「爸爸，我下次會加把勁。」

聽到博的話，父親大方地點了點頭。看見他的眼神柔和了點，博的臉頰自然放鬆下來。唯有見證兩人互動的母親不服地抱怨，真無法理解。博當作沒聽見。

洗完澡的博離開父母所在的客廳，回到自己的房間。聳立在床旁邊的書架上除了參考書外，還有整排的翻譯推理小說。這全部都是小時候從父親手上接收的。雖然父親是不苟言笑又冷淡的人，博仍敬愛著自己的父親。為了得到他的認可，博必須在模擬考中贏過夏川。

模擬考的成績單會附上自己作答的答案紙的縮小影本，這個學校的模擬考是由知名大型補習班承辦，這種做法能讓學生檢討自己的錯誤。

「下次方便的話我想問你這個問題。」

正當博依序檢視接近滿分的答案時，夏川的聲音溜進了空白的意識之中。休息時間，她指著模擬考卷上的某個問題，博的目光順著記憶中她的指尖，看向手邊的考卷。那裡用紅筆畫了一個大大的圈。

「我寫對了。」

他的答案像是複製解答般地完美。因為在考模擬考之前，他曾在補習班偶然解過類似的題型。將解答類型存儲在腦袋裡，是解計算題的關鍵。要導出正確的計算公式，就需要正確的思考路徑。

「我寫對了！」

數學這科，唯獨在數學這科，自己能把夏川比下去！在他對這個事實有了把握的瞬間，博感覺渾身失去力量。他倒在床上，直接將臉埋進折好的棉被中。

像日本史或世界史這種只能測試記憶力的考試，無法鑑別出真正的程度。最能展現人類思考能力的只有數學，而數學第一名的自己確實比夏川還要優秀。

那傢伙只會死背，並不是聰明。

「中澤同學是我至今見過最聰明的人。」

眼簾中浮現出露出柔弱微笑的朱音臉龐，她確確實實說了博想聽的話。川崎朱音惹人憐愛，和夏川莉苑完全不同。他是能夠滿足博自尊心的理想女性。

咳咳，從嘴裡冒出咳嗽聲，全身倦怠，視野一片朦朧。博的星期三早晨，十分遺憾並不好過。

「你今天就在家休養。」

沒有理由反駁母親的命令，博順從地躺在床上睡覺。你從那天起就在硬撐，母親露出知情人士的表情這樣說，但博自己推測是在學校被傳染了感冒。

一個人的房間十分安靜。博裹在棉被裡用手機，此時為聯絡方便被逼著下載的通訊軟體，出現了俊平傳來的慰問訊息。理所當然地夏川沒有聯絡。博嘆了一口氣，把手機朝下放置蓋住螢幕。

時鐘的指針像節拍器一樣發出規則的聲音。博的兩隻手伸得直直的，茫然地看著天花板。因為窗簾的配色，室內像是海水灌入房間泛著一片藍。寂靜空氣凝結成塊，穿過棉被壓在博的身體上。每當收到訊息通知，他的身體就會變得僵硬，大概是因為星期五出的事至今仍刺痛著博的胸口。那一天在家裡念書的博收到了始料未及的訊息。

「你看過這個影片嗎？」

這串文字底下是對方上傳的影片檔，傳訊息來的是他的兒時玩伴田島俊平。

手機的通知音效輕易打斷了在房間聚精會神讀著書的博。火大歸火大，博還是打開了手機螢幕，螢幕浮現訊息。看到俊平簡單的留言，博忍不住皺起了眉頭。儘管他和俊平是從小認識，但他們可沒有親近到會像這樣互傳流行影片。這到底是怎麼回事？博點開影片播放鍵，內容看來是同校女學生的自殺現場。上過網的人都知道這不是什麼特別稀奇的東西，沒必要為此大驚小怪聯絡自己。

「怎麼突然傳這個？」

博煩惱了一會兒送出訊息，對方很快就回覆了。

「你不知道嗎？川崎朱音自殺了。」

框啷，不知道什麼東西摔到書桌上。博低頭一看，掉下去的是剛剛拿在手裡的手機。什麼鬼？他邊想邊撿起手機，這次螢幕中出現的文字在微微顫抖，像是被病毒感染。博想要點開畫面，才注意到一直在震動的不是螢幕，而是自己的身體。

「聽說剛才的影片是川崎死亡的那一幕，大家都在瘋傳。我猜你不知道這件事。我打給你，好嗎？」

博正想要輸入文字，手機的螢幕畫面就已經切換成來電顯示。田島俊平，輸入在通訊錄的名字浮現漆黑的螢幕上。博輕輕闔上雙眼，安撫激動的心。他用犬齒緊緊咬住下唇，尖銳的疼痛閃現，銳利的齒尖咬破了薄薄的皮膚，留下滑溜的觸感，他用舌頭一舔，腥味在嘴裡發散。

「……喂。」

「中澤？你現在在哪！」

按下通話鍵，俊平慌張的聲音穿過機器響起。對方來勢洶洶，博反射性回答了問題。

「家裡。」

「家裡啊，太好了。」

哪裡好了？你說朱音死了是怎麼回事？博有滿滿的問題想問，但不知為何腦袋一片混亂。小學四年級時同學病逝，中學一年級時認識的補習班同學車禍身亡，自己從來沒有因此受到打擊。因此博才會誤會，誤以為自己是面對他人死亡仍能維持冷靜的人。

「學校現在似乎亂成一團，把來看熱鬧的人都擋在校外，我也是在家閒得發慌的時候突然收到這個影片，然後我大吃一驚，想說得先問問你。」

俊平到底人在哪裡，電話另一端傳來汽車行駛的聲音。博打開窗簾，外面是無雲的夜空，月亮熠熠生輝，一排排路燈使得星群微弱的光被地上的光芒所淹沒。

「你是川崎的男朋友吧？沒聽她說什麼嗎？她找你商量過嗎？和川崎關係不錯的高野與夏川現在似乎都在學校，你這個男朋友大概也會被叫去學校問話——」

「我什麼都沒有聽說。」

他強硬打斷俊平的話，猛烈拉上窗簾。窗簾快速滑過，刷地一聲宛如威嚇。

「你說自殺是怎麼一回事？」

脫口而出的聲音，在自己耳裡聽來和平常沒有兩樣。這讓博鬆了一口氣。要他在比自己笨的人類面前示弱是最丟臉的事情。唔嗯，俊平短促地沉吟一聲。

「我也不太清楚，說是從樓上跳下來。遺書還沒找到，所以還不知道原因。我也覺得很擔心。」

對講機的呼叫聲在夜晚突兀地響起，室內和耳邊同時傳來那聲音。博稍微打開房間的門，看到樓下的母親正在迎客。

「喂喂？」

博對手機呼喊，但沒有回應。正當他懷疑起那個可能性，母親冷不妨地抬頭看向博。

「博，你有客人，是俊平。」

換上室內拖鞋的俊平微微點頭致意，母親露出看似親切的笑容，但是眉梢卻往上抬。這麼晚了還上門，這孩子真是沒常識，她心裡大概很不滿。

「田島同學，這裡。」

博在樓梯上對他招手，俊平安靜地遵照指示上樓。大概是趕路太匆忙，他還在氣喘吁吁。博從衣櫃中拿出坐墊，扔到地毯上。

「請坐。」

「謝謝。」

俊平的字典裡似乎沒有客氣兩個字，他大大方方地盤腿坐在墊子上。和已經換上居家服的博不同，俊平依然穿著制服。博像往常一樣坐到書桌椅上，自然地視線就變成俯視對方。

「所以？」

「什麼所以？」

「你為什麼來？」

面對博的質問，俊平不解地抓了抓自己的頭髮。他身旁的漆皮運動包，大概裝了足球社要用的裝備。

「我也不知道，但就覺得來一下比較好。」

「為什麼？」

「因為你不是沒有朋友嗎？」

他輕易說出口的這句話，讓博啞口無言。真是失禮透頂。姑且不談經常玩在一塊的小學時光，他明明跟中學以後的博沒什麼來往，怎麼能如此一口咬定？

「我有。」

博在至今為止的人際關係中，從來沒有被孤立的經驗。想馴服動物，只要做出牠們期望的舉動就好。人際關係也一樣，即使是像俊平這種低等的人類，博也可以配合他。大家都說博是穩重優秀的學生，大家都尊敬博，大家都宣稱把博當朋友。

「但是你不知道川崎的事情。」

「那是……」

「因為你沒有會擔心你而聯絡你的朋友吧？要是我沒聯絡你，我看你連川崎死了都不知道。」

我都看得出來，俊平一臉嚴肅地說道：

「你在自己周圍築起高牆，所以只能交到點頭之交。」

「你到底突然來做什麼？來訓話的嗎？」

博不禁拉高聲調打斷他。俊平沒再說話，目光落在自己的腳邊小聲嘟囔，才不是。

「因為你沒有朋友啊，所以我就來了。我多少也會擔心你啊。」

聽到這句話的瞬間，博的臉頰脹紅發熱。像是煮過頭的咖哩，一股黏稠的不悅在肚子裡悶燒。

「你是在同情我？」

「不是這樣……」

「我不知道朱音自殺讓你這麼高興？我是她男朋友卻什麼都沒聽說，她也沒來找我商量。我還是因為你的電話才知道朱音的死訊，所以呢？你是為了嘲笑這樣的我而來嗎？」

博站起身，椅背砰地一聲撞到書桌。俊平一臉受傷地瞪大雙眼全身僵硬，那一副受害者的嘴臉讓博更加惱怒。

「你少看不起我，你沒來我也不痛不癢。我現在也覺得很好，我很心平氣和。你要是不相信，我讓你看看證據。」

博拿出手機，打開剛才和俊平聊天的畫面。只要按下三角形的播放鍵，拍到朱音自殺決定性瞬間的影片就會立刻播出。博憑著一股憤怒準備按下播放鍵——然而伸出去的食指卻怎麼樣也按不到螢幕。他的手不爭氣地顫抖，額頭直冒汗水，讓他氣得想直跺腳。

「為什麼……」

這是幾分鐘前才播放過的影片。即使畫面中的少女是朱音，也只要按下相同的鍵就行。按下播放鍵，看影片。明明就這麼簡單，指尖卻像凍結般不聽使喚。

「不要哭啊。」

驚慌失措的俊平站了起來。我沒有哭，博立即反駁，聲音卻明顯充滿了濕度。他慌張地用手背擦拭眼角，但眼淚卻和意志作對般不斷落下。

——是男人就不准哭。

小時候動不動就落淚的博總是被父親這樣斥喝。父親從以前就極為重視男女有別。我想成為能受父親稱讚的人，這是博從小到大的強烈心願，也形同他的人生指標。

「抱歉，我說過頭了。我想你聽到同校的人死了，應該會無法冷靜。是我多管閒事啦，哈哈……」

俊平辯解的聲音越來越小。他喪氣低頭的模樣，像針一樣刺激著博的罪惡感。博最痛恨這傢伙的這點。從很久以前就討厭，但在現在這個瞬間，從討厭晉升成痛恨。莽撞地踐踏他人的領域，卻錯把這種舉動當成體貼。俊平從以前到現在，只會對比不上自己的人發揮厚顏無恥的古道熱腸。

「我知道你是出於好意才特地來找我，但是這不是我必須接受你的好意的理由。」

雙眼通紅的樣子可能很難看，即使如此，博還是明確地表達自己的抗拒。

「我覺得很困擾。」

不准看扁我，不准同情我，那都只是你的自我陶醉。

「我沒事。即使朱音不在了，也不會改變什麼。像平常那樣對待我，才是最好的。」

「雖然你這樣說……」

俊平用不捨的眼神看著博，他緊緊咬住下唇，這讓博緊皺的眉頭越來越深。為什麼他不能了解這種多管閒事會帶給對方多大的傷害？當博想任憑怒意繼續破口大罵對方時，樓下傳來母親的聲音。

「博，學校打來的電話，說想詢問你關於今天學校發生事情。」

俊平本來不知所措地聽著博的母親說話，不久後棄械投降似地沉沉嘆了口氣。他反覆地用他的大手抓著頭，然後笑了笑。

「抱歉，我回去了。」

無精打采下垂的眉尾，與眼尾擠出的皺紋。他一定是為受他人愛戴而降生於世。如果我是那種能夠直率地接受濫好人的個性，我們又會發展成什麼關係？博靜靜搖了頭，甩掉這傻得可以的假設。

「我送你到玄關。」

好，俊平答道。兩人這天的對話就此告終了。

那之後的博只和俊平說過一次話。星期一的掃地時間，他在走廊意外撞見俊平。平常他會無視對方直接從他身旁走過，畢竟博和俊平感情沒有好到每次碰面都會聊起來。只不過在那次對話後，博見到俊平始終有種尷尬。俊平看到不自然低頭的博，露出潔白的牙齒，臉上是平常的笑容。

「模擬考考得如何？」

「啊？」

聽到預料外的話與，博睜大了眼。俊平一臉前幾天什麼都沒發生的表情，親暱地拍了拍博的肩膀。

「聽說模擬考成績單已經發回來了。」

「啊，就那樣。用不著特別提。」

「哦，第幾名？」

「……第二名。」

「什麼嘛，那不就跟平常一樣。你太遜了，老是輸給夏川。」

俊平哈哈大笑地走進了三班的教室。博呆望著他的背影，回過神後才快步離開現場。「像平常一樣對待我」，對奇怪的地方斤斤計較的俊平謹守這句話。

「……我就討厭你這點。」

博的低語聽起來特別幼稚。

睜開沉重的眼皮，他看見天花板的木質紋理。一眨眼，淚水無聲地從眼角滑落。博在棉被中蠕動翻身，結果枕頭壓到臉上。布料塞住了鼻腔難以呼吸，然而只有這種痛楚能夠拯救博的心靈。

從朱音死去的那天開始，博就經常做噩夢。躺在床上卻沒辦法入睡，回過神來早已失去意識。淺層睡眠拖出大腦想要遺忘的記憶，細細剜著博心裡的傷痕。

「啊。」

博把放在枕頭旁的手機拉過來，從肺部吐出空氣。從那日以來，博一次都沒有再看過朱音自殺的影片。每當想要按下播放鍵，噁心的感覺便無法遏止，全是因為他受到多方的指責。

「為什麼你沒對我伸出援手？」

在夢中聽到朱音的斥責。她俯視自己的姿態，和博記憶中的她有很大的不同。那大概是博願望的表露，因為朱音從沒有向博求救過。

閉上眼睛，博努力想墜入夢鄉。他試圖清空思緒，但越是想要睡覺，記憶的碎片就相繼浮現。為何事情會變成這樣呢？像是要解開糾結在現在與過去之間的線，博的腦內劇場開始回想起褪色的往事。

細江愛在走廊等他，在教室外等博收拾書包回家。等博注意到時，她已將長至胸前的頭髮染成深棕色，入學時及膝的制服裙，現在只能遮到大腿的一半。高中改頭換面！她蠢兮兮地笑著說，

「我變可愛了吧？」她揚著臉這麼問，到底是什麼時候的事情呢？是變醜了。博總覺得自己在心裡這麼囁嚅，是沒多久以前的事。

高中一年級的夏天，第一學期期末考的第二天。考試科目是英文、倫理與數學，尤其數學考試的題目特別多。馬拉松式的考試結束後，周圍的學生都露出開心的表情，其中只有博一人無法掩飾焦躁的情緒。數學的最後一題，他犯了粗心的錯誤。

「啊，中澤同學，你女朋友在外面等你喔。」

同班的女同學這樣說，語帶調侃指著靠著走廊的窗戶。博四兩撥千斤，接著將鉛筆盒塞進書包裡。這個縣內首屈一指的明星高中，至少對博來說是個舒服的地方。頭腦好的孩子沒人會搞霸凌這種無聊事。個人意見受到尊重，每種處世之道都獲得容許。至少在博的眼中，周圍的人都是這樣。

「博，你好慢喔。」

才剛一踏進走廊，愛就拉高嗓音奔向自己。在眾多女學生都是黑髮和長裙的規矩打扮中，愛明顯格格不入。

「啊，抱歉。」

不過我從來沒說過要跟妳一起回家吧？腦海中不經意閃過的這麼一句話，聽起來出乎意料地沉重。誰叫她簡直就像詐欺。當初博認為可以跟愛交往，是看在她打扮規規矩矩。如果她一開始就一頭褐髮，如果她一開始就會化妝把自己打扮得花枝招展，博才不會和愛交往。

「今天要不要來我家？」

我爸媽不在喔。她咬起耳朵，博的視線緊盯著她的胸脯。開到第三顆扣子的襯衫，從某個角度可以窺見胸罩的白色荷葉邊。愛靠這招邀請博上門，已是稀鬆平常的事。

「不行，明天還要考試。」

「是沒錯啦。」

愛不滿地噘起嘴。思春期的兩名男女聚在一起，會做什麼事也是可想而知。儘管有些人未必如此，至少愛就是這麼打算。她喜歡享受舒服的感覺，貪求更上一層樓的快感。

「今天就讓我自己溫書吧。我今天考數學犯了計算錯誤，想把明天的考科準備得更完美。」

「你平常都在用功，今天就放個鬆嘛？進入考試期間後，你一次也沒來我家耶。」

「沒辦法啊。」

「真的不行嗎？你要是不珍惜我，我會外遇喔？」

一股柔軟的觸感碰到手臂，光是這樣就令博作嘔。自從離開籃球社後，愛就失去控制。不知道她是無法自制，還是打從一開始就無意自制。博正要將手臂溫和地抽開，就看到夏川抱著作業簿從走廊彼端走來。捲翹的雙馬尾隨著她的步調微微搖曳。

「啊。」

他不自覺出聲。被盯著看的夏川張大了眼。那一對眼珠子在近距離看起來特別斗大，彷彿佔了她嬌小的臉孔大半面積。

夏川，正要喊出聲時，博驚覺夏川不認得自己。仔細想想，博與夏川從入學至今從無接點。自以為對方認識自己未免太厚臉皮。毫無自覺的傲慢令博羞愧難當，冷不防垂下眼。夏川大概以為他認錯人，狐疑地歪著頭，速度照舊地穿越兩人身邊。博用雙眼追著她的背影，此時手臂被身邊的人狠狠扯了一把。

「博，你聽我說嘛。」

煩，這句低語浮現心頭的同時，自己說出口的聲音也傳入兩耳。抬頭望著自己的愛雙唇正蠕動著。瞪得斗大的兩顆眼珠倒映著自己嘴半開的臉孔。見到這一幕，博才發現自己把內心話說出來了。

「你為什麼要說這種話？你討厭我了嗎？」

沒這回事，別擔心，儘管博知道該這麼說，脫口而出的話卻讓她更加受傷。

「我們分手吧。」

在那之後過了將近一年，博交了川崎朱音這個新女友。但他沒聽說愛有新的戀情。博提出分手時，愛非常抗拒。愛在人來人往的走廊大哭大鬧的模樣，自然有許多學生目擊，兩人決裂的消息轉眼間就成了周知的事實。謠傳愛因為對博念念不忘才會至今仍沒有新男友，也是因為當時的她死纏爛打。雖然傳聞的可信度無從證實，博倒是認為八九不離十，不然很難想像床上放蕩的她至今沒有新對象。

「請跟我交往。」

朱音跟博告白是至今兩週前的事。來到學校就見到桌子裡放著一封信，要他放學後到空教室來，乖乖遵循指示的博在那刻第一次見到朱音。

「我一直暗戀中澤同學。」

她一開口就向博坦白情意。坦白說博在考完大學之前無意跟任何人交往，愛就讓他受夠了女生這種生物。

對不起，我不方便，準備好的說詞卡在博的喉嚨裡。她柔順的髮絲在日光照射下略帶褐色。身軀纖細，穿著短裙。白襯衫開到第三顆扣子。明明暴露程度與愛沒什麼差，眼前的少女卻沒什麼俗豔的感覺，大概是因為妝不濃吧。定睛一看那張露出靦腆笑容的臉，博覺得有點眼熟。他記得是幾天前跟夏川同行的人。一發現這點，博就點頭答應了。

「好啊，我可以。」

這句回應讓朱音心花怒放地笑了。

與朱音的交往很順利，至少博自己這麼覺得。川崎朱音是個可愛的女生，跟夏川完全相反。她乖巧聽話，也總是讓博很有面子。她的學力明顯比博差，但跟她並肩同行時，周遭的男人總是會投射羨慕的眼光。

對博來說，戀人跟寵物很像。智力較低又惹人憐愛，朱音是理想的戀愛對象。

「中澤同學，你跟愛同學交往時都做了些什麼？」

放學後只有兩人的教室內，朱音坐在博的腿上。朱音平常是個舉止內斂的女孩，但在四下無人時格外主動。

——告訴我，愛同學是個怎樣的女生？你跟她去了什麼地方？一起做了什麼事？我該怎麼做才能敵過她？

在日常生活中，朱音總喜歡追問他愛的事情。博雖然不討厭她愛吃醋，交往過了兩週左右也開始厭煩了。聽說很多女生會在意對方前女友，但這麼執著的人也很少見。

「你們怎麼接吻的？」

「妳這麼想知道？」

「不想說也沒關係。」

她總是用這種說法試探自己的反應。

「……要親看看嗎？」

「嗯。」

朱音的每個動作，有時粘膩得讓他害怕，甚至讓他覺得朱音想要消除愛的痕跡。

「為什麼？」

偶然冒出的疑問，從自己的喉頭緩緩浮現。好不容易從半開的嘴發出的聲音，因乾燥而嘶啞。

「到底是為什麼？」

窗外已是一片黑，一天正悄然無聲地結束。他將手背抵上自己的前額，感覺皮膚底下有股熱流。又熱又冷。博用棉被裹住身體，壓抑身體的震顫。

朱音喜歡博。是她自己主動告白，嫉妒前女友的愛也很正常。她的愛意令博感到輕飄飄，要是有什麼困擾也願意幫助她，博對她也懷有這種程度的愛惜。

然而朱音卻死了。她什麼都沒跟博這個男朋友說，就從教學大樓跳樓自殺。

打開手機，蒼白的光照亮了一片漆黑的房內。上傳到社群網站的影片。影片頁面邊緣顯示著「讚」一字，在一旁的數字在這幾天爆炸性增加。

收假後的上學路令他有些尷尬難行。高燒過了一天依然沒退，博最後請了兩天假。一打開教室的門，同情的眼神立刻刺向自己。同學全都露出了然於心的表情，出言安慰博。

「你不要緊吧？」、「中澤同學自從川崎同學死了以後都在勉強自己。」、「不舒服要趕快去保健室喔。有什麼問題隨時開口。」

博對強加體貼的同學道謝，接著就逃到自己位於窗邊的位置。他知道他們是打從心底為博擔心，但現在的博卻連這種心意都無法忍受。

「啊，你今天來上學了。」

一踏進進階班的教室，坐在最前排的夏川立刻轉向自己。她的背後還有高野純佳。或許是注意到了視線，高野微微低下頭。從她手上捧著文庫本來看，似乎是想表示別跟自己搭話。博的視線移回夏川，發現她笑得比平常還燦爛。高野回來上學讓她特別高興。

「博同學，你感冒了？」

「類似。」

「要好好洗手漱口喔。」

夏川說完搓了搓手。博在她隔壁的固定坐位坐下，隨意擱置文具。

「對了，我們班的模擬考發回來了，之前那個數學題因為說明不足被扣分。」

「妳是怎麼解的？」

「這樣。」

夏川將筆記本朝自己遞出，常見的筆記本上到處都貼著剪下來的模擬考問題。夏川總是會將不懂的問題收集在一本筆記本裡。她以前曾說這樣就能做出一本很棒的參考書，裡頭只有自己不會的問題。

高野大概對他們的交談感興趣，從方才起就頻頻窺看他們。總覺得這個場景似曾相識，意識到這點，博的腦內閃過兩週前的對話。

「博同學，你在跟朱音交往啊？」

在數學課開始前的休息時間，一如往常坐在博旁邊的夏川，猛然轉向自己。她的嘴彎成弦月形，抬起的嘴角透出小巧整齊的齒列。博感受到心情愉快的她散發的壓迫感，忍不住退縮。

「啊，對啊。」

「我昨天看到你們兩個人手牽著手，真是甜蜜啊。」

夏川不亦樂乎的樣子不知為何讓博感覺自己的手逐漸發冷。夏川不痛不癢，她一點也不在意自己與朱音交往，這個單純的事實擾亂了博的心。

妳真的不在意嗎？我跟朱音交往，我交了女朋友因而疏忽學業也無所謂？妳的勁敵這麼胡來，妳都不會悔恨嗎？

博自己也明白心頭冒出的不滿多沒道理。對夏川而言，博的戀情只是一個話題。不管博這一屆的人進入學校多久，她全學年第一名的寶座始終沒有讓出過。

噗嘻，夏川冒出奇特的笑聲。

「這樣說可能會惹你生氣，朱音還真喜歡博同學啊。」

「怎麼這麼說？」

「因為朱音一直在學愛同學啊。」

語畢，夏川輕輕拍了一下手。

「朱音一定是太喜歡中澤同學了，所以為了讓你多愛她一點，就模仿起愛同學。」

「不，我不覺得她在模仿。」

「是喔？但我覺得她們最近越來越像了。」

歪著脖子的夏川頭上砰地一聲傳來響亮的敲擊。坐在後方的高野把紙捲起來敲了夏川的頭。

「莉苑，妳別亂說話，快跟中澤同學道歉。」

「對不起呀。」

在高野的催促下，夏川乖巧地低下頭。儘管博覺得不需要道歉，既然高野都這麼說了，或許她才是對的。只在上課時戴上的無框眼鏡。筆直的黑髮。扣到最上面的扣子。高野純佳左看右看都是好學生。她從中學時代就是班長與學生會長，是個認真的女學生。聽說她跟朱音從小認識，兩人獨處時朱音也會提起她的名字。

一對上眼，高野立刻直直回望著自己。博只把她當成夏川的跟班，但對方似乎不把博擺在類似的位置。視線相撞，彷彿還冒出火花。就在博差點要別開眼的時候，高野的眼神變得柔和。

「朱音就麻煩你了。」

「當然沒問題。」

見到反射性點頭的博，高野如釋重負地露出笑容。博不太清楚女生之間的友情，但看來好朋友的男朋友為人總是令人在意。

博至今仍不明白那天高野看似五味雜陳地瞇起雙眼的意思。

「——然後我我計算到這裡時，突然想到用這個公式也能解，所以就用了這個解法。」

夏川的指尖在筆記本表面上輕敲。聽見聲響回過神來，夏川還在殷勤地解說自己得出解答的思路。博當然不敢告訴她自己半個字都沒聽進去，連忙看過夏川的解答。眼球隨著秘密的文字左右轉動，複雜的算式接連冒出。這顯然和模範解答不同，是她獨創的計算方式。

「我知道解說的方法比較漂亮，但我在考試時想到的是這個。雖然我很清楚時間會不夠，還是無論如何都想試著用自己的方法解開。回到家重做終於解完，發現答案是一樣的。」

畫在圖形上的輔助線有反覆擦拭的痕跡，可以看出她多次嘗試。如果是博就不會這麼執著在一個問題上。比起跟一個問題纏鬥，他會優先去檢查其他問題。這麼做才更能提升分數。

「很有趣的解法，我第一次看到。」

遞回筆記本博這麼說道，夏川滿意地露出燦笑。光是見到她那張臉，博就覺得自己的心臟彷彿被緊緊揪住。

「博同學數學很強吧？所以我想問博同學的看法來當參考。」

「以考試來說，知道幾種解題模式比靈光一閃還重要。」

「不過模擬考也只是模擬的考試，我覺得試探這個解法能管用到什麼程度也很重要。我這樣真糟糕。因為我不擅長死背，喜歡像這種要細想的考試，寫起來特別帶勁，但就是缺乏正確度。」

「嘗試自己的假設也沒問題，但這樣在考試時會拿不到高分。應該說記憶什麼狀況適合什麼樣的解法很重要……」

舌頭逐漸沉重，最後話語變得結結巴巴，博咬緊臉頰內側隱藏震驚。自己最喜歡數學的理由，就是因為數學不只看記憶力。不像其他學科，數學只靠死背是絕對無法達到頂點。女生做不來，數學是男人的學科，因此博喜歡數學。他以擅長數學的自己為榮。

「博同學果然好厲害啊。」

純真的聲音刺痛著博的鼓膜。好厲害啊，博也明白這四個字只是純粹的稱讚。即使如此，他卻說不出話。沒這回事，明明他只要這樣謙虛地隨口應付就行。

博真想伸手折斷她纖細的脖子，想看到她笑呵呵的表情凝結。他不要好厲害這種廉價的稱讚。我根本不想看見妳的臉，博想對她這麼說，看到她畏懼自己的樣子。想看到夏川為壓倒性的實力差距絕望的表情，這麼做一定能滋潤博枯竭的自尊心。

「莉苑。」

耳邊突然傳來第三者的聲音，讓博瞬間找回冷靜。怎麼了？夏川一如往常地回話並轉過頭，在她身後的是高野。

「不好意思打擾妳跟中澤同學說話，可以告訴我進度嗎？我忘記確認了。」

「這麼說來我也忘了告訴妳。我想想，昨天上到這裡，上到一半老師說了一個期末考會考的問題……」

夏川的注意力完全轉移到高野身上，博不禁安心地嘆了口氣。得救了，他老老實實地這麼覺得，並且覺得會冒出這種想法的自己悲慘透頂。

博隨著課程結束的鐘聲迅速溜進圖書館，鑽進書架與書架之間。剛進入午休的圖書館由於學生都還在吃午餐，人比平常少上許多。管理的老師不在，負責坐櫃檯的圖書委員一臉無聊地撐著臉。

夾在筆記本裡的資料夾裡，裝著前幾天發還的模擬考成績。全年級第二名。自從就讀這間高中以來，博就永遠是這個排名。

「為什麼……」

為什麼自己就是贏不了夏川？為什麼夏川不會嫉妒自己？為什麼自己要如此介意夏川？為什麼，為什麼？

博無意追究接連冒出來的疑問會有什麼答案。博只是覺得自己這個存在真是駭人至極，隨時都想拋下一切逃跑。

霹哩，手中發出物體毀壞的聲音。顯示成績的雷達圖看起來就像歪斜的圓形。正方形的框格中寫著A。這些全都被自己的手指撕個粉碎，就跟碎紙機一樣碎。回過神來模擬考成績單已化為殘骸。

「細江同學還有臉若無其事地來上學啊。」

設置在圖書館角落的小型垃圾桶，已有三分之一被紙片掩蓋。

「那天細江同學可是把朱音同學給她的信丟進垃圾桶裡了。」

朱音，傳入耳中的戀人名字，讓博不禁屏息。往書櫃的縫隙朝另一端窺視，博看到外貌不起眼的女學生輕聲細語地大談八卦。

「咦，也太過分了吧？」

「不過啊，朱音同學死了，細江同學應該也很痛快吧？她不是還在留戀前任嗎？」

「咦，還沒完？不是都分了一年嗎？」

「不過我也不是聽她本人說的啦。是謠傳的，大家都這麼說。不然她一定會交新男友吧，男生就愛她啊。」

「嗚哇，那該不會朱音同學會死都是細江同學害的？」

「不意外就是這樣吧，她一定對她撂過狠話。」

「朱音同學好可憐啊。」

細江愛，這是一切禍根的名字。無論是朱音喪命或是博過得不好，全都是因為有她那種理直氣壯破壞規矩的傢伙。這種想法有多扭曲，博自己也很清楚，然而莽撞的慾望卻遠遠凌駕理性。他想要明明白白的壞人，再也無法忍受善惡混淆莫名其妙的狀況持續下去。疲勞侵蝕了思考，讓博的世界變得狹隘。博把剩下的紙屑塞進垃圾桶，如脫兔般從現場飛奔離去。目的地是二年二班。川崎朱音原本所在，再尋常不過的教室。

「中澤同學，你怎麼了？」

周遭的人紛紛對臉色駭然衝進室內博投以好奇的眼光。高野純佳挺身擋在面前，為仍然上氣不接下氣的博擋掉同學的注目。博輕輕深呼吸，要回答她驚愕的疑問。她身邊的夏川正奮力拆著甜麵包的袋子。

「愛呢？」

「愛同學去體育館附近的自動販賣機買果汁了。」
「這樣啊，謝謝。」
博直接轉身離去。從教室到體育館有一段距離，但他毫不在意。身穿體育服的學生成群結隊穿越中庭。亮眼的鮮豔藍色短褲搭上白上衣。由於夏季將至氣溫漸高，女生有一半都穿著短袖上衣。這麼說來，朱音從來沒穿過短袖，只不過他從來沒追問過理由。
「愛。」
好不容易找到的目標人物，正一臉呆滯杵在自動販賣機前。以化妝修飾的一雙眼睛瞪得斗大，踩著後跟的室內鞋跟破爛不堪。
「怎樣？」
愛警戒心畢露的聲音，與跟博聽慣的聲音天差地遠。還在交往時的她毫不掩飾對博的愛意。
「聽說妳把朱音寫的信丟了，真的嗎？」
聽見博的問題，愛露出嘲諷的笑容。她以塗著指甲油的指尖輕扯髮絲。
「什麼？你就來問我這種蠢事？」
「妳怎麼能說這是蠢事？」
「誰叫這件事對我來說一點也不重要。」
她抱起手臂，傲然抬起下巴，居高臨下的眼神讓博不禁臉色臭了起來。
「都出人命了，妳說話還這麼不莊重？」

「因為她就是個外人啊。」

「她可是妳同班同學。」

「她只是個跟我同班的外人。」

「愛，我還真沒想到妳是這麼狠心的人。」

「這樣喔。不過我們也分了一年，個性改變也很合理吧。」

愛對於博的挖苦僅是嗤之以鼻，左耳進右耳出。受不了彷彿沒勁搶答的對話，博刻意踩了她的地雷。

「妳啊，該不會是在嫉妒她吧？」

「啥？」

她的聲音這才第一次顫抖起來。原本毫不在乎的臉不耐煩地扭曲，博極為滿意。

「因為朱音跟我在一起，所以妳嫉妒她，對吧？」

「蠢斃了，誰嫉妒啊？」

「但若不是這樣，誰會把別人寫給自己的信丟掉？」

愛似乎被博懾服，咕嚕一聲吞了一口口水。傷到她了，沒錯，博很確定。大概是被博說中了，愛不發一語。博湊近她凝視著自己的雙眼開口問道：

「妳現在還喜歡我吧。」

覆蓋在粉底下的肌膚逐漸轉紅。她將臉別開博，隱藏濕潤的眼眸。還差一把，博向前踏出一步，要給她致命一擊。拉近的距離使得愛明顯動搖。她從以前就拿博的臉沒輒。

「我只是想知道到底發生了什麼事。」

塗著口紅的嬌豔雙唇抿成一字。當博趁勝直追朝愛伸出手時，背後傳來不屑的聲音。

「吼唷，真讓人傻眼耶。」

第三者的聲音讓博冷不防轉過頭去。一看，桐谷美月就站在他身後。

「美月……」

彷彿外遇被逮個正著的女生，愛烏黑的雙眼鬼鬼祟祟地左右轉動。她的手用力握著自己的手腕，像是要隱藏自己的情緒波動。桐谷面無表情地望著兩人，最後不可置信地重重嘆了口氣。

「愛，果汁我幫妳買，妳先回教室。高野同學與夏川同學還在等妳。」

「可是……」

「我有話要跟中澤說，讓我跟他獨處一下。」

愛默不作聲尋思片刻，最後點頭答應。好孩子，桐谷笑道。在博聽來她聲音中的甜膩不像是對同性朋友的語氣。

「那我先回去了。」

愛溜出博的阻擋，就要離開現場。博伸出手想要阻止，桐谷冰涼的指尖打斷了他的動作。

「手別擋路。」

簡短話語裡蘊含明確的敵意。尖銳的敵意讓博無意間聳起背脊，擋在眼前的人正用宛如低於冰點的冷颼颼視線直望著自己。

「我恨死川崎了。」

桐谷劈頭就是這句話，她面不改色。

「那種求譁眾取寵的傢伙煩死人了。」

「說譁眾取寵太過分了吧？在我看來她就是個普通的好女孩。」

聽到博不假思索反駁，桐谷輕蔑地笑了。

「你真是天真到可悲。周遭的人都看得清清楚楚，只有你把自己當成悲劇王子。你真以為川崎是真心愛上你了嗎？」

「妳什麼意思？」

主動告白的人是她，她當然喜歡博。博只想締結自己居於優勢的關係，如果朱音不喜歡自己，他不可能接受朱音的告白。

但實際上呢？

為什麼朱音什麼也沒告訴博就自殺了？如果她真的喜歡自己，照理來說就會跟男朋友商量吧。

博感覺腳底正在動搖，至今他視而不見的疑問一鼓作氣湧上心頭。難道說眼前的人握有深埋他心裡已久的疑問的解答？

「川崎在自殺那天給全班女同學都寫了信，我也收到她要我去樓頂的信。愛也是，只不過愛把信丟了。」

博第一次聽說。川崎朱音沒留下任何話語就自殺了，這是校方告訴博的說法，然而桐谷美月卻若無其事地推翻了這個認知。

吞下嘴裡累積的口水，博說出他的疑問。

「寫信給全班？所以有遺書嗎？」

「沒有。只是找大家過去，不過看來當成一回事赴約的只有高野同學。」

「可是我沒收到那種信。如果朱音想在死前找誰過去，她不是該找我嗎？」

若要決定臨死前想見的人，理所當然會選擇戀人，然而博卻沒收到信。愛與桐谷都收到了，可是她卻沒寫給博。

「你怎麼聽不懂啊？」

聽見博的反駁，桐谷焦躁地自言自語。她撩起長長劉海的手上，塗著跟愛相同色澤的指甲油。

「因為你在川崎心中就是不重要的人，比同班同學還慘。所以她才沒找你商量。川崎她啊——」

桐谷伸出手指。等博驚覺時，吊在他頸部的領帶已經在她的手中。像是繫在項圈上的牽繩，桐谷使力扯起領帶。她一臉得意地對博順勢湊到自己臉旁的耳根低語：

「那傢伙只是為了把愛踩在腳下才選了你。她執著的人是愛不是你。川崎為了把愛比下去而利用你，然後因為你沒有用處了，就像這樣被她乾脆地拋棄。」

——因為朱音一直在學愛同學啊。

夏川的揶揄不經意從腦海中浮現。如果朱音是為了把愛比下去才跟博告白，那麼朱音老是對愛耿耿於懷也就合理了。只是博無法承認，不想承認。

「這只是妳的推測吧。」

領帶被扯得更緊，兩張臉貼得極近。博無法將臉從桐谷緊盯著自己的雙眼別開。他覺得要是別開眼就輸了，博絕不會對女生屈服，這是博的原則。

桐谷的手冷不防鬆開，被解放的領帶尾端皺巴巴的。桐谷將黑髮撩到耳後，靜靜吐了口氣。

「你要當成推測也行。」

只不過啊，她繼續說：

「愛是特別的人，我無法忍受她被你耍得團團轉。所以你別再接近愛了。撂下這句話，桐谷轉身背向博。她在自動販賣機投入硬幣選了飲料。叩咚、叩咚。取物口發出兩人份寶特瓶掉落的聲音。茫然望著桐谷的博連忙抓住她的肩頭，他無法單方面挨嗆。

「喂，為什麼我非得被妳罵成這樣？妳哪來這種權利？」

纖細的手臂捧起寶特瓶，她輕蔑地哼笑：

「從噁男手中保護喜歡的女孩，也是天經地義吧？」

「啊？」

看到博的反應，桐谷難以置信地聳聳肩。她的雙眼緩緩彎成弧形。

「我跟愛在一起了，所以我絕不會放過傷害愛的人。」

這句話是真的還假的？腦內一角有個自己試圖要冷靜探究她的真意，卻又有另一個自己深信她所言不假。桐谷將一瓶寶特瓶塞給默不作聲的博。這點小東西我還能請你。口氣像是與耍賴的孩子過招，她遞出了博沒開口索求的飲料。

「川崎死前那天跟我告白，她說既然我都跟愛交往了，也要我跟她交往。」

朱音才不會這麼說，博應該這麼高聲宣稱，然而他的喉嚨卻毫無動作。說不定真是這樣。朱音真的有可能這麼說。被硬塞進手裡的寶特瓶從博的手中滑落。乾燥的水泥地上散落著細碎的水滴。

「我就跟你說了。」

語畢，她笑了出來。

「她執著的人是愛，不是你啦。」

第五章
男人發現自己只是丑角

6. 作答者：

高野純佳

Q1. 請問您對川崎同學有什麼了解？

我和她從小一起長大。
我也看到她跳樓的那一幕。
我知道的事情都直接跟老師說了。

Q2. 請問您是否在校內看過某名同學遭到霸凌？

我不認為朱音是死於霸凌。

Q3. 請問您對霸凌有什麼看法？

不可原諒。

Q4. 若您針對這次案件與霸凌問題對學校有任何建議，還請告知。

謝謝校方的諸多關照。
我衷心感謝。

對高野純佳來說，川崎朱音是重要的童年玩伴。雙方的母親是朋友，因此兩人從懂事起就自然玩在一塊。她們上同一間幼稚園、同一間小學、同一間中學，最後進了同一間高中。

「這個孩子太安靜了，都交不到朋友。可以的話，希望妳跟她好好相處。」

初次見面時，朱音的母親這麼告訴純佳，摸了摸年幼女兒的頭。當時的朱音非常怕生，無論去哪裡都會緊緊黏在母親的腳邊。大概因為如此，純佳只要一回想起孩提時代的朱音，腦海總是會浮出朱音母親所穿的牛仔褲款式。

「朱音，我們來玩吧！」

朱音膽怯地回握純佳朝她伸出的手。渾圓的小手緊握純佳的指尖。感情真好啊，朱音的母親露出了放心的微笑。太好了，她們成為朋友了，純佳的母親也笑著說。

朱音和純佳的友誼順利持續。妳要成為一個在他人遇上困難時，會出手相救的好心人，順著母親這種教育方針培養下，純佳長成了一個正直的孩子。內向交不到朋友的朱音與很會照顧人的好學生純佳是絕配，無論是小學還是中學，兩人都是一起度過的。純佳的母親看到她們，都會表現出歡喜的樣子，但純佳很清楚自己的母親為何因此欣慰。她單純很得意，得意自己的女兒比朋友的女兒更加傑出。

純佳醒來時，第一堂課已經上完了。平常會在六點響起的鬧鐘，今天識相地默不作聲。純佳只將手伸出棉被，把枕邊的手機撈過來。打開通訊軟體，裡面有許多來自朋友的訊息。看到那龐大的訊息數量，純佳稍微鬆了口氣。太好了，今天也有人需要我。

三天前的星期五，川崎朱音死了，自殺身亡。這件事在學校引起很大的騷動，在假日緊急舉辦全校集會。校方在會上進行了針對霸凌的問卷調查，想要盡力查明真相。導師還來家裡請沒到校的純佳填寫問卷。

許多大人體貼失去童年玩伴的純佳，宣稱會為她延遲的授課進度法外開恩。儘管速度緩慢，源於同情的特別待遇仍一點一滴地治癒了純佳受傷的心。

朱音的守夜在隔天星期六舉行，是一場僅限親屬出席的低調喪禮。在朱音的母親極力邀請下，純佳雖然是外人但也參加了。抱著遺照的朱音母親儘管看起來十分憔悴，她的雙眼卻像是雨後晴空，散發著清澈的光芒。

「純佳謝謝妳，謝謝妳跟這孩子做朋友。」

朱音的母親無論何時都很溫柔，黑色裙襬下露出的雙腿，跟純佳記憶中是一樣的形狀。扶著相框的指甲，塗著薄薄一層米黃色的指甲油。大概是塗得太匆忙，仔細一看還有塗歪的地方，乾燥的指甲油侵蝕了皮膚。

「她一定很感謝妳，所以請妳不要耿耿於懷。妳恢復一如往常的生活，才是讓阿姨覺得最欣慰的事。」

好的，純佳點點頭。喉頭發疼宛如火燒，聲音細如蚊蚋。純佳與朱音的父母也有多年交情，因此她能輕易推測出兩人複雜的心境。

——朱音過世，你們也鬆了口氣吧。

心中的私語想必已傳達給朱音的母親。她深愛著朱音，卻也同樣對她深感厭煩。

當從窗簾縫照進來的陽光緩緩變弱時，純佳窸窸窣窣爬出被窩。今天是星期一，一週的開始。高中入學以來一直全勤的純佳，作夢都沒有想過自己會像現在這樣請假在家。平常這時間，第五節課已經結束了。

純佳離開自己的房間走向客廳。平日要上班的母親今天向公司請假。我很擔心純佳，純佳知道母親曾這樣告訴父親。

「……抱歉，我睡過頭了。」

純佳朝母親出聲，正在看綜藝節目的母親慌慌張張起身。

「身體有沒有不舒服？可以繼續睡啊。」

「睡太久對身體不好，而且我餓了。」

「這樣啊，妳想吃什麼？妳昨天沒什麼吃，腸胃應該很虛弱，幫妳煮稀飯，好嗎？」

「嗯，謝謝。」

平常母親會要她先把睡衣換掉，但這幾天她沒有過任何指責。純佳一坐上椅子，身體就癱在椅背上。沒有梳理的頭髮蓬亂毛躁，但是她毫無力氣整理。

「不要燙到了。」

母親說完端出一碗雞蛋粥。沒入白瓷碗的鮮黃讓純佳胃口大開。蛋粥微微散發柔和的蒸氣，稍微溫暖了純佳的臉頰，木湯匙一插進粥裡，黏稠白米飯就陷入湯匙劃開的縫隙。

「……好好吃。」

雖然很燙，母親聽到這多餘的一句話，只是露出微笑。純佳莫名感到難為情，繼續安靜地吃著粥。每當溫熱的粥通過食道，器官就會發出無聲的哀號。純佳一開口，就會有白色的霧氣從嘴裡散逸。

「純佳，學校就等妳想去再去吧。」

「……好。」

自從朱音死後，世界就對純佳很溫柔，像是對待易碎玻璃藝品那般小心翼翼，大人把純佳關進純棉的牢籠裡。妳不需要受傷，他們說，妳不需要面對心傷。

「純佳真是好孩子。」

母親的手散發出高級護手霜的香味。她的手在黑髮上溫柔滑過，而純佳只是默默咀嚼著雞蛋粥。母親總是稱讚純佳是好孩子。純佳的成績單上總是只有稱讚。守規矩、關心弱者，大家總是大力稱讚輕易達成班長職務的純佳是個好孩子。每當聽到這些話語，純佳的內心都會默默這樣想。

假如我不再是好孩子，世界到底會變成什麼模樣？

回到房間，手機的新通知變得更多了。夏川莉苑。見到螢幕浮現這四個字，純佳趕緊打開郵件畫面。

「妳還好嗎？期待妳回到學校。」

這年頭大概只剩莉苑會用郵件傳遞訊息。由於父母的教育方針，她被禁止使用通訊軟體。

「莉苑，妳對朱音有什麼看法？」

將訊息傳送給對方之前，純佳就親手刪除了輸入的文字。星期五那天，在保健室的不只純佳，還有莉苑和近藤里央。據說沒什麼交集的兩人碰巧待在朱音墜樓的地點。相較於侃侃而談的莉苑，近藤同學始終躺在保健室的床上。我第一次看到屍體，一臉慘白的近藤同學喃喃自語。純佳清清楚記得當時的自己腦中閃過事不關己的想法，原來如此，原來朱音已成了人家說的屍體。

夏川莉苑對純佳來說是特別的存在。她是個不平凡的人。她不加入女生的小團體，卻也沒打進男生的圈子裡。她是孤獨的，但是絲毫不顯悲涼。跟任何人同行都不顯怪異，獨處看起來也很自然，夏川莉苑就是這樣的人。

「老師是說這個座位嗎？」

畢業旅行的第一天，上遊覽車時莉苑指著純佳隔壁的座位，直視著她的雙眼問道。畢業旅行的行動組別靠抽籤決定，但也有人像細江同學和桐谷同學那樣硬要跟別人交換，好讓自己湊在同一組。

「對，是這裡。」

「哦。我坐窗邊啊。」

「要跟妳換嗎？」

「沒關係，我想看窗外。」

莉苑說完硬是擠進純佳的腿與前方座位的縫隙，坐上靠窗的位置。她將背在身後的後背包放到腿上，從中取出京都觀光導覽手冊。配色鮮豔的封面上印著積雪的金閣寺。根據學校發的手冊，這是第二天團體行動時要去的地方。

「咦，純佳同學妳手上拿的，是英文的單字書吧？」

「呃，對啊，沒錯。」

莉苑望向純佳為了打發時間翻開的單字書，嘴巴噘了起來。老實說純佳沒有自信能和莉苑聊上太多，為了掩飾尷尬的氣氛才帶了單字書來。純佳不是討厭莉苑，但也不太會跟她應對。她全年級第一名的頭銜固然讓純佳感到畏縮，但更重要的是夏川莉苑這個人太難以捉摸，讓純佳感到一陣宛如某種來路不明的物體當前的陰寒。

「畢業旅行時不可以念書，這個要沒收。」

莉苑一把抽走純佳手中厚厚的單字書。學校指定的單字書裡有五千個左右的英文單字，畢業旅行結束後的隔週預定要進行單字測驗，出題範圍就是這本單字書。

「沒收……」

我會很困擾，純佳正想這樣反駁，卻被老師的點名聲打斷。老師確認所有同學都在車上後，這輛租來的遊覽車就從學校出發了。還要幾個小時才會抵達京都，在這期間她該如何和莉苑相處？閒得發慌的雙手毫無意義的壓在前方椅背上，純佳看向莉苑。

「夏川同學，妳平常都怎麼讀書？」

興致盎然地讀著旅遊書的莉苑停下了正在翻頁的手。

「這個嘛，我沒做什麼特別的事，就只有預習和複習。」

「大概花多久的時間？」

「看狀況吧，必要時就花多一點的時間，純佳同學呢？」

「我？我還要忙社團，沒有什麼時間玩，所以有空就會念書。」

「但也不用在今天這種日子念什麼鬼書吧？難得出來玩。」

給妳，莉苑將翻開的旅遊書遞到純佳的鼻尖前。念什麼鬼書，莉苑不帶惡意的一番話，讓純佳感覺自尊心受到刺激。在莉苑心中，念書就是這麼無足輕重。

「妳有沒有特別想去京都的哪裡？我想吃吃看這家店的抹茶百匯，鯛魚燒百匯也很讓人心動。我打算買護身符給家人當禮物。不過會去的景點太多了，不知道該在哪裡買。」

莉苑滔滔不絕。明明是早上，許多學生卻很興奮，遊覽車內氣氛十分熱絡。莉苑嘮叨的聲音融入喧擾，不過即使嘴裡吐出的音節混入周遭噪音，仍確實傳入純佳耳中。

「夏川同學有兄弟姊妹嗎？」

會突然追問家人這個關鍵字，是因為純佳從來沒有聽她提過私事。雖然莉苑總是開朗又多話，話中透露的資訊量卻少得可憐。

「我是獨生女，伴手禮是給我爸媽的。純佳同學妳……有妹妹嗎？」

「沒有，我也是獨生女。」

「好意外。我從很久以前就覺得純佳很會照顧人，還以為妳是姊姊。像是合班上課時，妳都會去照顧到落單的同學，積極邀請對方加入。我每次都好佩服妳，覺得妳好偉大。」

「咦？謝、謝謝。」

接連的讚美令純佳害羞起來，視線不由得往下看。莉苑無憂無慮的聲音所說出來的話，直擊了純佳私底下最希望受人稱讚的點。

從很久以前開始，純佳就對弱者很敏銳。班上總是有個性怯懦而無法打入團體裡的柔弱學生。多數人會對他們視而不見，但純佳無論如何都無法忽視他們，因此純佳會陪著她們。在對方交到別的朋友前，純佳就像諮商師一樣持續接納對方的脆弱。從小學、中學乃至高中，純佳都一直這麼做。從小她就經常被人揶揄她正義感很強，但其實她心底並沒有這麼美好的情感。她只是不願見到連怨言都不敢有的軟弱孩子被人欺負。

「不過幸好我們班感情融洽，沒有那種落單的同學。大家都有要好的朋友。」

落單，聽到這個詞的瞬間，純佳的目光自然地看向眼前的人物。莉苑則一臉疑惑地輕輕歪了歪頭。

「怎麼了？」

我覺得妳就是那個落單的人，純佳當然不可能當面這樣說，她僅是連忙搖頭。

「沒事。」

「真的？」

「嗯。」

大致來說，莉苑不太符合落單或沒人理一類的詞語形象。跟大家都親近，但也跟大家都疏遠，這就是純佳對莉苑的印象。

「那、那個，我想問妳……」

「嗯？什麼事？」

「夏川同學的好朋友是誰？」

「咦，這種事還用問嗎？大家啊。」

「大家？」

「嗯，我跟大家都很好呀。」

純佳覺得這回答彷彿小朋友一般，是看不清現實的理想回答。啊。莉苑像是想起什麼似地輕輕拍手，拍響的聲音在純佳聽來格外傻氣。

「不過我有特別想深交的人喔。」

「是誰？」

「妳啊！」

被擄獲了，為何自己的心頭會在一瞬間閃現這樣的感受？她的雙眼閃閃發光，彷彿灑落了敲碎的星辰。夏川莉苑正在看著自己。她只意識到自己，正要給予自己特別的對待，這項事實讓純佳的心臟因優越感而振奮。

「我跟妳畢業旅行在同一組也是有緣，我想和妳變好朋友。」

噗嘻，莉苑發出獨特的笑聲。有人這樣對自己釋出善意，任何人自然都會感到開心。

「我也想跟妳當好朋友。夏川同學從入學典禮開始就一直受人矚目，畢竟妳是新生代表嘛？我們學校分數又很高，能拿到第一名真的好厲害。」

「哪會厲害啊。還有不要叫我夏川同學，感覺好見外，叫我莉苑就可以了。」

她小小的手心隔著上衣觸碰純佳的上臂。兩人的距離為零，卻沒有任何不舒服的感覺。莉苑總是稱呼大家名字，但仔細想想，大家只敢叫她的姓。莉苑，純佳出聲品味她的名字，音節聽起來莫名甜美。

「莉苑，那妳也叫我純佳就好。」

「妳喜歡別人直呼名字啊？好啊，純佳！」

剛上遊覽車時純佳對莉苑感到的不自在，在這個瞬間已消弭於無形了。

星期二的早晨，純佳也起得很晚，已經不是早上而是中午了。擦去因生理反應而出現在眼角的淚水，純佳從衣櫃中拿出制服。記憶中莉苑的身影和現在幾乎沒有兩樣。莉苑同樣遭受朱音死去的打擊，但是她仍然天天到校。夏川莉苑這個人聰慧得難以置信，也善於隱藏自己的感情，她一定是勉強自己故作平靜。

純佳穿上襯衫及裙子。肌膚感到的涼意想必是下雨的緣故。搖曳長度一如學校規定的裙子，純佳凝視著自己倒映在穿衣鏡中的臉龐。哭腫通紅的雙眼實在稱不上好看。純佳使用房間裡的梳子，將頭髮朝後腦杓向上梳。她的髮量豐沛，一不小心髮絲就會從手中垂落。用原本叼在嘴上的紅色橡皮筋將頭髮綁緊後，頸邊的皮膚被拉得緊實，也清爽許多。

久違的室外空氣潮濕而沉重。現在是白天，電車內人影稀疏。純佳在七人座的邊緣落腳。平常這種空閒時間她會拿來背英文單字，但今天她實在沒有那種心情。抬頭往上看，上頭掛著相同形狀的成排吊環。吊環在尖峰時段是不可或缺的存在，但在冷清的車廂內則半點用都沒有。大家都知道要是因此嫌吊環沒用而丟棄它，將是愚不可及的行為，但若將吊環置換成人，許多人卻無法做出正確的判斷。而且自己也不例外。

——那一天她拋下朱音，到底是不是正確的選擇？

她從電話那頭傳來的聲音，至今仍活靈活現地殘留在純佳耳邊。她給自己的信上畫著精美的龍膽花。那抹宛如將夜色融入水中的鮮明湛藍，被揉成一團沉眠在自己房間抽屜的底部。

喀啷。電車搖搖晃晃。廣播報出的站名是離純佳中學最近的車站。車門打開，一個低著頭的女學生上了車，是早退嗎？她小小的頭上帶著大大的耳罩式耳機，隱約流洩出來的低音彷彿心跳。

咚、咚，不清不楚的節奏混進空氣中震動著，純佳無意告誡對方聲音太大，僅是閉上了眼。當自己和那女孩穿著同樣制服的時候，世界是一片和平。

「純佳，一起回家吧。」

中學時，朱音和純佳總是一起回家。藏青色制服外套配上紅色格紋裙。朱音的外套稍微大了點，使她看起來更為單薄。

「牽手。」

「遵命。」

朱音理直氣壯地朝自己伸出手。純佳聳了聳肩，像往常一樣回握。從以前開始，朱音唯獨對純佳有諸多肢體接觸。牽手或勾手臂這類的行為，對她們兩人來說是非常自然的事情。

朱音沒有朋友。內向的她即使上了中學也和其他人沒什麼交集，到頭來多半時間還是和純佳膩在一起。儘管純佳在一入學就加入的網球社過得很快樂，但是等拚大考時社團太多練習反而會成為阻礙。社團活動終歸是社團活動，沒有必要把它看得比自己的未來更重要。這樣判斷的純佳在一年級的冬天退社了，那時朱音也一起退社。

「純佳不在的話，社團沒有任何意義。」

純佳詢問朱音退社的理由，她若無其事地這樣回答。對一個人退社感到不安的純佳來說，有朱音這個夥伴在讓她受到了鼓舞。朱音絕對不會背叛純佳，無論什麼時候都會和純佳在一塊。

喀啷。電車搖搖晃晃，此時純佳才回過神來。那名中學生已不見蹤影。車掌告知站名的聲音從月台傳來，這是離高中最近車站的前一站。掛在圍欄上知名大型補習班設立許久的招牌上，爬滿了深綠色的常春藤。以名校目標、第一志願不是夢……簡短標語的下方，羅列著號稱是去年度實際栽培出來的合格人數。如果自己能平安升上大學，屆時自己的存在是否也會成為加入這合格成績中的一個數字？不管離開的人是川崎朱音還是高野純佳，這世界是否都不痛不癢？

車門關上，電車向前行駛。隨著離熟悉的風景越來越近，純佳感覺自己的胃像針扎般地發疼。運送氧氣的器官堵塞，肺中充滿不舒服的空氣。我快吐了，純佳不由得低下了頭。頭好痛。潮濕的空氣不斷向下擠壓著純佳的身體。她感覺腦袋脹痛，彷彿世界滲入其中。純佳為了確認腳尖的知覺蜷曲著腳趾頭。蜷縮在樂福鞋中的腳趾，似乎還是完整的五根。

純佳聽見到站的廣播聲。她明明必須站起來，身體卻像麻痺般動彈不得。她用手掌壓著額頭，發現比平常還要熱。車門在沉默之後關起，電車再度出發，座位因車身搖晃而震動。當車站完全從視野中消失後，純佳渾身沒了力氣。

「呼……」

吐出的氣息難以置信地輕盈。隔著眼皮輕壓眼珠，光的殘影在黑暗中閃爍。她明明自己覺得有義務上學，快要接近學校時腳卻自然不聽使喚。強烈厭惡感從胃底湧上，意識和肉體背離，身體擅自拒絕了現實。我不想去學校，這種本能的排拒從何而來？一道柔和的嗓音掃過默不作聲的純佳耳際。

「騙子。」

純佳馬上知道那是幻聽。因為那聲音的主人，如今只存在於純佳的記憶中。

「……朱音。」

純佳暗自咬牙呼喚著童年玩伴的名字。想當然耳，沒有得到回應。

純佳逃也似地回家，母親沒有責備她。

「要喝紅茶嗎？妳喜歡那間蛋糕店的餅乾吧？我買回來想跟妳一起吃。」

自從朱音死後，母親明顯地為純佳擔憂。即使純佳對讓母親擔心感到過意不去，卻也沒有能力像莉苑那樣佯裝平靜。

母親將茶葉放入茶壺中倒入熱水，這段時間裡純佳動也不動縮在沙發上。說不定明天也踏不進校門。後天也是，未來的每一天，她說不定都會像今天一樣想逃之夭夭。若事情發展成那樣，她到底該怎麼辦？自己這輩子都沒有辦法上學了嗎？

「來，他們家紅茶很好喝。」

母親的聲音打斷悶悶不樂地反覆思考的純佳。母親遞給她倒有紅茶的杯子，純佳乖巧地接下。從出生到現在，純佳沒有一次拒絕過母親給她的東西。像是生日時收到的圓領洋裝、聖誕樹下仿照流行吉祥物外型製造的布偶。

以及那天介紹給她、絕無僅有的童年玩伴。

「要吃餅乾嗎？」

「好，謝謝。」

雖然一丁點食慾也沒有，純佳還是點頭答應。她不想要白費母親的心意。這款加入大量奶油的餅乾很受歡迎，但今天的純佳只覺得它是一塊黏土。她的味覺從那天起就出了問題，但是純佳沒有跟任何人說，她不想讓母親更加操心。

「媽媽覺得純佳想轉學也沒關係。」

母親脫口而出的這句話，讓純佳抬起原本低垂的臉。

「轉學？」

「是啊，如果妳想要的話。」

語畢，母親拿起茶杯啜飲。

「妳跟朱音感情很好吧？未來妳進入學校，再怎麼不甘願也勢必會想起她。如果妳覺得這樣太難受，媽媽認為也可以選擇逃避。當然，前提是妳想這麼做。」

「……好。」

純佳的母親總是努力尊重純佳的意見，但是純佳總是扭曲她的一番心意。媽媽一定希望我這樣做，媽媽應該希望我這樣處理……曾幾何時純佳執著的推敲成了束縛自己的枷鎖，最終變成純佳自我認同的一部分。純佳是好孩子，在母親心中永遠是。

星期三早晨，純佳被激烈的雨聲吵醒。她微微拉開窗簾，看見水滴從半空中牽的電纜不斷滴落。開在對面人家的紫陽花花瓣在雨水的濡濕下，色澤變得更加濃豔。一大片紅色的花壇已經不是美麗，更讓人有些毛骨悚然。

查看手機，通訊軟體收到一則訊息，是足球社的下屆社長吉田幸大。看著那不忘顧慮自己的禮貌訊息，純佳無意識地揚起嘴角。社團需要自己，這個事實讓純佳的心情稍微不那麼沉重。訊息告知自己要前來探望，純佳則回訊同意。

純佳也收到郵件，是莉苑寄來的。自從純佳不去學校以後，莉苑每天都會傳些訊息過來。內容言不及義，或許那是她的關懷方式吧。

關掉手機，純佳再度躲到棉被中。足球社經理，二年二班的班長。這是純佳在學校架構中被賦予的明確立場。對純佳來說，這些地位成了她行動的準則。職務這種東西，在確立呈現在外人眼前的自我形象時很管用。

「純佳，妳為什麼會自願當班長？」

大概在幾個星期前，莉苑這樣詢問純佳。自從畢業旅行以後，莉苑跟著純佳與朱音一起行動的時間變多了。十分怕生的朱音最初一臉不滿，但最後也接受了這個狀況。朱音之所以能夠容忍三人行動，主要還是因為莉苑的個性。膽子很大的莉苑時常積極找朱音攀談，朱音似乎也敗給了她，有天純佳赫然發現朱音已經跟莉苑熟到會直呼名字了。

莉苑和朱音在放學後，總是會相親相愛等純佳社團活動結束，然後純佳再跟他們會合，三個人一起回家。據說三個人形成的人際關係最容易破滅，但在純佳看來這個例行公事卻很值得歡迎。只跟朱音相守有害無益，沒錯，她其實心知肚明。

「妳是想問當班長的原因？硬要說的話算是做慣了吧。因為我從小學開始就經常擔任這類職位。」

「哇，妳真了不起。我就沒當過。我最喜歡當生物股長。」

聽見純佳的解釋，莉苑一臉敬佩地點了點頭。朱音則聳肩。

「純佳和莉苑不一樣，是好孩子。」

「我也是好孩子啊？只是妳看不出來。」

「妳還真敢自誇。」

「誰叫我不自誇就沒人誇了呢。」

朱音和莉苑聊天的節奏很快。即使是平常不太愛跟別人說話的朱音，在莉苑面前也會變得多話。她大概也對莉苑沒什麼心防。

「朱音中學時擔任什麼股長？」

「我沒做過什麼了不起的事，只會做別人推給我的工作。」

「這樣啊，原來朱音從以前就比較被動啊。」

「因為我不是很喜歡跟其他人有所牽扯。」

「但你不是原本跟純佳一起加入網球社嗎?朋友應該很多吧?」

聽見莉苑的問題，朱音轉頭朝純佳瞥了一眼。她直直垂下的黑髮隨著她的動作輕輕搖曳。豐沛的髮絲之中透出一點點耳殼。纖長的睫毛上下晃動，朱音意味深長地瞇起了眼睛。

「我的朋友只有純佳而已。」

語氣別有弦外之音。純佳無謂地整理起衣領，確認最上面的鈕扣有緊緊扣好。襯衫微微壓迫喉嚨使得純佳難以呼吸，但這種窒息感反而讓純佳的心靈獲得解放。

莉苑輕輕往前探出。

「朱音妳一直和純佳在一起嗎?從小時候開始?」

「對啊，因為我們是童年玩伴。」

「高中也特地選擇同一間?」

「對，純佳陪我來考這間。」

是喔?莉苑睜圓了雙眼。對不排斥單獨行動的她來說，配合他人決定前途似乎是非常難以理解的行為。

「為什麼啊?」

「那是因為……」

純佳吞吞吐吐起來，朱音挽起她的手臂。手臂、手肘、指尖。長袖襯衫將朱音從肩膀到手腕的肌膚完全包覆住。寒意尚存的這個季節就不用說了，然而到了盛夏她也絕不會在外穿上短袖。朱音只會在純佳面前坦裸肌膚。純佳一臉苦澀地俯視強行依偎在自己身上的朱音。抬起雙眼仰望純佳的朱音，嘴角扭曲出一個笑容。

「因為純佳喜歡我啊。」

室內對講機總是會響兩次。吵鬧的足球社三人組只把慰問品遞給純佳就走了。在極其普通的塑膠袋中，裝著超商賣的極其普通的布丁。或許是想隔著門遠望外頭的景色，也可能是不捨動身離去的三人，純佳手搭上門把正要鎖門，卻又轉念再次打開了門。開門的瞬間，掛在手腕上的塑膠袋沙沙作響。那一刻，三人之中有一人察覺動靜回頭，是一之瀨祐介。兩人四目相交。會這麼想一定不是純佳的錯覺，他故作虛無的眼神明顯浮現輕蔑之意，和其他兩人都不一樣。他注視的是不同的事物。難道他發現了嗎？發現朱音的死和純佳有關的事實。純佳的呼吸變得粗重。心臟怦通怦通跳得飛快，聲音緩慢從左胸逼近，最後剝奪了純佳的聽覺。像是要阻隔外面的空氣，純佳奮力關上門。掛在手腕上的塑膠袋不知為何異常沉重。

「純佳，學校打電話來。媽媽接可以嗎？」

對於母親的詢問，純佳不置可否回了一聲。自從上星期五以後，導師每天晚上八點都會打電話來確認純佳的狀態。接聽電話的多半是母親，純佳幾乎沒接聽過。純佳雙手抱膝坐在沙發上，吃起人家送的慰問品布丁。放在塑膠袋裡的塑膠湯匙，比起家裡的湯匙扁平。純佳凝視著布丁杯思索該如何完美食用滴落的焦糖醬時，她聽到母親比平常更高亢一點的聲音。
「老師特地打來，妳跟她說一下吧。」
布丁還剩一半，純佳接起老師的電話。好一陣子沒說上話，但純佳跟老師也無話可說。對於另一端的貼心慰問，純佳回以好學生的模範回答。我沒事。謝謝老師。我很好。很抱歉讓您擔心了。純佳流利的對答讓老師鬆了口氣，聲音也跟著軟化。
「抱歉，老師什麼忙也幫不上。好朋友在妳面前過世，明明妳才是最難受的人。」
「老師為我做了很多，我獲益良多，請不要說自己沒幫上忙。」
客套話讓話筒彼端的老師吸起鼻子。她的聲音顫抖，似乎正在哭泣。
「謝謝，妳真的是好孩子，還會為我這樣的老師著想。班上的同學都在等高野同學來學校上課，請妳不要責備自己。這件事情完全不是妳的錯。」
「……好的。」
結束一如預期的對話，純佳將話筒歸回原位。講完了？聽見母親的詢問，純佳只是點點頭。她將剩下一半的布丁連同容器扔進垃圾桶，回到自己的房間。母親什麼也沒說。
關於那天發生的事情，許多大人都沒有責備純佳。錯不在妳。妳失去摯友想必很悲痛。她知道大家七嘴八舌的話語都沒有別的意思。但她還是會忍不住會想，如果這些人知道自己有罪，還會稱呼純佳「好孩子」嗎？

這是以前的事了。距今大約兩年前，純佳和朱音還是中學三年級。她們從小一起念書，兩人成績都很好。老師說她們絕對能進明星高中，於是她們選定相同志願，也就是現在純佳在讀的高中。純佳的母親對這選擇大表贊同。這間學校入學分數高，去名校的人又多，沒有不良學生，她認為這間學校正適合自己的女兒就讀。

對純佳來說，前途這種東西只是照著母親鋪設的道路前進。只要遵從別人鑑別出來的正確道路，就不會犯下太大的錯誤。在眾多可能中一個個精挑細選僅是浪費時間，當然是一開始就選擇別人認證過的第一名最好。這是純佳基本的思考模式，也多虧了這種個性，純佳未曾頂撞過母親。

「純佳妳選這間應該不錯吧？這間學校把重點放在培養語言能力，聽說畢業旅行是去國外！」

一名同班同學對她這麼說。時間是在中學三年級的一月，大考臨門的時期。她給純佳看了附近私校的招生簡章。儘管入學分數略遜，這間學校重視活動與校外教學的辦學方針，在純佳眼裡相當迷人。這間或許不錯。她會冒出這個念頭，想來是厭倦了漫長的備考生活。私立高中的考試比公立高中早舉行，換句話說，考私立高中的話能更早從課本中解放。再說刻意就讀低於自己程度的學校，稱霸校內排行榜推甄名校也是可行的辦法。即使這念頭只是個突發奇想，純佳仍深深覺得是個好主意。

從學校回家的路上。只有她們兩個走在路上，肩並肩走在以護欄區隔出的人行道，還剩下一點空間。純佳打開手冊，用若無其事的口吻開口說：

「我覺得這間高中也不錯。」

純佳至今仍清清楚楚記得朱音的表情。上一秒自在和樂的表情在下一瞬間凝結。撐大的瞳孔裡漆黑一片，像是看不見前方的夜道，洋溢淒慘的氣息。

「妳認真的？」

純佳無法隱藏自己對朱音的冰冷語氣有多不解，她還以為朱音會支持自己。

「什麼意思？」

「妳真的打算去念那間高中？我們不是約好要上同一間高中嗎？」

「沒有啊……我只是突然有這個念頭，還沒認真決定。」

「妳有必要在這個時間點告訴我突然想到的念頭嗎？我高中也想和純佳念同一間學校，已經決定好第一志願了。妳這種想法在我看來，完全是不把我的心情當一回事。」

純佳已經看慣她氣憤別開的側臉。她一發起脾氣，就不讓對方看到她的臉。埋在圍巾中的黑髮，像擠出的鮮奶油般呈現蓬鬆的輪廓。

「抱歉，我太輕率了。」

「這種事沒什麼好道歉的，我只是很驚訝純佳居然是這種人。」

「哪種人？」

「會立刻背叛我的人。」

沒這回事，純佳雖立即否定，朱音不改冷漠。她一發起脾氣就很棘手。透過長年經驗了解這點的純佳牽起她的手，企圖討好她。

「真是的，朱音妳幹麼嚇我。剛才真的只是我突發奇想。我只是不想再念下去才會這麼說。」

她用力握住朱音的手，朱音才終於看向她。兩人沒戴手套，裸露在雨雪中的手一樣冰涼。雙方的體溫都很低，無法察覺對方的肌膚多寒冷。要是能分享熱度，逐漸溫暖凍僵的手指該有多好，然而朱音卻甩開了純佳的手。

「聽說朱音試圖自殺。」

就在那天晚上，母親通知純佳。那時純佳剛洗完澡，正在用吹風機仔細吹乾長髮。聽到母親異於往常的語氣，純佳急忙打開客廳的門，正好一臉蒼白的母親眼神交會。面對慌了手腳的母親，純佳冷靜地詢問：

「麻煩再說一次。」

還沒擦乾的水珠一點一滴自髮尾滑落。在家穿的灰色連帽上衣暈開了好幾個黑點，彷彿雨水打濕的痕跡。

「聽說朱音試圖自殺。」

乾燥雙唇吐出來的話語，與剛才純佳聽到的一模一樣。朱音。自殺。她實在無法接受現實消化這兩個關鍵字，反而想當作異物吐出來。

「真的嗎？」

「對，現在好像住院了。他們家打過來，希望妳現在去見她。」

在睡衣外披上大衣的母親遞給純佳羽絨外套，打電話來的人應該是朱音的母親吧。

「妳爸會開車載我們，我們一起去醫院吧。」

母親靜靜地將手安在純佳的背上。將拉鍊拉到頂端，咻地一聲，拉鍊發出宛如暴風的聲音。

朱音住的醫院是當地規模最大的大學附設醫院。四樓的走廊走到底，離護理站最遠的那間就是朱音的病房。那是一間單人房。朱音躺在純白的病床上，用嚴厲的眼神看向這裡。

「抱歉，純佳。這個孩子說什麼都想見妳……」

朱音的母親哭哭啼啼。純佳不知道該怎麼回應，對她微微點個頭。咕嚕，自己吞嚥口水的聲音顯得特別清晰。

「媽媽，我想跟純佳單獨說話。」

聽見朱音的指示，她的媽媽直說好，頭點了一次又一次。

「純佳，可以嗎？」

「啊，可以，沒問題。」

「真抱歉，純佳妳真是好孩子。」

對朱音母親憔悴的模樣於心不忍，純佳的雙親將她帶到病房外。朱音的父親今天大概也身處遙遠的他鄉，他任職於大企業，於數年前隻身前往外派地點。

「這麼晚了還叫妳出來，抱歉。」

確認房內只剩兩個人後，朱音靜靜起身。她的左手手背懸掛著點滴，左手腕則包著白色繃帶。不知道躺在底下的傷口，又是什麼形狀？

「聽到妳自殺未遂，我嚇了一大跳。」

純佳的話似乎觸怒了朱音，她別過臉。擺在床邊的櫃子裡還沒放置任何東西。

「是我媽大驚小怪，我不過是在浴室割腕。」

「這樣阿姨怎麼可能不會嚇到？妳為什麼要做這種事？」

咔啦，朱音的頭不自然地歪斜。她的動作平板如機械，像是個壞掉的機器人。透過劉海的縫隙能看到她的一雙眸子。瞳孔睜大，雙目漆黑，就跟純佳在回家路上看到的一樣。

「因為我不想活了。」

她如此宣稱。這席直白過頭的話語震懾純佳，令她啞口無言。朱音沒有把目光從純佳身上移開，蠕動乾涸的雙唇譴責起純佳。

「聽到妳要念不同的高中，我就不想活了。」

「就為了這點小事——」

「這才不是小事。」

朱音淡漠的聲音打斷了純佳的話。她吊著點滴的左手微微握起。看到深深刺進皮膚裡的針，純佳有股閉上眼睛的衝動。光是用想像的就覺得皮膚表面隱隱刺痛。

朱音開口：

「我不能忍受和純佳在高中分隔兩地。」

「我們住那麼近，算不上分隔兩地吧。」

「哪裡算不上？要是去了不同學校，絕對無法像現在這樣待在一起。我可是想永遠當純佳最好的朋友啊。」

「哈……」

無意識的嘆息，不知為何成了類似嘲諷的聲響。朱音面無表情，用左手將枕頭揮向地板。純白的枕頭碰撞到地板，點滴架因為撞擊而搖晃。危險，純佳心裡才這麼想，身體馬上動了起來。她雙手撐住點滴架，好不容易才沒讓它倒塌。朱音手背上插著的點滴管只有微微晃動。

「……純佳妳老是這樣。」

朱音把枕頭丟在地板上不管，低聲囁嚅，接著緩緩弓起背，身子呈現向前傾倒的姿勢，雙手遮住自己的臉。

「老是怎樣？」

「最後總是會為了我行動。」

朱音的聲音摻雜著細微的哭聲。聽著她吸鼻子的聲音，純佳不加思索從口袋拿出衛生紙。朱音右手依舊遮著臉，僅朝純佳伸出左手。純佳以為她要拿衛生紙，豈料那隻手卻強行將純佳的手拉向自己。正當她反應過來，衛生紙已經掉到地上。朱音緊緊抱住純佳被她拉過去的身體，暖呼呼的體溫就像小孩子一樣。

「純佳，我不要跟妳分隔兩地。我想永遠跟妳在一起。我不能接受和妳分開！」

朱音一反剛才冷淡的態度，像個耍賴的孩子哭喊。她口齒不清地連連呼喊著純佳的名字。

「純佳，對不起，真的對不起。我知道自己很任性，也知道應該要支持純佳選擇的出路，但是我做不到。對不起，我太任性了。我這種人還是早點死了算了。真的很對不起，我總是扯純佳的後腿。對不起。」

純佳怎麼有辦法甩開緊緊揪著自己的手？可憐的朱音，從以前就沒有朋友。一直以來能夠幫助她的只有純佳一人。朱音是為了純佳企圖自殺，她就是如此地深愛純佳。

怦、怦，太陽穴的血管正猛烈跳動。純佳撫摸哭吼的她的背脊，感覺自己的內心正逐漸洋溢晦暗的喜悅。可憐的孩子。她們明明同年也在同樣的環境下成長，朱音卻跟純佳截然不同。她不堅強、脆弱，又孤孤單單。

全世界只有自己能幫助她。

「妳用不著道歉。反倒是我對不起妳，我不該擅自改變志願。」

「別跟我道歉。全是我不好，妳沒有錯。」

「妳不要責備自己，是我不對。我還是會選擇和之前同樣的志願。我們一起考上同一間高中，一起上學吧。然後像現在這樣每天一起回家，妳說好嗎？」

「……真的？」

朱音的眼睛張得大大的，眼瞳中散發出光芒。真的！純佳用力點頭。朱音皺成一團的表情馬上變得柔和。純佳輕輕拭去她眼眶滑落的淚水。

「我跟朱音從今以後也永遠是朋友。」

如果人生有所謂的分歧點，自己的分歧點一定就是這裡。純佳如今明白了這件事情。因為這起騷動，純佳跟朱音報考同一間高中，此後兩人也都順利錄取。無論是為制服量身還是參加入學說明會，兩人都是一起行動。要步入新環境果然需要勇氣，此時身邊有熟人陪伴給了純佳信心。學校規定的制服很適合氣質嬌柔的朱音。無論是中學或是高中，她總是穿著和純佳相同的制服。上同一間學校就是這麼一回事。

「高中生活如何？」

開學過後幾天，正在準備晚餐的母親這樣問純佳。純佳含糊其辭，母親輕撫她的腦袋瓜後接著說道：

「朱音只有純佳，妳要好好和她做朋友。」

「好。」

「要當個在他人遇上困難時，會出手相救的人喔。」

母親的話語宛如詛咒，一道束縛純佳的美麗枷鎖。她至今說過的話未曾有誤。她總是給純佳提示正確的方向，因此純佳出於理性判斷遵守母親的話。

朱音自殺未遂，都要怪自己思慮不周。忽視對方的突發奇想，踐踏了朱音的心意。純佳再也不想重蹈覆轍。朱音沒有純佳就活不下去，因此純佳必須支持她。絕不能對軟弱的孩子棄之不顧。因為純佳是好孩子。

「我不想活了。」

到底是從什麼時候開始，純佳一見到手機螢幕這行訊息，就會忍不住嘆氣？純佳來到朱音的家，她今天也割腕了。白皙的皮膚上出現大量紅腫割痕，如成群結隊般密集的紅線，今天也增加了新的夥伴。血液從裂開的地方滲出。

「妳又割腕了？」

聽見純佳的問題，朱音默默點頭。純佳使力把抽抽噎噎的朱音手臂拉近自己，幫她處理起傷口。

「不要再這樣增加自己的傷疤了。妳這樣畢業旅行怎麼辦？妳敢進澡堂嗎？」

「不要緊，只要說生理期來，就能用單人浴室。」

「問題不在這裡，是我不想看到妳受傷。」

「可是我沒辦法忍耐。」

朱音是軟弱的孩子，無可救藥地軟弱。明明在優渥的環境下長大，卻特意自己找自己麻煩，然後憂懼現實。或許她就喜歡沉浸於不幸之中。

一年級和二年級的時候，她們兩個人都是同班。在分班過後的第一個星期，一起行動的小團體大致就成形了。隸屬靜態活動社團的學生轉眼間就湊在一塊，而純佳則是置身遠處眺望著他們。純佳身邊有朱音，純佳和朱音總是出雙入對，周遭的人自然判斷她們感情很好。純佳與朱音並非無法融入班級，她們只是沒有其他特別親近的人。

隨著時間流逝，朱音的毛病也跟著惡化。不想活，我不想活了，她不知道說過多少次。每當訊息傳來，純佳就會去找朱音。我永遠站在朱音這邊，每當朱音聽到這句制式台詞，就會露出滿足的表情。

即使到了夏天，朱音仍堅持穿著長袖襯衫，大概是想遮蓋割腕痕跡。但兩人獨處時，她就會把襯衫袖子捲到手肘上。

「只有兩個人的時候捲起袖子比較涼快。」朱音笑著說道。

妳根本是想逼我看傷疤，湧至純佳喉頭的這句話，她一次也沒有說出口。她可以想見要是說了這種會傷害朱音的話，又會引發麻煩。

兩個人關係的轉機，是在二年級的畢業旅行之後，此時莉苑成為她們的夥伴。朱音在莉苑面前絕對不會露出手腕，也不會把死意掛在嘴上。已經受夠了朱音負面情緒的純佳，很高興自己的校園生活多少獲得了一點改善。

「高野同學，妳數學好嗎？」

幾個星期前，細江同學向自己搭話。那是在第二節到第三節課之間的短暫下課時間。兩人座位一前一後，細江同學光明正大地把手靠在純佳的桌子上。

細江愛和桐谷美月這兩個人起初就與班上格格不入。有一部分可能是因為她們原屬於運動社團，但最大的因素大概是兩人的外貌過於艷麗。這間學校很多乖寶寶，這兩人無視校規的穿著打扮實在太過顯眼。

班上土氣的女孩對她們恨之入骨，大家尤其排斥細江同學，大概是因為她和男同學很要好。班上許多女同學都把跟異性交談，講成是在討好他們。純佳聽過好幾次細江同學的壞話，而在那些守規矩的女同學看來似乎真是如此，然而純佳卻很嚮往這兩個人。無論是中學時代或升上高中，純佳忙著照顧朱音，從來沒交過男朋友。真希望我能成為她們那樣的正妹。真希望我能跟她們兩個當朋友，她原本暗自心懷這樣的願望，想不到對方竟然主動伸出友誼的手。

「妳解開剛才課堂上的問題了嗎？我都搞不懂。」

「不介意的話，要不要我教妳？」

「真的？哇，我好高興。我開始覺得自己趕不上課程了，真不知道該怎麼辦。」

剛才上課時說到……細江同學邊說邊遞出筆記本。她的筆記整理得意外乾淨俐落，純佳心想她說不定個性其實很一板一眼。

解說題目沒有花多少時間。純佳自己本來也就卡在這題上。當純佳說明完解題關鍵，細江同學坦率地向她道謝。

「妳真的幫了大忙，我一定要報答妳。」

「不用啦。」

「別這麼客氣嘛，但妳要再教我喔。高野同學很會教人呢。」

細江同學露齒笑了出來。形狀姣好的眉毛略為上揚，畫了眼線的眼睛和善地瞇起。大肆敞開的上衣隱約可見荷葉滾邊的紅色內搭。清楚浮現的鎖骨凹陷處，映著小小的陰影。

「妳們兩個在開讀書會？真不錯。」

插入對話的人是剛才還在看書的桐谷同學。她將手臂放在細江同學肩膀上，雙唇上揚輕聲笑了出來。

「要答謝的話，要不要去站前的咖啡店？請她吃那邊的蛋糕吧。」

「好主意。不愧是美月，腦子真靈光。」

「好說好說。」

「所以嘍，高野同學妳今天放學有空嗎？我們一起去吃蛋糕吧。」

純佳感覺到周遭女生的視線刺向自己。高野同學該不會要跟那兩個人一起行動吧？純佳也知道這是幻聽，然而她還是不敢答應。細江同學與桐谷同學露出心領神會的模樣對看。人家明明是好心邀請她，明明只要一口答應就好。思考繞來繞去，就是開不了口。為什麼？為何？耳邊突然響起的聲音，軟化了純佳凝結的雙唇。

「選我選我！我也想去！」

莉苑精神飽滿地舉起手，衝進三個人形成的圈子中。被莉苑的行為逗樂的細江同學與桐谷同學一起哈哈大笑起來。

「真難得夏川同學會說這種話。之前找妳去唱歌，妳還不去。」

「我是音癡所以才會拒絕，但吃蛋糕盡管找我！」

「我先說好，我只請高野同學一個人。夏川同學妳要自己付錢。」

「好的！」

對話散發出親暱的氣氛，讓純佳感覺到自己原先緊繃的肌肉逐漸放鬆。莉苑總是誇口自己跟全班都很要好，或許還真的沒說錯。

「純佳妳也會去吧？今天不是沒社團？」

會啊，這次她終於能講出聲來。細江同學與桐谷同學隊看一眼，接著再次露出笑容。

與細江同學等人的約定讓純佳感到興奮期待，但她在放學後還有非做不可的事。吃完午餐後的休息時間，朱音一如往常盤據在自己附近的位子。純佳忐忑不安地跟她開口，「我今天不方便一起回去，所以妳先回去吧。」

「為什麼？有社團？」

正在滑手機的朱音視線沒離開過螢幕。食指與無名指無謂地交叉起來，純佳斟酌起用字，盡可能避免刺激朱音。

「呃，我……跟朋友約了要一起去吃蛋糕。」

「朋友？」

此時朱音才終於停下操作著手機的手。抬起頭的她，眼神充滿攻擊。

「朋友是誰？」

冷冰冰的聲音催促純佳回答，她猛然別開視線。

「細江同學她們。」

「哦，細江同學啊。妳們之前就很要好了嗎？」

「也沒有啦。」

到底為什麼，純佳會覺得自己好像情侶在為出軌辯解？跟其他朋友出去玩，明明就是再正常不過的事。

朱音撐著臉頰，眉頭皺了起來。她裝出毫不在意的模樣，視線又回到螢幕上。

「明天呢？」

「咦？」

「明天沒辦法一起回去嗎？」

「可、可以啊，不過妳得像平常那樣等到社團結束。」

「那就好。」

出乎意料地，朱音說了這些話後就輕易讓步了。純佳原本還很擔心會不會跟她起口角，現在內心鬆了口氣。就算是朱音，都到了高中生的年紀，總不會幼稚到因為純佳跟其他朋友來往就動怒。獲得朱音的准許後，純佳那天成功帶著神清氣爽的心情在放學後出遊。跟細江同學與桐谷同學聊過以後，就會發現她們並不可怕。好想跟她們兩人拉近距離，好想建立新的友誼，這些純粹的慾望開始在純佳心中萌生。

朱音開始變得不對勁，是在隔天之後。

我好像看過這東西。對於她新買的鉛筆盒，純佳起初的印象是這樣，明天與後天也是。她開始一步步更換自己的私人物品。新銳創作者設計的手機殼、看起來像雜誌報導過的貓型髮飾。掛在手腕上的水藍色大腸圈、繡著商標的襪子。分開來看全都是極為常見的配件，然而純佳對這些東西全都有印象。

「感覺朱音變得好像愛。」

就這麼輕而易舉的，莉苑對著當事人指出純佳心懷已久的異樣感受。一開始純佳以為是巧合，但現在的朱音明顯在拷貝細江同學的私人物品。不對，不只是私人物品。她之前襯衫都是乖乖扣到第一顆扣子，現在卻敞開到能看見鎖骨的高度。裙子也縮短，髮色染成微微的褐色。簡直就像細江同學那樣。看來有這種印象的人不只是純佳一個。臉上掛著純真笑容的莉苑眼中，倒映著脫胎換骨的朱音。做了這麼多改變仍能維持清純的氣質，某種程度上或許算是朱音的一種天賦。

「會嗎？只是碰巧打扮得像吧？」朱音冷淡地回答莉苑的問題。

「這樣啊。」明明不可能有這種巧合，莉苑卻也乾脆地不再追問。

「升上高二，我也想嘗試各種改變啊。」

說完她用吸管喝起鋁箔包裡的紅茶，那是細江同學昨天喝過的期間限定群青茶。朱音把一模一樣的商品放在桌角，露出微笑。

「這好難喝啊。要不要喝喝看？」

不用，純佳搖頭。朱音雖然不滿地噘起嘴，在旁邊的莉苑一把搶走鋁箔包後，這件事就不了了之。

朱音在模仿細江同學。這個事實已毋庸置疑，細江同學與桐谷同學也毫不隱瞞她們對朱音的不悅。

足球社社辦位於操場的邊緣。純佳在社辦一邊處理經理的工作，一邊拿出手機。記錄日誌的作業很有趣，但一直做同樣的事總是會膩。對了，今天朱音喝的群青茶，莉苑倒是讚不絕口，看來她味道的喜好比較極端。不知道其他人是怎麼想的？雖然沒有多大興趣，純佳還是基於打發時間的心態，在社群網站的搜索頁面輸入關鍵字。

「群青茶好雷，這什麼味道。」、「買到午休要喝的期間限定的群青茶了，味道還可以。還買了芭樂口味的軟糖。」、「今天買的群青茶甜到倒彈，只有螞蟻喝得下去。」

列出的大量發文中，有一則含照片的發文吸引了純佳的注意。

「午餐買了群青茶～我說很難喝，朋友居然喝得津津有味，好好笑。」

文章底下放了一張圖。那是張拿著鋁箔包的照片，手腕上戴著水藍色的大腸圈。不會吧？純佳為閃過腦內的預感露出苦笑，打開發文者的帳號。寫著「ＡＫＡＮＥ」的帳號名底下，附了簡單的自我介紹。

高中女生。每天都很開心。

將畫面向下拉，可以看到她幾乎天天發文。每一則貼文都有照片，構圖隨處可見熟悉的校舍與制服。看到所有的照片裡左手腕都藏得好好的，純佳非常篤定這就是朱音。

「去染了頭髮，不知道這樣有沒有比較像她？」

「我好愛這個大腸圈！跟她同一個！」

「今天買了新的鉛筆盒！在店裡一直找不到害我晃了好久。」

「今天與好友出去，每天都太幸福了，好可怕。」

「跟朋友一起來咖啡店吃蛋糕，巧克力塔好好吃。」

「今天朋友幫我慶生。謝謝大家！妳們是最棒的死黨。」

「學校辦校外教學。我們班同學感情太好，反而很可怕。」

這是什麼？讀著讀著，純佳的眉頭越鎖越深。她發表的內容確實與現實中的朱音相通。染頭髮、買大腸圈、換鉛筆盒，然而其他內容卻大大偏離現實。

首先是她說跟好友出去的那天。那天純佳跟莉苑兩個人去了電影院。由於朱音大概不會對內容有興趣，她找了莉苑。接著她發文說去咖啡店的那天，實際上去了咖啡店的人是純佳。她跟細江同學、桐谷同學與莉苑總個四個人一起出去。點了巧克力塔的人是細江同學。生日時有朋友幫忙盛大慶祝的，是隸屬靜態活動社團的石原同學。校外教學的確是以整班為單位分組野外炊飯，但因為整班人的感情也不是特別好，只有一部分的人玩得很開心。

朱音的發文把這一切都美化了。她擷取了其他人校園生活中美好的一面，七拼八湊組成了新故事。她的帳號似乎有網友，偶爾有人會回應她發表的內容。

「好羨慕喔，我討厭現在的學校。」

「AKANE朋友真多。」

「巧克力塔看起來好好吃。」

「妳的大腸圈超可愛的！」

好羨慕。好棒。對於這些讚美自己發文的留言，朱音回覆的口氣看起來被奉承得很開心。她對外人展示純屬虛構的校園生活，受到稱讚而快樂不已。若不這麼做，就無法維持自尊心。純佳的視線在不知不覺中多了同情。就在此時，她正好又發了新訊息。

「死會了！告白時雖然很緊張，現在我好開心。」

朱音跟中澤博開始交往的八卦，轉眼間就傳遍學校。隨著朱音的心情越來越好，細江同學的心情卻急速下降。

「去染了頭髮看看。不知道這樣有沒有比較像她？」

純佳又看了一次社群網站上的發文，心裡更加確定。朱音對細江同學有異常的嚮往。當事人雖然裝作沒這回事，執著到這程度還否定才有鬼，朱音就是想成為細江同學。

要是繼續跟朱音來往，自己會不會也被細江同學與桐谷同學討厭？她們會因為我跟那種女孩朝夕相處而鄙視自己嗎？

純佳其實也不想跟朱音朝夕相處。純佳明明為了她鞠躬盡瘁，她卻只為了自己的幸福而任性妄為。純佳也想要男朋友，一直以來她拒絕告白，都是因為她得照顧朱音。因為朱音說她失去純佳就活不下去了，所以這些她全都忍了下來。純佳是個好孩子，會幫助弱小。可是當好孩子陷入弱勢，不就沒有人幫忙了嗎？那麼自己到底是為了什麼而跟朱音朝夕相處？差不多該讓我自由了吧！

在此之前她壓抑在心底的感情，一口氣爆發了。緊箍咒消失了，被理性層層覆蓋的真心話浮上檯面。

——我恨死朱音了。

承認這點的瞬間，她覺得自己的心情一下輕鬆起來。

「朱音就麻煩你了。」

在數學課開始上課前跟中澤說的這句話，完完全全出自於純佳的真心。換你去當她的保母，純佳其實很想丟給他這句話。

「純佳，我不想活了。」

夜晚的孤寂讓她的話更顯沉重。這是朱音不知道說過幾次的求救訊號。隔著機械傳來的聲音聽起來的確是在哭泣。純佳坐在房間的床上，重重地吐了口氣。

純佳在今天放學後拒絕了朱音的邀請。今天可以一起回去嗎？我想去一個地方。她一派光明正大說出來的話，讓純佳在心裡啞口無言。自從跟中澤交往後，朱音開始跟男友一起回家。所以純佳自己覺得這個責任已經落到中澤身上了。難道說交了男朋友以後，朱音還是不肯放過純佳？

「那妳為什麼要打給我？怎麼不去跟男朋友談談？」

回答的聲音自然帶刺起來。話筒傳來朱音屏息的動靜。太過分了，震動的空氣勉強形成聲響。她那故作軟弱的態度，讓純佳的忍耐到了極限。

「朱音妳到底是怎麼搞的？老是把想死掛在嘴上還裝腔作勢地割腕，明明就沒有半點死意。妳只是在利用我，因為只要妳這樣說我就會隨著妳的意思行動。」

「不是啊，我——」

「哪裡不是？妳至今以來活得都很輕鬆愉快，因為有人會照著妳的意思行動。每一次都是我特別為妳做這麼多，為連高中都換一間。在班上也跟妳在一起。而妳又為我做了什麼？夜深人靜的時候，硬是要把我找出來，成天說自己很痛苦，擺出全世界妳最不幸的嘴臉。所以呢？我難道必須永遠乖乖聽妳的話去做？」

「我不是這個意思——」

朱音的哽咽傳入耳中。她從小動不動就掉淚。純佳一直以為這是因為朱音個性柔弱，但她錯了。朱音愛哭，是因為她知道一哭純佳就會來幫她。她只要裝作軟弱，把自己當成正義使者的那個女生就會如她的意。

在朱音心裡，眼淚是種武器。

「妳既然不想活，那就快點去死啊！」

純佳一時衝動喊出這句話，直接掛掉電話。這是在朱音死前一天的事。

隔天朱音沒來上課。純佳心裡雖然還介意著昨天的對話，卻絲毫沒有主動道歉的意思。純佳要是讓步，只會重蹈覆轍。

「因為妳要我去死，我今天要去北棟教學大樓樓頂跳樓自殺。對不起，至今給妳帶來許多麻煩。我很喜歡純佳，但既然妳要我去死，我就去死。永別了。」

第七節體育結束一回到教室，純佳就在自己的桌子裡發現這封信。那是從小看慣的字跡。寄件者是朱音，第二張信紙用彩色鉛筆畫著藍色龍膽花。

說真的，純佳很憤怒。大老遠跑到學校要傳達給她的訊息，居然是這種拐彎抹角的指責？說到底朱音是在勒索純佳，就跟中學的時候一樣。該讓步的人是妳，她以自己的生命脅迫純佳屈服。天下哪有這種道理，純佳已經不再為朱音而活了。

細江同學正緊盯著鏡子看，純佳朝著她的背搭話。

「細江同學。今天一起回家吧。」

她這是要給朱音一點顏色瞧瞧。自己可以如此輕易地跟朱音異常執著的細江同學交談，可以跟她同行。這是試圖用扭曲的形式控制他人的朱音絕對學不來的健康交友方式。純佳把右手裡的信捏爛，那股觸感帶給她無限暢快。

「真難得高野同學會主動找我。」

踏在歸途上的細江同學，步幅比純佳略短。儘管她的一步很小，相對地踏步的速度更快。

「美月她忘記作業被老師找過去，沒辦法一起回去。我原本還打算一個人回家，所以妳約得正好。不找夏川同學嗎？」

「莉苑好像也有事，她叫我今天先回去。」

「嗯……這樣啊。」

一出校門，是一條平緩的坡道。兩人在坡道底部的斑馬線前停下腳步。目前是紅燈。儘管行駛在普通道路上，眼前的車仍以飛快的速度奔馳。沉默流經兩人之間。來往的車陣中有一道鮮豔的藍色，就跟龍膽同色。意識到這件事的那刻，純佳的頭閃過彷彿被鈍器痛毆的衝擊。為什麼她沒考慮到這麼重大的問題？朱音給她的那封簡短的信，她不相信朱音會照辦。但萬一朱音真的死掉了呢？到時候這封信會被怎麼看待？要是知道純佳沒理會她的信，身邊的人、老師——母親會怎麼看待純佳？

「抱歉！我還是要回學校一趟！細江同學先回去吧。」

純佳緊握著揉成一團的信，當場飛奔而去。背後傳來細江同學不解的聲音，但她沒追上來。

肺上上下下地顫動。空氣充塞整個喉嚨，奪去大腦所需的氧氣。臉頰表面開始發熱，宛如恐懼的感覺一點一滴從腳底向上竄。指甲狠狠戳進手心裡。純佳反芻著掌中殘留的濕黏感，一心一意奔向樓頂。室內鞋底摩擦地面的聲音在人煙稀少的走廊迴盪。爬上樓梯，平常都會鎖起來的門果然敞開著。通往室外空間的門對她敞開，純佳提起挫敗的心，奮力邁向門後。

天空一片鮮紅。

純佳微微瞇起雙眼望向落日照耀下的空間。紅橙橙的太陽彷彿隨時都會融化。溫熱的風掠過臉頰，令她背脊一顫。純佳嚥下口水，緩緩踏入樓頂。手心中揉成一團的紙片令她心跳加速。

「朱音。」

她的呼喚沒有獲得回應，但她尋覓的人就在眼前。在防止墜落的圍欄另一端，有一名穿著制服的少女。一瞬間她略帶褐色的秀髮隨風揚起。烏黑睫毛環繞的雙眼直瞅著純佳看。純佳不寒而慄，直覺就要出事，想也不想地叫了出來。

「朱音！」

就在那刻，她的身體墜入空中。冷不防邁開的雙腿踩著乾燥的水泥地。純佳伸出雙手，然而為時已晚。深藍色的長襪撞上圍欄。純佳的雙腿顫顫發抖，不由自主當場蹲下。樓下傳來在場學生的聲音。出了什麼事，用不著去看也能理解。

純佳緊緊握著紙片，泣不成聲。

「……對不起，朱音。」

※※※

抬起眼皮，眼前冒出莉苑的臉。

「哇！」

純佳嚇得猛然起身，莉苑即時避開。純佳反覆眨眼，逼迫自己半夢半醒的腦袋運作。充滿橙色空氣的空間，毫無疑問是自己的房間。昨天用的筆記本還打開放在書桌上。定睛一看，那頁解完的問題被人擅自打勾。

「啊，那個嗎？我閒著沒事弄的！」

莉苑充滿朝氣地舉手。她精神飽滿的聲音，對剛睡醒的人來說有點太過吵鬧。

「等等，我現在有點跟不上狀況。」

純佳掀開被窩，確認自己的穿著。就跟前一晚的記憶一樣，她穿著柔軟的刷毛材質睡衣。視線接著移向莉苑，她規規矩矩地穿著制服。怎麼會這樣？私人房間與莉苑這個奇妙的組合令純佳感到疑惑，莫非她還在作夢？

「……早安。」

姑且先問候一聲，莉苑噗嘻一聲發出招牌笑聲。

「還說早安，現在已經傍晚了。」

「不會吧。」

「真的啦，今天已經星期四嘍。」

確認放在書櫃上的數位時鐘，上頭的確寫著晚間六點。看來她睡了整天。輕輕伸展上半身，身體果不其然到處都發出啵嘰聲。純佳彎起手指梳理一頭亂髮。每當糾結的髮束解開，都有細小的髮絲掉落。

「……那麼，為什麼莉苑妳會在這裡？」

「我擔心妳，所以跑來看妳。一來妳媽媽就請我進來。她說讓妳跟朋友聊聊，可能會好一點。」

「怎麼不早跟我說一聲？」

「我試過了。但聯絡妳好幾次，妳都沒回應。」

莉苑說得沒錯，純佳的手機收到好幾封訊息。對吧？她莫名自豪地挺起胸脯。那雙一如往常斗大的眼珠，出其不意地停在純佳臉上。被這樣目不轉睛凝視令純佳不太自在，此時莉苑的手突然伸向純佳的臉龐。她的衣袖捲到手臂上，白皙滑嫩的肌膚沒有半點傷痕。

「妳在哭？」

「咦？」

「妳掉淚了。」

莉苑這一說，純佳趕緊擦擦眼角。掃過臥蠶的下睫毛確實略為濕潤。

「可能是打呵欠的關係吧。沒有特殊原因，我保證。」

「可是妳做噩夢了。是不是夢到奇怪的夢了？」

「奇怪的夢？我又不是小朋友，不會這樣就嚇到——」

「比方說朱音的夢。」

莉苑沒有別開視線。朱音，在她說出那個名字的瞬間，純佳感覺自己背脊閃過一陣涼意。純佳的臉反射性緊繃起來，莉苑全都看在眼裡。黑白分明的眸子動也不動，莫名有種人工物的感覺。

「妳覺得朱音會死，都是妳害的吧？所以妳不敢來學校。因為要是別人發現是妳害死朱音，妳就會失去受害者的立場。」

純佳的肩膀露骨地震了一下。莉苑含糊的聲音，一針見血地刺進純佳內心的要害。

「維持這個狀態，妳就能繼續當個可憐的人。失去摯愛好友的純佳，會受到大家的百般呵護。」

「妳為什麼要說成這樣？為什麼要說得這麼殘忍……」

純佳低下臉，卻被莉苑硬是撩起。下巴被抬起的純佳毫無選擇，被迫正對著莉苑與她彼此凝望。莉苑臉上沒有表情。

「有人拍到影片了。」

咻，喉頭發出聲音。莉苑告訴她的資訊，實在是太出乎意料。

「純佳妳一直窩在床上大概不知道，現在網路傳得好凶。雖然解析度太差看不清楚細節，但有學生拿影片當證據在追查。那傢伙在懷疑妳啊。」

純佳的思緒跟不上資訊。眼底有光點閃爍。她感到噁心，彷彿隨時都會嘔吐。純佳整張臉扭曲起來，莉苑用掌心捧著她的臉頰。

「別擔心，妳冷靜點。我是來幫助妳的。」

「……幫助我？」

「沒錯。為了讓妳有心理準備，我覺得應該要事先告訴妳。」

莉苑瞬間轉為笑臉，是平常的莉苑。原本緊繃的氣氛，轉眼間就和緩下來。莉苑輕巧地跳上床，從書包拿出皺巴巴的塑膠袋。

「啊，這是伴手禮。布丁、泡芙和杏仁巧克力！」

「咦？喔，謝謝。」

「泡芙是我自己想吃才買的，這個我要。我可以現在吃嗎？」

「當然可以。」

「太好了。」

剛才的壓迫感煙消雲散，莉苑喜孜孜地拆起泡芙的包裝袋。缺乏緊張感的模樣讓純佳看呆了。她從床上起身，暴露在外的光腳，猛烈地冒起汗來。

純佳跪坐在地毯上，打開遞給自己的布丁。沒吃到正餐讓她肚子好餓。

「純佳啊，足球社不是有個一之瀨祐介嗎？」

「啊，對啊。他昨天來探望我了。」

「拍下影片的八成就是他。」

說完莉苑大口咬下泡芙。卡士達奶油看來隨時會從薄薄外皮的縫隙溢出。頗有份量的沉甸奶霜，呈現鮮美的黃色。

「今天一之瀨同學來找我，說他想了解朱音的事。於是我跟他說了很多，他只要心驚就會狂摸口袋。布料透出長方形的輪廓，所以我猜他大概在摸手機。」

然後啊，莉苑繼續說道：

「一之瀨同學大概知道那支影片的攝影地點。我在洗手的時候，他一直盯著牆壁看。所以我覺得他就是拍攝者。還有當我說出純佳的名字時，他眼神游移，一定是在懷疑妳。」

「我……我不能無憑無據就懷疑他。」

「真的是無憑無據嗎？昨天一之瀨同學他們不是來妳家嗎？當時有沒有哪裡不對勁？」

「他感覺的確是在懷疑我。吉田同學跟田島同學看起來是在為我擔心，唯獨一之瀨同學讓我有點害怕。」

「印象可是很重要的。他果然在懷疑妳，錯不了。」

莉苑這樣鐵口直斷，純佳開始覺得就是這麼一回事。她撕開布丁的蓋子，用湯匙撥開黏附的薄膜。

「我猜一之瀨同學大概自以為是正義使者吧。他不是壞人，只是誤以為追求真相是正當的事，才會為此行動。他沒有惡意。所以要是純佳覺得不舒服，讓一之瀨同學明白自己做了什麼就行了。拍下自殺現場的影片還拔腿就跑，這太過分了。要是領悟到自己做了多卑劣的事，一般人應該都會良心發現。如果對方言語攻擊妳，妳要光明正大地告訴他自己沒有錯。」

「可是實際上朱音就等於是我殺的啊。」

從喉頭衝出嘴的真心話，完全是在無意識之間脫口而出。莉苑吞下殘餘的泡芙，一臉訝異地歪著頭。

「為什麼？」

「因為——」

要是現在跟莉苑坦白，她會不會離開自己？不是好孩子的純佳，沒有存在價值。純佳低著頭，莉苑沒對她說什麼。

刺在布丁中央的塑膠湯匙，在堅固的黃色表面挖開裂縫。沉入杯底的焦糖黏黏稠稠，但只要湯匙沒插到底，就不會與布丁混合。黃色與咖啡色的界線，從側面一看，便清清楚楚。

「妳不吃的話，我要一口。」

伸向純佳的手輕而易舉搶了一口布丁。深深刺入的湯匙，掬起了濃郁的焦糖。

「這個牌子的布丁真好吃，難怪妳喜歡。」

「我說過我喜歡啊？」

「沒有啊，但妳午休都會吃。每個人看就知道妳喜歡。」

桌上散落的莉苑的禮物，全都是超商販售的常見商品，布丁與巧克力都是大廠商的製品。想買隨時都買得到，純佳很喜歡，但朱音從來不記得純佳喜歡的東西。朱音每次買點心回來，袋子裡裝的全都是她自己愛吃的東西。

「我跟朱音一直是兒時玩伴。因為從小照顧朱音的責任等於是落在我頭上，只要我跟朱音在一起，大家就會稱讚我很了不起。」

一旦開口，話語就滔滔不絕地潰堤。朱音佔據了純佳人生的大半。回顧任何場面，純佳的身邊必然會有朱音的身影。

「但這個責任逐漸變得痛苦。妳記得嗎？以前我不是說過為什麼我會跟朱音一起來這間學校？」

「我記得，當時妳是說因為妳喜歡朱音。」

「其實不是這樣的。是因為朱音鬧自殺，說她不要跟我上不同高中，所以我們後來進了同一間高中。我一直都覺得負擔很大。我不要這樣，不要成天都得顧著朱音。結果呢，我在那天的前一天跟朱音說……妳就快點去死吧。」

這幾天純佳拚命隱瞞的真相，說出口竟然是如此空虛。要她去死，對方就真的死了，就這麼簡單。莉苑對純佳的告解會有什麼反應呢？是會安慰純佳沒這回事，還是會歸罪給純佳？無論是哪一方，純佳都已有了接受的覺悟。

「原來如此。」

莉苑拆開零食的包裝盒。撕開金色膠帶，透明包裝膜輕易掉落。她摘起一粒橢圓形的杏仁巧克力，塞進純佳的嘴裡。用臼齒咬碎，口內傳來磨碎杏仁的口感。

「聽了純佳的話，我全都懂了。」

她嬌小的手摘起一粒巧克力。純佳一臉癡傻地呆望著她一口吞下巧克力的模樣。

「我一直很不解為什麼朱音沒留遺書，但聽了妳的話我終於明白了。純佳，妳那天為什麼去了樓頂？」

「因為……我收到了邀請信。」

「信上有沒有畫上花朵的插圖？」

裝進信封的兩張信紙，第二張的確畫了美麗的花卉。

「有，是藍色龍膽花。」

「那妳知道龍膽的花語嗎？」

「我不知道，小學時我曾經很迷花語跟占星這類的東西，現在不記得了。」

小時候母親買的時尚雜誌最後，有個介紹花語的頁面。對花的種類產生興趣的純佳央求母親買了花語辭典，但不到一個星期就看膩了。那本花語辭典現在在哪裡？是丟掉了，還是送人了？既然她不記得，可見對小時候的純佳來說，那本辭典也沒有多重要。

莉苑又吞了一粒巧克力咀嚼起來，接著若無其事地解釋。

「龍膽的花語是誠實。朱音大概直到最後都想對純佳保持誠實吧，所以才畫了龍膽送給妳。」

「等等。誠實是什麼意思？朱音那種死法算誠實？」

「沒錯，在我看來是這樣。」

莉苑用衛生紙擦拭被巧克力弄髒的手指，在原地重新端坐好。她突然一臉嚴肅，令純佳不知該作何反應。

「朱音會自殺，大概沒有理由。她活不下去，就這麼簡單。純佳妳能懂這種心情嗎？不明不白地對一切感到厭煩，想逃離現實的心情。」

「我好像也能懂。」

衝動之下油然而生排拒自我的慾望，鑽進了思春期的心靈，體貼地送上了死亡這個選項。朱音莫非也是如此？她高呼想死不是單純對身邊的人裝模作樣，而是在奮力抵抗自己深受死亡吸引無可救藥的心靈。

「所以朱音才沒留遺書。她不想怪罪給任何人，是因為打從一開始就沒有任何人不對。她擅自尋死，希望身後不要有其他人因此被責怪，我想這大概就是她的訊息吧。沒有遺書的這個事實，就是朱音的遺言。」

朱音她啊——莉苑繼續說道：

「覺得一個人死去很孤單，所以才找純佳來。我想大概直到臨終，純佳在朱音心中都是特別的。我不清楚邀請函上寫了什麼，但我認為那朵龍膽花才是朱音的本意。」

川崎同學不是高野同學害死的，這幾天許多人都對純佳這麼說，然而他們沒有任何根據。缺乏重量的安慰，反而對純佳被自責緊緊糾纏的心造成更深的傷害。

「朱音不是純佳害死的。」

莉苑直視純佳的眼睛說道。這句話與不負責任的成人所說的話語沒有兩樣，然而莉苑一席話卻像黑暗中的一道光，柔和地照亮了純佳的心。兩者重量不同。莉苑知道一切。無論是朱音的死亡瞬間，還是純佳所犯的罪。即使如此，她還是斷言純佳沒有錯。就像是無所不知的神祇，她為純佳下了裁決。

「……！」

指尖震顫不已。莉苑緊緊地握著純佳伸出的手。鼻腔深處發酸，純佳將臉埋進莉苑的胸前，掩蓋發熱的眼角。莉苑沒有拒絕她，手伸向純佳的背。撫摸頭部的輕柔手勢，讓純佳感覺自己的喉頭越來越滾燙。

她一直很害怕。從那天起，她就覺得自己成了殺人兇手。她恨朱音，然而純佳對朱音也不是沒有感情。畢竟她們兩人從懂事就在一起了。純佳哪有辦法用簡單的「討厭」二字，來撇清她的對朱音的心情？

「朱音可能就是不適合這個人世吧。就像上岸的魚一樣，她不知道怎麼呼吸，現在的她想必終於獲得解脫了。因此妳不用背負她的死亡，妳應該要立刻忘記悲傷的回憶，尋找讓自己幸福的方式。」

莉苑溫柔地告訴痛哭失聲的純佳。

「這絕對才是朱音想要的。」

第六章 死者不會說話

7.寄信者：

川崎朱音

給二年二班的同學

大家在讀這篇文章的時候，我想她已經死了吧。

我將會在明天離世。我心意已決，但我想在死前讓同學知道我為何尋短，所以寫了這封遺書。大家都讀過我找你們去北棟教學大樓的信嗎？同學一定都嚇到了吧。因為被找去樓頂就會看到我在自殺啊，說不定還會有人哭出來吧，對不起。

我在二班過得很快樂。大家對我很好，我很高興，但我還是再也承受不了。我被細江同學與相谷同學霸凌了。大家應該都知道這兩個人做了多過分的事吧？我其實是想自己全吞下肚。我以為只要我忍下來，一定就沒有大礙，但我終究承受不了。如果要過得這麼淒慘，不如死了算了。所以我要去死。都是相谷同學與細江同學害的。我為此付出生命，所以拜託大家務必要揭發她們對我的霸凌。接著我想對幫助我自殺的莉苑致上真心的感謝。謝謝妳在我吐露煩惱時告訴我真心想死，也是可以把這個選擇納入考量。感謝莉苑，我才有尋死的勇氣。其實我真的很害怕死亡。但是莉苑幫我在學校摸來樓頂的鑰匙，我終於能下定決心赴死。莉苑不曾阻止我尋死。謝謝妳，莉苑。謝謝妳殺了我。

像這樣鄭重其事寫一封信，總覺得有點難為情。不過我相信收到信的同學都會真的來到樓頂，因為我們是朋友。

最後我要告訴純佳。我至今以來給純佳這個兒時玩伴添了不少麻煩。我其實一直都很喜歡純佳，希望妳在我死後也別忘了我。在我心中，純佳是最棒的朋友。謝謝妳至今的照顧。居然到死後才能像這樣說出口，我也真是愚蠢。願純佳未來的人生能幸福。所以拜託妳要永永遠遠地記住我。

川崎朱音 上

「想到就算沒了自己世界還是照常運轉，就有點可怕呢。」

垂落在前額的劉海，在莉苑的臉上投射陰影。柔軟的睫毛濃密地環繞在垂下的眼皮邊緣。她手中的自動鉛筆在筆記本上輕快游移，轉眼間就畫出了美麗的圖形。進階班的數學作業，看起來遠比朱音的作業難上許多。

「妳沒頭沒腦在說什麼？」

「有時候不是會好奇起自己死掉以後，世界會變成什麼樣子嗎？」

「我們也管不到吧，應該根本沒差。」

「誰知道呢？說不定世界是在朱音妳睜開眼的那瞬間形成，而妳死亡的那瞬間世界就會毀滅。」

「什麼鬼，真難懂。」

跟莉苑單獨對話，總是會朝莫名其妙的方向發展。大概是因為莉苑喜歡這類哲學性的話題。等待純佳社團結束的期間，莉苑常常會自言自語地說起她的高見。朱音對她的話絲毫沒有興趣，這段時間總是在筆記本的角落塗鴉來打發時間。

「如果朱音死了，世界會變成什麼模樣？會跟妳說得一樣根本沒差嗎？大家會忘了妳若無其事地活下去嗎？總覺得這樣滿悲哀的。」

「妳不要擅自殺掉我，好嗎？」

「只是舉例啦……啊，朱音妳真會畫圖。」

莉苑悄悄看向筆記本的內頁。朱音在空白處畫了毒芹的花。她並非特別喜愛這種花，只是以前在新聞看過。「小心別跟芹菜混淆！這種野草有毒。」畫面上大大的跑馬燈，呈現毒豔的色澤。

「是毒芹啊，不知道這種花有沒有花語？」

以疑問結尾，表示她正等著朱音回答。被那雙充滿期待的雙眼凝視，朱音不甘不願地回答：

「『不惜性命』、『妳使我喪命』。」

聽見回答，莉苑驚奇地睜大眼睛。

「哇，居然還有這種花語，妳好清楚啊。」

「小時候有一段時間很著迷，所以記起來了。當時純佳突然迷上花語，我們把所有的花語都查過了。」

「還有其他有趣的花語嗎？」

「我也不知道妳會覺得哪個有趣。不過花語會因國而異，而同一種花有時候也有好幾種意思……啊，這個應該滿有意思的吧？」

朱音在毒芹旁邊迅速畫下水仙花。畫得真好，對於莉苑的恭維，朱音不怎麼排斥。

「不是有個納西瑟斯的神話嗎？傳說中美少年納西瑟斯愛上倒映在水面的自己。納西瑟斯死後成了水仙。因為這個神話，水仙的花語就成了『自戀』或『自愛』。」

「喔喔，還有其他的嗎？」

「其他的嗎？妳有沒有什麼想到什麼花？」

「花啊……」莉苑雙手環抱，歪頭思考。

「龍膽呢？」

「龍膽有很多。像是『誠實』』，還有『我喜歡憂傷的妳』，大概是這樣。」

「勿忘我呢？我記得妳說過妳喜歡勿忘我吧？」

「妳居然記得。」

「印象有點深刻。」

勿忘我是有著密集淺藍色花瓣的小花。原生地似乎是歐洲，但現在在日本已經野化，遍布各地。

「勿忘我的花語一如其名是『別忘了我』，據說由來是一則淒美愛情傳說。」

「好浪漫啊。」

「此外還有『真實之愛』……跟『真正的友情』。」

「哦，『真實之愛』啊？所以妳才會喜歡勿忘我嗎？」

這句「所以」前面接了什麼原因？目不轉睛回望莉苑的雙眼，仍無法讀出她的真意。朱音縮回頭，給了不清不楚的回應。

「妳說呢？說不定我只是喜歡外型。」

哼，莉苑不滿地噘嘴。頂著明顯厚繭的中指，在朱音畫的毒芹上溫柔地多次反覆觸摸。

每個人心中都懷有美妙的回憶。就像偷偷收藏在瓶中的頂級蜜糖，攤在光芒之下就會閃閃發亮。從瓶子裡拿出一點點內容物，把小指指尖浸在裡頭。光是舔上一口，甜美幸福的氣氛就會在腦內飄散開來，讓人得以在片刻之間沈浸於幸福的餘韻中。而朱音在逐漸褪色的記憶下，也悄悄收藏著這種無比尊貴的回憶。

「我們接下來要去哪裡？」

閉上眼睛，就能見到幼時的純佳正歡笑著。圓嘟嘟的臉頰就跟剛出爐的麵包一樣柔軟。現在散發出沉穩氣質的她，小時候也很頑皮。不想惹父母生氣的她謊稱要去附近的公園玩耍，跟朱音去了很多地方。車站前的商店街、學校附近的博物館。免費的展覽，還有郊外的河堤，以及謠傳有鬼出沒的樹林。小學時代的她們腿不長，去得了的地方有限。即使如此，仍有許許多多的風景在兒時的朱音眼前拓展，遠比升上高中的現在多。兩人曾在許多地方一起冒險。

當時的世界美麗動人，因為有純佳牽著她的手。

「這種花叫什麼？」

純佳說完看向朱音。她食指指的地方，有著粉紅色的花朵聚在花壇中盛開。車站前的兒童公園有各式各樣的花園著水池種植，正好足夠兩人尋找沒見過的花。等我一下，朱音邊說邊認真地翻閱手中的花語辭典。找到刊登著相同花朵照片的頁面，朱音得意洋洋地回答：

「這是百合，花語會因顏色而不同。百合本身的花語是『純真』或『純潔』。」

「純潔？這樣啊，真有意思。」

儘管純佳不見得理解這詞彙的意思，依然滿意地拍響了手。說起這時候朱音與純佳最熱衷的事，就是像這樣一個個調查身邊綻開的花有什麼花語。順帶一提，辭典是純佳從家裡帶來的，據說是她央求母親買來的書。

「啊，那個呢那個紫色的！在浴室常常會看到。」

純佳接著指向外型奇特的花。紫色顆粒環繞著綠色花梗叢生，就像煙火。一如純佳所言，朱音也的確曾在藥妝店的入浴劑專區見過這個形狀。

「這是薰衣草。花語有很多，像是『懷疑』、『不信任』、『我等著妳』。」

「怎麼好像意思都不太好？」

「好奇怪啊，明明就這麼香。」

隨著風傳入兩人鼻內的香氣，甜滋滋的卻又有些清爽。將滿滿的氧氣吸入肺中，彷彿略帶淺紫色的空氣也跟著在體內漸漸堆積。

「我們再去找其他的花吧。不要這種的，要很少見的！」

聽見純佳的提案，朱音猶豫地低吟一聲，少見的花真能這麼隨隨便便就找到嗎？兩人思考了一陣子，純佳突然靈機一動地拍手說道：

「我們去鬧鬼樹林吧，那邊一定可以找到漂亮的花。」

「也對，那邊有很多植物啊。」

「得在天黑前過去。快走吧。」

彷彿要朱音心動不如行動，純佳拉起朱音的手拔腿就跑。朱音雖然心想樹林又不會逃掉，卻沒說出口。因為朱音也跟她一樣，興奮無比隨時都想飛奔。

她們馬上就到了鬧鬼樹林。所在處遠離公園的這片樹林，是有人管理的私有地。樹與樹之間維持固定距離，陽光自頭頂撒下。實際上非相關人士禁止進入，但這裡已成為附近孩子最好的遊樂場。而鬧鬼樹林這個名稱，是來自學校某個人見到鬼站在裡面的傳聞。

「哇，有好多少見的花啊。」

「這花叫什麼啊？」

生長在樹林裡的花草呈現自由自在的形狀。先前在公園見到的花，每朵都像是經過加工似地有著相似的形狀，這邊生長在地面上的植物有些長了漫長的藤蔓，有些葉子已腐爛，每一種都充滿個性。一朵朵調查起來的同時，兩人越走越深入。順著樹木之間像是捷徑的小道前進，兩人最後來到一個空曠的地方。少了遮蓋日光的樹葉，視線被刺眼的光線所籠罩。強烈的日照讓朱音冷不防遮住眼睛。

「哇，好壯觀！」

身邊的純佳歡呼起來。她的聲音推了朱音一把，朱音畏畏縮縮地將手移開雙眼。

「……哇。」

她不經意地出聲，全是因為眼前有個如夢似幻的廣闊世界。天藍色的花朵就像柔軟蓬鬆的地毯在整片土地上盛開。小巧花瓣的縫隙隱約可見深綠色葉片，兩者的對比令朱音聯想起宇宙。在濃郁綠色中散落、宛如星塵的小碎花。隨風搖曳的花瓣就像委身銀河的群星悄悄閃爍。

「好厲害，地面變成天藍色了。」

不管往哪裡落腳看來都會踩到花，因此兩人站在原地。此後不曉得過了多久，朱音略帶遲疑對仍拜倒在眼前景色的純佳說道：

「這種花叫做勿忘我。」

翻閱辭典，立刻就找到花的名字。「真實的友情」，這種花的花語正好可以形容兩人的關係。

「我說啊，要不要把這裡當成我們的秘密基地？」

聽見朱音的提議，純佳吃驚得雙眼圓睜。烏黑的眸子倒映著勿忘我的藍。

「這提議超棒的！」

說完她樂不可支地高聲大笑。見到純佳大喜也讓朱音感到開心，忍不住也露出笑容。這麼美妙的地方，老師跟媽媽他們一定都不知道。這裡是只屬於兩人的秘密基地，全世界只有她倆知道這珍貴宛如寶石的風景。

「啊！那我們也把時空膠囊埋在這裡吧。」

朱音拍了拍手，就像自己想到了一個妙計。這陣子朱音班上的人受到班級藏書的影響，流行起好友一起埋藏時空膠囊。當然這時空膠囊也不是多正式的東西，而是靠上網查到的知識做出來的簡易版。

「真的能順利埋下去嗎？沒有標記可能不太方便。」

「啊，那我們在這本詞典裡寫下地圖吧？」

給妳，純佳從書包拿出鉛筆。在這種時候負責畫圖的人總是朱音。

「沒關係嗎？這是妳的書耶？」

「沒關係啦。啊，對了。在時空膠囊挖出來之前，這本書就給妳保管吧。放在我這邊可能會弄不見。」

「咦？可是……」

「妳就不會忘記約定，比較可靠吧？我們要哪天來埋呢？啊，還得決定挖出來的日子。選哪天比較好啊？」

拋下不知所措的朱音，純佳自己規畫起來。朱音姑且在書的第一頁畫上這個地方的簡易地圖。進入樹林順著獸徑直直前進，接著拐進大杉樹的裡側。勿忘我群聚的區域有道和緩的斜坡，最終面向小溪。能當成地標的東西，大概就只有兩人所在處一旁的大石頭。朱音畫了一個大略的長方形，在裡頭畫上地圖。

「我記得那本書的主角，是在十六歲時把時空膠囊挖出來的吧。」

原來她現在還在思考挖出來的日子。純佳用難以斷定是自言自語的音量，嘀嘀咕咕說著些什麼。順便一提，她說的那本書是指班級藏書。

「我們也這麼辦。到了十六歲，我們兩個在今天這天再來這裡吧？要記下來，別忘了。」

純佳在朱音畫的地圖旁邊刻意用油性麥克筆寫下今天的日期與八年後的西曆年分。與粗粗的麥克筆線條相比，朱音用鉛筆畫下的線看起來脆弱極了

「到了十六歲，我還能跟純佳繼續在一起嗎？」

聽見朱音的低聲囁嚅，純佳不服氣地噘起嘴。

「妳怎麼說這種話，我們可是一輩子的朋友啊。」

純佳緊緊握住朱音的手，她那雙可靠的手總是牽引著朱音。謝謝妳願意跟我這種人做朋友，朱音回握純佳的手以傳達自己的心情。呵呵，純佳笑了，她的雙頰就跟夕陽一樣紅潤。

從那天起勿忘我就在朱音心中占有特殊地位。兩人一起埋的時空膠囊，如今仍躺在地下。為防止受潮，她們把信裝進塑膠袋又收進餅乾罐裡，在上面用封箱膠捲了好幾圈密封。那是小學時代做的東西，說不定有那裡步驟出錯；但封得那麼牢固，內容物應該還很完好。

從純佳手中接收的花語辭典，如今仍擺放在朱音書架的角落。掛在房間裡的月曆上，在那天決定的日子畫上了紅圈。不知道純佳是否還記著那天的約定？朱音把棉被蓋在頭上，安撫躁動不安的心。別期待了，現在的純佳與以前的純佳不同了。自己的右手腕闖入視線，逼迫朱音認清狀況的變化，與往日不同的人也包含自己。朱音將臉埋進枕頭，斬斷往日的回憶。記憶中自己牽起純佳小手的手腕上，沒有任何醜陋的傷疤。

中學三年級冬天，純佳興高采烈向她展示的簡章上，印著知名私立高中的校名。金光閃閃的簡章顯然使用了上等的紙材，宛如對報考學生誇耀校方多麼闊綽。

「所以我覺得這間高中也不錯。」

純佳說完露出笑容。對純佳來說，那大概只是一時興起吧。受夠了漫無止盡的備考生活，因而受到包準能考上的高中所吸引。朱音也很清楚不過就是這樣，但如果純佳是認真的呢？她們明明多次約定要上同一間高中，純佳卻輕易地要丟下朱音前往別的世界。她真能容許這種事嗎？

當晚，朱音就用美工刀割腕了。

下一次清醒過來時，朱音人在床上。她不知道什麼時候被救護車送走，回神一看左手手腕仔細細纏上了繃帶。妳為什麼都不跟我說？妳說什麼我都聽，別再做這種傻事了。母親哭皺了臉。在此之後來到病房的純佳，也依照朱音的願望答應她不換志願。這一刻朱音發現自己的生命也能成為武器。只要割腕，母親就會變得溫柔。只要把死掛在嘴上，純佳隨時會趕到自己的身邊。只要付出自己這個代價，一切都能順心如意。世界以朱音為中心運作。

割腕開始會被母親無視，是在高中一年級的夏天。妳給我差不多一點！母親賞了她一巴掌。當時傷疤已不限於手腕，密布在整條手臂上。朱音歷來都拿自己當籌碼，要母親讓步，然而如今母親卻在討價還價時翻盤。

「媽媽已經累了。」

母親對流血的朱音置之不顧，躲進臥室裡。手腕目前仍鮮血淌流，母親卻絲毫沒有要帶朱音上醫院的動靜。為什麼？不是傷害自己，媽就會聽我的話嗎？這不是世界的規則嗎？單方面放棄以往的累積，不就是違反規則嗎？朱音明明沒變，世界卻擅自改變了。

「……純佳，我想死。」

朱音隔著電話向純佳哭訴。這麼一來，不管時間再怎麼晚純佳都會趕到朱音的身邊。如果將世界比喻為將棋盤，純佳就是王。

只要有她在，朱音就不會輸。

「妳知道嗎？聽說細江愛為桐谷美月退社耶。」

「是喔，她也有體貼的一面啊。」

「她們兩個之間有種特殊的氣氛呢。」

這樣的閒言閒語傳入伸在走廊的朱音耳中。聊八卦的人是別班的女生。從她們身上T恤的標誌來看，應該是網球社的人。入學過了幾個月，朱音終於也漸漸習慣起這間學校的生活。夏日來臨，連日熱氣蒸騰，朱音卻為了掩蓋傷疤無法穿著短袖上衣。幸虧冷氣很強的教學大樓內，夏天也能見到零星穿著長袖上衣的學生。

「啊，是高野同學。」

網球社的雙人組忽然指向窗外。目光沿著她們的手指看過去，朱音見到穿著學校規定運動服的純佳正在向社員分發飲料。被男生環繞，更是突顯出她的清瘦。

網球社雙人組繼續對話。

「什麼，妳認識高野同學嗎？」

「我們在班長會議見過幾次。」

「原來如此，高野同學是二班？」

「對。身兼社團經理與班長，似乎很忙。虧她扛得住。」

「不過她就是工作狂那型的吧，這種人不是挺多的嗎？」

「妳說我嗎？」

「哇，妳真會說笑。」

「妳語氣怎麼這麼平板啦！」

哈哈哈，兩人邊發出吵鬧的笑聲邊朝轉角離去。朱音將手撐在窗框上，茫然望著操場。融入足球社員內的純佳看起來神采奕奕，遠比跟朱音在一起時還有活力。

升上高中沒多久，純佳就進入足球社擔任經理。朱音當然也想馬上跟著進足球社，然而阻止她的不是別人，正是純佳。

「朱音妳啊，比起在背後支持他人，更該先把自己手腕的傷治好。我覺得妳最好別參加社團活動。」

「那我就先不參加社團吧，不過我們可以一起回去吧？我在教室等妳到社團結束，可以回去的時候來教室找我吧。」

「妳說每天嗎？」

當然是每天，純佳必須常伴朱音左右。大概是因為朱音把不滿都掛在臉上，純佳略感困擾地瞇起雙眼。

「對不起啦，每天一起回家吧。」

「這還用說。」

見到朱音嘛嘴，純佳露出不自然的笑容。為什麼她要露出這種表情？純佳理當也想跟朱音待在一塊吧？

「我今天不方便一起回去，所以妳先回去吧。」純佳說。

定時炸彈化為語言，落在朱音每日固定固定享有的權利上。她的手臂惴惴不安搓揉起來，是否是出於內疚？升上高中的純佳，出落得比孩提時代更加動人。

「明天呢？」

「咦？」

「明天沒辦法一起回去嗎？」

「可、可以啊，不過妳得像平常那樣等到社團結束。」

「那就好。」

朱音其實很生氣。純佳居然把細江愛擺在自己前頭，天下可沒有這種道理。即使如此她也沒責備純佳，是因為朱音希望純佳能自己發現。最適合她的對象，就只有朱音。

放學後的教室只剩下朱音一個人。平常總是陪著自己的莉苑，也跟純佳一起去了咖啡店。

「我今天不方便一起回去。」

同一句話在耳邊反覆響起。純佳的確一臉鐵青吐出了這句話。她明明就找了莉苑，卻打從一開始就沒找朱音。

莉苑第一次找朱音搭話，是在畢業旅行過後。當時她說的話，朱音至今仍記得。

「我沒打算從妳身邊搶走純佳，那妳願意跟我好好相處嗎？」

莉苑一派熟絡地直呼著純佳的名字。在這之前只有朱音一個人會直呼純佳的名字。朱音其實很想拒絕，但她特地請示朱音自己是否能跟純佳交好，也就是說她在暗示朱音的地位比莉苑自己高。莉苑深知自己不是純佳最好的朋友，她很尊重朱音，所以朱音准許她當純佳的朋友。

「妳也叫我朱音就行了。」

她說這句話絕非表示她承認莉苑是朋友。如果她們三個人待在一起，莉苑獨獨直呼純佳的名字，周遭的人一定會誤以為莉苑跟純佳特別親密，所以朱音才准許莉苑直呼自己的名字。並非只有妳才在純佳心中有特殊地位，朱音的許可隱含了這種牽制的意義。

朱音撐著臉頰，用空下的手滑著手機。細江愛是朱音最感冒的類型。首先她是個大嗓門。她就算在跟其他人說話，全天下都聽得到她說了什麼。笑聲也是又吵又粗鄙，又穿著討好男人的暴露服裝。態度也咄咄逼人。她渾身上下沒有半個優點，公認的美貌到頭來也是靠化妝撐出來的。那種一看就知道是假的睫毛哪裡好，朱音實在無法理解。

打開社群網站頁面，立刻冒出拍貼的影像。細江愛。朱音追蹤的發文頁面，充斥著大量修過的自拍照。

「今天跟班上同學來吃蛋糕，我是巧克力塔！」

剛發布的貼文配了一張調成復古色調的照片。完美對著鏡頭的細江愛與桐谷美月，銜著叉子做鬼臉的莉苑，她的身旁則是笑得露出白齒的純佳。照片散發其樂融融的氣氛，讓朱音狠很啐了一聲。才上傳照片，立刻就有許多看起來像愛朋友的回應。

「全都是正妹！外貌水準太高了吧。」、「那家蛋糕好吃嗎？我一直很有興趣。」、「妳剪劉海啦？好可愛。」、「只有愛一個人特別突兀，變成混進好學生裡的太妹啦！」

半開玩笑的留言大概是來自其他學校的朋友。愛對留言的回覆也透出熟稔的氣氛。朱音無法理解為什麼要特意在外人能瀏覽的網路上進行私生活互動，想來她們大概有她們的考量吧。朱音又看了一次上傳的照片。莉苑身旁的純佳正露出純真的笑容。朱音這一陣子從來沒見過她這麼快樂的表情。

「約好下次同一批人再出去玩！去哪裡好呢？」

隨後又有照片與貼文一起發布。與剛才的照片不同，這次是雙人照。純佳與愛湊近到肩碰肩的程度，對著鏡頭露出笑容。與一派大方的愛相比，純佳看起來有點不好意思。

「為什麼要露出這種表情？」

脫口而出的呢喃近似於慘叫，為什麼純佳開始不會在朱音身邊展現笑容了？為什麼現在純佳不在朱音身邊。明明說好一輩子是朋友。為什麼純佳會在那個女生身旁露出笑容？

朱音閉上雙眼深呼吸。獲得新鮮氧氣的血液讓遲鈍的腦袋活躍起來，驟然加速的思路構築起對現實的新解釋。

「是因為純佳變了嗎？」

這樣一想就合情合理多了。沒錯。仔細回想看看，她從懂事起一直是個好孩子。這種狀況下突然有個像細江愛的太妹出現在面前，純佳當然會深受吸引。人就是喜新厭舊，而朱音就是純佳心中的舊。那麼如果朱音想像以前那樣讓純佳擺在第一位，她又該怎麼做？答案很簡單。

——只要她證明自己是超越細江愛的人就行了。

這一瞬間她的視野大開。心頭的鬱結難以置信地一掃而空，自己該採取的行動逐一浮現腦海。

朱音啟動程式打開自己社群網站的帳號頁面。頁面上寫著「ＡＫＡＮＥ」五字，顯示了與自己似是而非的虛構高中女生名字。她的發文全都是從極為平凡的學校生活擷取的片段。開開心心的學校活動，最喜歡的朋友，深愛自己的家人。宛如幸福的典型，平凡卻又美好的生活。見到貼文的人全都羨慕她的生活。然而實際上每天都過得開心快樂的「ＡＫＡＮＥ」，只存在於網路上。

「跟朋友一起來咖啡店吃蛋糕。巧克力塔好好吃。」

朱音在教室的角落面無表情地輸入文字。她儲存了剛才細江愛上傳的照片，剪裁照片方便自己挪用。確定照片上沒有留下任何人的臉後，朱音發表了一篇附圖的發文。

「好棒喔，看起來好好吃！」

某個人留下了簡短的留言。對方是不曾謀面、僅靠網路連絡的朋友。住在虛構世界裡的「ＡＫＡＮＥ」，受到大家的羨慕。

「ＡＫＡＮＥ的指甲好可愛！是自己弄的嗎？」

網友留言讓朱音又回頭看了一次自己上傳的圖片。仔細一看，細江愛的指甲上的確有別緻的裝飾。以粉紅色漸層打底，上頭點綴了零星的水鑽。手腕上掛著水藍色的大腸圈。細江愛這個人是由各種公認品味不俗的配件所構築。

「是啊。雖然不太會做，但我盡力了！」

朱音邊回信邊觀察起剪裁前的照片。短裙配上敞開的領口。略淺的褐色髮絲與波浪捲。具備這些要素的細江愛看起來的確比周圍的學生更時髦有形，但朱音有把這些元素發揮得比她更好的自信。就算擁有相同的東西，打扮成一樣的穿著，人的優劣依然會顯露於外。

朱音首先買了與細江愛一樣的鉛筆盒。她不動聲色卻腳踏實地將自己的私人物品逐步染上他人的色彩。新銳創作者設計的手機殼、雜誌特輯報導的貓型髮飾。用白線繡上商標的襪子、水藍色的大腸圈。查出細江愛的私人物品很簡單。關注她的社群網站，她就會自己散播關於自己的資訊。

朱音坐在自己房間的書桌前，從化妝包拿出自己化妝品陳列在桌上。

新唇膏的顏色是讓氣色看起來比較紅潤的珊瑚粉。粉底採用母親從百貨公司買來的高級品牌。選擇裸色指甲油的次數增加，是因為這樣比較不容易被訓導老師看穿。

一整排堆得滿滿的用品，全在細江愛的照片中登場過。從頭頂到腳底，朱音將沁入體內的個性一點一滴削除。憑良心講，朱音也不想做這種事，但這也是無可奈何。若她不這麼做，純佳就不會理睬朱音。她必須做得更絕，不然就會被純佳討厭。

「妳染頭髮了啊？」

去找設計師的隔天，首先對朱音的變化有所反應的是莉苑。朱音一在自己的位置坐下，莉苑就興奮地跑來坐在隔壁的位置。

「哦哦，顏色變比較淺啦，這個顏色感覺很穩重。」

「太招搖會被老師念啊。」

放在手邊的隨身鏡是細江愛喜歡的牌子贈品。旁分的劉海、敞開到鎖骨的襯衫。指甲也細心修整過，睫毛則用睫毛膏刷長。眼線畫得比細江輕一些，沒上腮紅。朱音與鏡中的自己四目相望，眨巴著眼。很好，自己肯定比較可愛。就算是用同樣的材料打造，在所有項目上自己都比那女孩更勝一籌。

「感覺朱音變得好像愛。」

莉苑笑吟吟地說。被她那雙骨碌碌的大眼珠凝視，朱音不知為何感到坐立難安。大概是因為她的氣質太過童稚。對莉苑說謊，讓朱音感覺心裡有疙瘩，對其他人說謊倒是無所謂。

「會嗎？只是碰巧打扮得像吧？」

朱音將視線移向窗外。天空一片晴朗，萬里無雲。讓人聯想起夏天的陽光，刺眼地映照著無人的操場。風一吹，砂土烤熱的氣味就會隨著乾燥的空氣飄來。朱音感到嘴唇乾涸，輕輕舔起嘴唇。唇膏吞進嘴裡，人工的柳橙香氣在口中擴散。

「那最近純佳很煩躁也是巧合？」

「當然是。」

似乎是受夠朱音賭氣不肯直視自己，莉苑刻意堵在朱音面前，闖入她的視線。

「真的？」

逆光讓朱音看不清楚她臉上的表情。

「嗯，真的。」

朱音搖搖頭，俯視自己的手腕。跟細江同款的大腸圈壓在長袖襯衫上頭，在手腕上圍成一圈。

「那就好。」

莉苑將手靠在桌上，在原地蹲下。她伸出頭雙眼冒出桌面，鬼鬼祟祟窺伺著朱音。「這件事一點也不重要。」她半開玩笑地說，「不過我個人比較喜歡之前的朱音。」

妳住口，這句話差點就要脫口而出，朱音千鈞一髮之際又吞下肚。朱音如果維持自己的風格，會有什麼下場？她至今一直維持著自己的風格，但純佳就是不肯回到她身邊。

朱音感覺喉嚨隱隱作痛。她吞下嘴裡湧出的口水，低下頭。莉苑率直的眼神現在成了傷害朱音的利刃。

「抱歉，妳別掛在心上。我只是開個玩笑。」

莉苑說完起身。這句話很明顯只是她在打圓場。朱音回不了任何話語，宣告早上導師時間的鐘聲就響起了。啊。莉苑裝模作樣地用手遮住嘴。

「打鐘了，我回座位嘍。」

朱音默默目送莉苑離去的背影。她的目光順勢移動，赫然見到純佳正與細江有說有笑。前一陣子換座位，兩人坐到一前一後的位置。呀哈哈，發出低俗笑聲的細江，正用手指捲著自己燙捲的頭髮。真蠢，朱音含著這聲嘟囔，用食指捲起自己的髮尖。事到如今她已無法罷手。

「我一直暗戀中澤同學。」

接到臨時的召喚前來赴約的博，一口答應了朱音的告白。老實說朱音還以為得多費幾番工夫大感意外，博不接受告白是人盡皆知。

「喜歡的人居然也喜歡自己，真是個奇蹟。」

自己的樂福鞋踏在博的影子上。朱音把這張構圖比較潮的照片發表在「ＡＫＡＮＥ」的帳號裡。「男朋友感覺挺帥的耶，好想看臉喔。」陌生人稱讚起只拍到了剪影的照片。「長相是祕密。」朱音立刻回覆。在完全不認識現實生活中的朱音的人眼裡看來，「ＡＫＡＮＥ」大概正值幸福的頂點吧。

「……奇蹟嗎？」

掃視自己的打下的文字，朱音重重地嘆了口氣。交往過後才知道，中澤博是個爛男人。有時候朱音感覺他看不起自己，聊天時也沒有要炒熱話題的意思。細江愛到底為什麼會選這樣的男人？儘管朱音滿腦子疑問，卻也不打算結束關係——因為他是讓競賽順利進行下去所不可或缺的棋子。

就像下將棋必須吃掉對方最重要的棋子，在現實世界若想勝過對手，就必須搶走那個人心目中最重要的東西。而細江愛心目中相當於將棋的「王」，就是中澤博。他是細江愛求之不得的男人。她那麼思慕的博，眼下可是對自己百般著迷。

「我果然比細江那種人優秀多了。」

只要繼續努力下去，純佳想必也會領悟她們兩個人誰才最適合自己。朱音吹吹指尖，好讓塗上的指甲油乾快一點。自己宛如櫻貝的指甲，與今天在早上才看過的細江愛的手，呈現一模一樣的顏色。

自從與中澤博開始交往，細江愛對朱音就越來越凶狠；然而相較之下班上文靜型的女同學反而對朱音的行動頗有好評。對於她們這些打從入學就看不慣細江愛的人來說，其他女生搶了細江的前男友是值得拍手叫好的事。

「朱音妳啊……」

聽見呼喚轉過頭去，純佳一臉尷尬地站在身邊。每週星期三的全球英語課程在預定結束時間的整整前五分鐘下課。滿腦子只想著打扮的年輕男性教師，今天捲起的袖子之下也戴了一只造型講究的手表。學生在他迅速離開教室後，紛紛開始準備回家。今天純佳也有社團。準備按照慣例自習的朱音翻找起書包，此時純佳突然找上她。

「妳怎麼不跟男朋友一起回去？妳跟我們回去不太對吧？」

「為什麼？」

此時朱音所說的「為什麼？」，具有多重含意。為什麼純佳妳要問我這個？為什麼我跟妳一起回去不太對？為什麼純佳說的「我們」沒包含朱音？

「這還用問……」純佳似乎沒想過會被回問，一臉不解皺著眉，「一般來說不是都會想和男朋友膩在一塊嗎？你們才剛開始交往，而且告白的人是妳吧？」

「或許是吧。」

「朱音，妳真的喜歡中澤同學嗎？」

純佳的手緊握著朱音的手腕。儘管她沒使力，力道還是足以弄疼仍有傷痕的皮膚。朱音反射性皺起臉孔，純佳進一步向前。

「我可以相信妳吧？妳是真的喜歡中澤同學吧？」

要信我什麼？這種說法聽起來不就像是朱音傷害了純佳嗎？她明明就為了純佳這麼努力。

「我不懂妳問這個是什麼意思。都跟他交往了當然是喜歡啊。所以我跟中澤同學一起回去，妳就會滿意了嗎？」

語氣自然帶刺起來。抓住手腕的力量減緩，兩人的手臂順勢垂落。純佳咬著嘴唇稍加思索，接著把話說開。

「沒錯，就是這樣。」

「為什麼？」

「因為──」

此時純佳烏黑的眼珠不經意轉了起來。正要步出教室的細江愛與桐谷美月對兩人投射驚愕的眼光。細江對著她們似乎想說些什麼，被桐谷強行推到前方。細江回望的臉全寫著不滿，卻仍不發一語離開教室。

純佳開口：

「因為這樣我每天都能確認朱音除了我以外，還有別人能依靠。」

「這樣能讓妳開心嗎？」

「對。」

「我跟中澤一起回去，妳就滿意了嗎？」

「……對。」

「那我從今天開始就這麼辦。」

聽見朱音的回答，純佳如釋重負地露出笑容。今後沒辦法跟朱音一起回家，她居然像是打從心底感到高興。

「那我要去社團了。」

純佳像是在表示該說的話都說完了，隨即離開朱音身邊。朱音目送著她的背影，在心裡自言自語——大騙子。

不需要等待純佳的放學時間，就跟摻水的湯一樣乏味。朱音把東西塞進書包從座位起身。中澤是個愛念書的人，但也因此無法天天跟朱音一起回家。補習班、自發性溫書、特別課程。他身處的環境變化速度極快，朱音只能遙遙旁觀。兩人行程可以配合的時候才會待在一起，唯有在這個時候朱音才會扮演中澤理想的女朋友。朱音對中澤絲毫沒有愛意，但他是擁有細江愛前男友這個地位的人，朱音喜歡他就像是喜歡造型可愛的名牌包。

莉苑目前似乎照舊會跟純佳一起回家，但在放學後見到她身影的機會一下子變少了。她現在大概在圖書室與桐谷美月口沫橫飛聊著書。莉苑就是這種人。她沒跟朱音斷絕關係，卻同時跟細江愛與桐谷美月也建立起良好的關係，說穿了就是老油條。

「在搞什麼啊。」

「也太蠢了吧。」

留在教室的女生指著窗外笑鬧。其中一個人曾經跟朱音一起行動，她是美術社的石原惠。跟她待在一起的人是廣播社的學生。那兩個人屬於氣質相近的女學生團體。儘管是人口最多的小圈圈，卻是沒什麼影響力的不起眼團體。朱音曾在畢業旅行被迫與石原惠共同行動，但說真的跟那種女生待在一塊讓她很痛苦。對方看重她這點是很好，可是被人看到她們混在一起讓朱音很沒面子。該放在身邊的人，果然還是長相有純佳或莉苑那種等級的女生。儘管她不願承認，細江愛與桐谷美月的外貌倒也符合朱音訂的美女標準。

「為什麼男生就愛玩這些有的沒的？」

「不就因為他們幼稚？」

「啊，又開始玩鬼抓人了。」

「足球社每次都搞這套。」

嘻嘻嘻，少女唇齒間洩出的笑聲，透出傻眼與好感。朱音裝作沒有興趣，卻還是看了一眼窗外。操場上的足球社員正打打鬧鬧互相追逐。顧問曾經苦口婆心告訴他們，就是不練習才無法提升實力，但朱音覺得沒有必要提升實力。反正社團活動到頭來也是打發時間。

「啊，田島同學絆倒了。」

「是說田島同學跟細江同學關係很好呢，有時候還會聊天。」

「他們好像中學時就認識了，總不能無視她吧？」

「田島同學人太善良，每次燙手山芋都會丟給他。」

「好可憐啊。」

在操場的中央，田島俊平正愛裝瘋傻。某個社員笑了出來，接著與他嘻嘻哈哈玩了起來。他們彷彿在向周遭誇耀感情的行動，到底有多少真實可信？田島俊平跑出圈外，有人追趕上來。看來鬼抓人還沒結束。朱音沒興趣繼續看下去，視線回歸手邊，接著從座位起身開始收拾。這段期間少女又熱絡地聊起其他話題。

踏出教室，校內沒什麼人影。朱音再次背好書包，快步穿越走廊想盡快離開這個地方。此時朱音的視線冒出脫離日常的景象。隔著中庭的另一頭，特殊教室聚集的北棟教學大樓走廊，有一名少女正全速奔馳。她是近藤理央。她跟剛才在教室的石原惠很親近，是個低調文靜的女學生。看起來與運動無緣的她正氣喘吁吁地狂奔。看來上天給了時間多得發慌的朱音最棒的解悶之道。

朱音走過穿堂來到北棟教學大樓。近藤的身影從窗上消失，正好是在這附近。朱音眼前有座樓梯，通往樓頂的位置放著兩個交通錐，阻止行人繼續前進。只不過這種東西有等於沒有。穿過並排交通錐中間的空隙，朱音躡手躡腳朝樓頂前進。老師曾說過通往樓頂的門上了鎖，但從樓梯間往上看，可以看到樓頂入口有些微縫隙。難道是近藤理央開的門？朱音一口氣爬上樓梯靠近門板。門上掛的鎖頭沒被撬開，而是用鑰匙打開。透過門的縫隙窺視樓頂的狀況，她看到近藤直接坐在水泥地上，縮得小小的身影看起來淒慘無比。

為避免近藤察覺，朱音的手離開門把。她正要直接倒退走，室內鞋跟就碰到了某個東西。她好不容易閃開，看來她是擦到了消防用水桶。不鏽鋼製的水桶兩個疊在一起，從鏽斑看來已歷經風霜，光是觸碰似乎就會弄髒手。

忽然之間，朱音的目光注意到了水桶的握把。硬鐵條正中央一帶裝上的白色塑膠握把，不知為何格外光潔。水桶本身這麼骯髒，怎麼可能唯獨握把一塵不染？朱音從口袋掏出手帕，抓住上面的水桶握把使力拔起。啵，隨著空氣噴開的聲音響起，水桶出乎意料輕易分開了。

「……原來是這樣。」

朝裡頭一看，底部放著小小的鑰匙。從尺寸看來準沒錯，這就是封閉樓頂鎖頭的鑰匙。雖然不知道近藤弄來這把鑰匙的來龍去脈，看來她用了這把鑰匙霸佔樓頂。朱音本想撿起鑰匙，卻在中途罷手。得到這把鑰匙又有什麼用？朱音根本沒有去樓頂的理由，拿著鑰匙只是佔空間，最後朱音還是將水桶歸回原位。

朱音走下樓梯，朝出口前進。足球社的男生還在操場上開開心心地跑來跑去。田島俊平在中央蠢兮兮地捧腹大笑。他受女生歡迎這點很有名。雖然長相不算端正，外型倒也乾乾淨淨。天真開朗又大膽的個性，顯示他在成長過程中飽受喜愛。瘋瘋癲癲的還能受到容許，不外是因為他這個人受到全世界的接納。沒有存在權利的孩子為了獲得這種權利，必須付出許多努力。缺乏力量的孩子不能保持傻乎乎的樣子。他們必須適應環境並改變型態，最終才能獲得存在於人們眼前的權利。

朱音想起剛才近藤的身影。帶著哀愁的渺小背影。近藤很可憐。她委屈自己，窺看別人的臉色。做到這種程度，她才能在那個不起眼團體裡獲得發言權。如果朱音與她立場相同，絕對無法忍受。居然得對不怎麼體面、土氣又低等的人低聲下氣。被桐谷美月指責還能容許，就連細江愛，朱音也能忍耐。這是因為她們位於階級的高處，所以近藤理央很可憐，就連低下階級的人也這樣對待她。

※※※

她割開手腕。單薄的皮膚輕易受到傷害，鮮血從中溢出。朱音拿出滴管，吸取如一粒粒珠子冒出的血滴。透明玻璃的吸口附著了暗紅色的液體。自己的身體裡居然流著這樣的液體，實在是令她驚奇無比。她左右搖晃玻璃製的滴管，管內的血液微微震動。沉在低處的部分色澤黯淡，但黏在玻璃上的血卻呈現深紅色，近似血橙的果肉。朱音用了滴管，對著放在桌上的月曆擠出液體。紅色油性麥克筆畫下的簡單圓圈，陷入血海中逐漸消失。中央的數字顯示著今天的日期。朱音把滴管丟到地上，直接躺上床。傷口已經結痂，朱音的手上又增加一道醜陋的收藏。她雙手遮住眼睛，發出宛如野獸的咆哮。覆蓋身體的不安，就在今天這天搖身一變成為期待。

「……終於到這天了。」

兒時的自己畫下了那張像塗鴉的藏寶圖。從立下約定的那天開始，已過了八年的歲月。當時的約定，純佳是否還記得？

「她當然會記得。」
朱音緊緊抱住棉被，像苦苦祈求似地將布貼上前額。
「今天社團放假，我打算跟祐介去遊樂場～還有人要跟嗎？」
田島俊平在社群網站的發文，陸續有幾個友人回應。他是足球社社員，也就是說同為足球社社員的純佳今天勢必也沒有社團活動。
期盼已久的放學鐘聲響起。朱音抓起書包，立刻跑到純佳身邊。
「純佳，今天可以一起回去嗎？」
正在把課本塞進書包裡的純佳抬起眉尾，她的視線落在正與細江兩人談笑風生的莉苑身上。
「我們之前不是說好，以後不會一起回家嗎？」
「是、是沒錯啦，但今天我想去一個地方。」
「想去一個地方？那妳就跟男朋友去啊。」
純佳冷冷地把球丟回來，讓朱音非常困惑。難不成她忘了這麼重要的約定？
「我不能找中澤同學，非純佳不可。」
「我才不管，已經有人先約了。」
「有人先約？」
這怎麼可能？朱音冷不防抓住正準備離去的純佳手臂，純佳的嘴角不悅地抽動。

「真的拜託妳別再纏著我，我等一下就要跟細江同學她們出去了。」
「又是細江同學？為什麼？」
「這很正常啊，我跟她們是朋友。」
純佳說完拍開朱音的手。為什麼？為什麼純佳會對朱音這麼凶？自己明明就為純佳這麼拚命努力。朱音到底欠缺什麼？她還能做什麼？
「純佳——」
朱音猛然呼喚那個奔向細江等人的背影。純佳一定不是有惡意，她只是不記得了。要是給她看那個東西，她一定也會恢復記憶。這麼一來，這次純佳想必真的會回到朱音身邊。沒錯，就像以前一樣！
純佳沒回頭。即使如此，朱音還是對她丟下單方面的約定。
「今天晚上七點來車站前，我想給妳看個東西。」
右手的傷作痛起來。桐谷偷偷回望朱音，對她投射同情的眼神。
朱音捧著花語辭典踏進鬧鬼樹林。從那天之後過了多年歲月，森林的面貌也截然不同。小時候的覺得又大又恐怖的傾倒樹木，如今在朱音眼裡看來不過就是植物的屍骸。上頭覆蓋著綠色的苔癬，走近一看附近長了形似人魂的白色菇類。朱音靠著拙劣的地圖與記憶繼續前進。太陽漸漸下山，沒有街燈的空間變得幽暗。目前沒有照明還能勉強行走，要是挖掘太花時間，可能會看不到腳邊造成危險。每當悉悉簌簌的恐怖聲響傳來，朱音就會當場停下腳步。一凝神諦聽，耳邊淨是風吹過樹木縫隙的聲音，令她感到渾身發冷。她把襯衫袖子拉到手肘，擦掉前額冒出的汗水。入學時與純佳一起買的成對樂福鞋，被泥巴弄得髒兮兮。

走了一段時間，視野突然變得開闊。她穿過樹林來到了廣場。朱音用手摀著激烈跳動的心臟，當場蹲下。她對附近地上的巨大岩石有印象。沒錯。這裡就是約好的地方。朱音反覆深呼吸，抬起原本低著的臉。

欣欣向榮的綠草隨風搖曳。草葉尖銳如鐵絲，短短的莖十分纖細，暴露地面的根彼此交纏。聚集的草閃射生輝，銳利葉片一同晃動的景象，就像地獄的刀山。那只是隨處可見的草，連熟悉花卉的朱音都沒聽過名字。左看右看都很平凡的雜草，霸佔了從前的美麗廣場。當年滿地的勿忘我已不存在於此地。

朱音不發一語地照著地圖挖掘地面。大概是因為前幾天下雨，地面非常柔軟。翻開泥巴，她意外地很快就找到了時空膠囊。纏了好幾層封箱膠帶的膠囊看起來實在不怎麼精緻。朱音拿出美工刀，使力在發硬的膠帶上切出開口，接著從開口花了十幾分鐘拆開膠帶。經過一番奮鬥，她終於打開餅乾罐。

塞在裡頭的塑膠袋裝著兩封信。由於密封狀態良好，信看起來沒有受潮。雖然變了色，紙質也變差，拿出裡頭的信紙閱讀倒是沒有大礙。朱音用手帕擦拭弄髒的手，從袋子裡拿出信封。「給十六歲的我」。見到署名處寫的文字，朱音吞了一口口水。她首先從自己兒時寫的信看起，「時空膠囊成功了嗎？這是我在網路上查到的方法，我很擔心自己做很容易失敗。明天我要跟純佳一起去埋信。去只有我們知道的秘密基地。那裡長了很多的花叫做勿忘我。我告訴媽媽我發現很多沒看過的花，媽媽說有些花草有毒要我小心，不過勿忘我沒有毒所以不用怕。十六歲的我已經變成熟了嗎？現在也還跟純佳很要好嗎？功課好不好？未來想做什麼工作？有沒有喜歡的人了？有好多話想問妳，但要是妳告訴我就不好玩了，我不要問了。如果十六歲的我也跟現在的我一樣幸福就好了。再見。」

信的最後加上寫信當天的日期與自己的名字。朱音下筆時大概很煩惱，整封信到處都有塗黑的痕跡。她完全不記得自己寫了這樣的內容。

把自己的信放回塑膠袋，這次她打開純佳的信。她的信封裡放著兩張信紙，但紙大部分是空白。

「既然我現在正在讀這封信，那麼我跟朱音應該是沒有忘記，成功迎接了這一天。我很高興未來的我還跟朱音很要好。朱音很文靜，跟其他小朋友相比不太愛說話，但她是個很善良的人，我希望可以一直當她的朋友。如果朱音受到打擊，請未來的我一定要幫幫她。」

第一張信紙寫到這裡。翻到第二張信紙，紙上畫著大大的勿忘我，以小學生來說算畫得很好。用麥克筆上色的藍花底下，以強勁的字跡寫了一行字。

「朱音跟純佳一輩子都是朋友！」

見到這行字的瞬間，朱音跪倒在地。兒時的純佳就連在時空膠囊裡也會展現對朱音的需求。朱音的手指數次撫摸乾巴巴的信紙表面。她的視線搖晃起來。太陽已完全西下，世界被黑夜壟罩。這裡沒有光害，因此天空浮現了明顯的月影。無限撒落的輕柔月光將空氣染成一片蒼藍。

「我好想變得幸福。」

——像當時那樣。這種心願難道是不得體的願望？勿忘我消失無蹤，兒時的純佳也不復存在。世界沒有繞著朱音轉，再怎麼割腕父母也不會擔心朱音。她都知道，她都很清楚。即使如此，朱音還是想跟世界扳回一城。不管使用什麼手段，她都想找回幸福。

朱音粗暴地擦擦雙眼，默不作聲將時空膠囊放進自備的塑膠袋。打開手機，長方形液晶螢幕顯示了目前時刻。快七點了。朱音單方面跟純佳約定的時間要到了。純佳或許不會來，但萬一她來了呢？若真如此，就把這個時空膠囊給她看吧。請她回想起那天的事吧。這樣純佳想必就會理解，理解自己有繼續愛著朱音的義務。

通勤總是會進出的車站鄰近住宅區，因此有許多乘客。穿過票口的大人臉上都掛著疲憊的表情。朱音提著塑膠袋環視站內。票口前有人滑著手機動也不動待在原地，大概是在等人。朱音見到有人穿著與自己相同的制服。正在玩手機的她裙子很長。在黑色長髮遮蓋下看不清楚長相，但從身形判斷只可能是純佳。朱音小心翼翼邁開步伐向她出聲。

「純佳？」

少女對聲音有了反應，緩緩抬起臉。妳來啦？正要說下去的話，在四目相交的瞬間灰飛煙滅。

「……桐谷美月。」

妳怎麼會在這？為什麼不是純佳而是妳？朱音有一堆問題想問卻發不出聲音，全是因為這個當下她太過失望。

見到呆愣的朱音，桐谷美月難以置信地嘆了口氣。雙手抱胸的她指向朱音手中的塑膠袋。

「妳那個髒髒的是什麼，垃圾？」

隱含輕蔑的聲音讓朱音氣得直瞪眼。

「才不是。」

「是嗎。但看起來就像垃圾啊，該不會妳想讓高野同學看的就是這玩意吧。」

「為什麼我非得被妳這樣奚落？說起來妳怎麼會出現在這裡？純佳呢？妳該不會把純佳趕走了吧？」

「怎麼可能啊。是因為妳在放學時跟高野同學找碴，害我很擔心跑過來看。不過高野同學似乎也沒來，我真是白跑一趟。」

相較於拉高聲音的朱音，桐谷十分冷靜。她將亮麗的黑髮撥到耳後，以冷冰冰的眼神望著朱音，「妳現在還真是悲慘。」

「妳態度很差耶！」

朱音不禁出手要揪住她，然而桐谷卻一派悠閒抓住了她的右腕。她順勢使力握著手腕，痛得朱音哀嚎起來。桐谷的指頭正好按住昨天才割的傷痕。儘管已經結痂，太過用力還是會刺痛。

「妳放手啦。」

桐谷絲毫不在意躁動的朱音，雪白的喉頭發出輕笑。

「扮成這副德行，妳就成了愛嗎？」

「輪不到妳說。」

「跟不怎麼喜歡的男人交往，像個蠢蛋似地模仿他人，卻跟重要的朋友漸行漸遠。很不錯啊，這可是妳努力的成果。」

「妳閉嘴！」

聽見桐谷明目張膽的挑釁，朱音怒目相視。路過的乘客彷彿沒看過爭吵的高中女生，對她們投以好奇的眼光。

朱音動來動去，想掙脫那隻手的束縛，桐谷卻沒放輕力道。

「桐谷同學妳還不是老黏在細江同學的屁股後面跑。」

「啊？」

「說到底我根本沒有模仿細江同學的理由。我打從一開始就不覺得自己比不上她。中澤同學現在也是跟我在一起。細江同學嫉妒我還有道理，但我哪有嫉妒她的理由？」

朱音的反駁讓桐谷哈哈大笑。不知道是哪裡戳到她的笑點，她抱著肚子繼續狂笑。朱音趕緊趁桐谷鬆手時拉開距離。

「吼唷。」

桐谷語帶感嘆，擦掉眼角擠出的淚水。那副詭異的模樣讓朱音抱住了原本提在手上的時空膠囊。一使力，塑膠袋就悉悉簌簌發出噪音。

「妳在笑什麼？」

朱音的疑問不禁讓她揚起嘴角。

「妳說的話蠢到讓我發笑。」

「妳什麼意思？」

「愛怎麼可能因為妳跟中澤交往，就羨慕起妳這種人？說起來愛現在根本看不上中澤。」

「妳又知道了。」

「我當然知道。」

她彎起的眼角透出笑意。那是一張宛如貓抓到獵物的表情。她纖細白皙的手指緩緩順著朱音的輪廓劃過。中指最後來到嘴唇，輕輕觸動表面戲弄她。

「因為我是愛現在的對象啊。」

見到目瞪口呆的朱音，桐谷的表情得意起來。桐谷在跟細江交往？那朱音至今的努力有什麼用？她又是為了什麼跟中澤交往？

「那妳也跟我交往吧。」

回過神來，這句話脫口而出。要是無法贏過細江愛，純佳就不會理睬自己。如果桐谷的話是真的，朱音就必須得到桐谷。否則朱音就無法像純佳證明自己比細江愛更優秀。

「什麼鬼？這怎麼可能啊。」

桐谷嗤笑朱音的提議，立刻拒絕。

「我為什麼有必要跟妳這種毫無價值的人在一起？」

她以輕蔑與憐憫交雜的口吻大罵。毫無價值，這句話讓朱音心如刀割，超乎預期。

「……夠了。」

她受夠這些事了。朱音把抱在懷裡的時空膠囊朝地上一砸，接著衝出車站，直接逃離現場。一切都令人不耐。環繞在她身邊的一切皆是如此。誰來救救她？誰能從這個地獄救出自己？迫切渴望援手時，朱音的腦內浮現了唯一的人選。

朱音回到家，直接跑進自己的房間。她扯出椅子朝牆壁一砸。朱音順著怒氣大吼，用指甲抓著自己的手腕。瘡痂剝落，血塊掉落到地毯上。這樣大吵大鬧，母親也不會來房間查看，她已經放棄女兒了。

朱音從抽屜拿出美工刀，將刀鋒對著皮膚一抹。好痛，但這樣還不會死，朱音也知道。即使如此，朱音仍追求疼痛。經歷這麼淒慘的遭遇，自己多麼可憐。大家都對自己好冷淡。但是某個人例外，只有她會無條件站在朱音這邊。

我現在還可以相信妳嗎？

血從手腕湧出。從通話紀錄撥打的電話立刻串連了自己與她。朱音撥打過無數次。從小開始打了幾千幾百次。

「純佳，我不想活了。」

妳快來救我。我只要有純佳就別無所求。朱音直到這刻之前，都天真地以為對方聽得懂她的弦外之音。

「那妳為什麼要打給我？怎麼不去跟男朋友談談？」

與嘆息一同說出的話語，是明確的拒絕。在此之前無論是什麼狀況，純佳從來沒對朱音晚上打來的電話發飆過。過去的她總是隨傳隨到，明明過去就是這樣。

出乎意料的回應讓眼角擅自溫熱起來，彷彿被人從腦門敲了一記。朱音震撼到無法呼吸，嘴巴開開合合。

唉，純佳再次嘆氣。

「朱音妳到底是怎麼搞的？老是把想死掛在嘴上，裝腔作勢地割腕，明明就沒有半點死意。妳只是在利用我，因為只要妳這樣說我就會隨著妳的意思行動。」

呼吸狠狠地哽著，純佳接下來說的話語幾乎都沒聽進耳裡。心臟跳得好用力。她明明努力忍耐，卻從剛才開始就哽咽不止。

純佳大叫。

「妳既然不想活，那就快點去死啊！」

電話直接被單方面掛斷，朱音只能呆愣愣地望著結束通話的手機螢幕。

純佳已不再需要朱音。說好要一輩子當朋友，她卻翻臉不認帳。桐谷說得沒錯。純佳不再需要的自己，已經失去活著的價值了。

「別活了。」

在朱音下定決心的那刻，她的腦中閃過一個東西。那就是近藤藏在水桶裡的北棟教學大樓樓頂鑰匙。只要有那個玩意，朱音就能上樓頂，然後她就能從那裡跳樓！

在學校跳樓自殺，要傷害純佳的心，這是最棒的情境。

打開書桌第二層抽屜，裡頭裝著大量的信件組合，這些全是住院時母親給的。「待在病房很無聊，用這些寫信給同學吧？」儘管母親這麼說，到頭來朱音還是沒碰這些東西。

朱音拿出信紙，高舉至日光燈下。再怎麼趕著尋死，計畫依然重要。朱音絲毫沒有懷著屈辱死去的意思。該怎麼做才能用自己的死亡對輕視朱音的人造成最大傷害？苦思許久後，朱音靈機一動想到一個計畫。

明天第七節課是共同授課的體育課，會在體育館上課，這段時間教室沒有任何人。朱音要在這段時間潛入教室，在班上女生的桌子裡塞入把她們找出來的信。一定會有一些女生無視她的邀請。二班個性自私的女生很多。表面上看起來很善良，內心卻很怕麻煩。她要讓這些人背負對同班同學見死不救的污名。無視朱音請求的女生，想必將會因為沒理會信而受到周遭的非難。朱音一個個回想起班上女生的臉孔，接連製作簡短的邀請函。石原惠與近藤理央等人所屬的生疏小圈圈。細江愛與桐谷美月那種直接結下梁子的對象。信的內容接二連三浮現腦海，工程順利進行。要給純佳的內容最簡單，只要寫下會刺激她良心的內容就好。

「……莉苑啊。」

朱音停下手，是在寫給莉苑的信正要開工時。論莉苑本人，朱音其實印象還不差。她跟細江與桐谷不同，跟純佳深入來往時曾明確徵詢過朱音。但要是自己明天就要死了，莉苑想必會一臉理所當然地補上純佳身邊的位子吧。「妳失去朱音真可憐，我來安慰妳。」她說不定會這樣大言不慚，利用朱音拉近兩人的距離。這在道德上難道沒有問題？怎麼可能，當然有問題。

朱音唯獨在莉苑的信上寫了要她遠離樓頂的內容。明天她要從水桶拿走屋頂鑰匙，放進給莉苑的信裡。這麼一來大家一定會認為是莉苑偷了鑰匙，純佳也會對莉苑心生懷疑。擁有樓頂鑰匙的人是莉苑，而鼓吹朱音自殺的也是莉苑。只要讓大家這麼認為，本性耿直的純佳就會排拒莉苑。朱音覺得自己的復仇計畫還真是完美到令人陶醉。

寫完全班的邀請函，朱音接著著手撰寫遺書。她是自殺，當然要準備遺書。她必須讓看這封信的人了解自己痛苦到尋短。細江愛與桐谷美月是最差勁的敵人。不讓她們嘗嘗苦頭，朱音嚥不下這口氣。樓頂的鑰匙就謊稱成是莉苑給她的吧，這麼一來，信上說莉苑勸她自殺也更有說服力。莉苑、細江愛、桐谷美月，朱音要用一紙遺書除掉所有親近純佳的人。

其實上網散播這些內容也是行得通，但朱音不想污衊存在於網路上的「ＡＫＡＮＥ」。

抬起頭，變得破舊的花語辭典進入視線範圍。這刻朱音突然想到了一個美妙無比的主意。模仿純佳小時候寫給她的信，在每名收件者的信上畫上花卉圖案應該不錯。朱音從第三層抽屜拿出彩色鉛筆。首先是純佳。她適合什麼花？思考這件事，朱音首先想到的是藍色的勿忘我，但純佳已經不再有接受它花語的資格，因為她不記得那天的約定。

「龍膽吧？」

辭典上刊載的這種花，有著宛如夜晚的深沉色澤。黃色的底部托著濃郁的靛藍花瓣，花型呈杯狀。朱音把插圖與第一張信紙疊好對折。龍膽的花語，正是朱音對純佳最後一句愛的呢喃。

用膠水黏起潔白的信封，朱音反覆想像自己死亡的那刻，可以的話她想死在純佳面前。她希望每當純佳入睡，總是會想起自己，最好一輩子都忘不了朱音。朱音要她一輩子活在自己的陰影下。純佳會因為自己要朱音去死感到後悔，然後同情起朱音。朱音因為自己的絕頂妙計雀躍不已。

對川崎朱音而言，川崎朱音只是她戰勝世界的一個棋子。

第七章
我喜歡憂傷的妳

尾聲

沒有人來到樓頂。

落在水泥磚上的身影只有一個人。指尖滑過包藏熱氣的表面，痛覺隔著皮膚緩緩傳來。朱音握緊拳頭，使勁朝地面捶打。咚，悶聲響起，骨骼發震，但世界依然沒有改變。半開的門投射出細長的影子，一片紅光中浮現的那道搶眼的黑不堪入目。她吐了口氣。眼瞼滑落的水滴被乾涸的水泥所吸收。

「……開什麼玩笑。」

為什麼只有我會碰上這種事？其他女生都一臉幸福地過著日子，為什麼唯獨自己得過著這種遭人輕視的生活？我只是想被認同，為什麼沒人能懂？

朱音抓住圍欄，緩緩起身。下一秒進入視野的景象令她屏息，是近藤理央與夏川莉苑。兩人湊在一起，坐在教學大樓後方的狹窄空間。近藤理央甚至完全沒注意到樓頂有誰。她沒理會我的邀請！她一臉毫不在乎！

為什麼我得被近藤理央這種下流貨色這樣對待？我可不是這麼卑微的人。我不一樣，我應該是更受人歡迎的存在。

正當朱音的手伸向圍欄，她猛然停止動作。慌慌張張爬上樓梯的腳步聲逐漸逼近。是純佳！一定是她！閃過這個念頭的那刻，朱音的心臟為喜悅而震動。純佳為我而來！我可以在純佳的眼中死去了。

純佳果然還很愛我！

「朱音！」

我沒回應這聲呼喚，然而等待已久的人確實就在那裡。起風了，風彷彿推著我的背。純佳的眼裡映著我。這一刻她確實正看著我，只看著我。細胞為歡喜震動。接下來發生的一切，全都是為我而存在。這瞬間世界繞著我轉。我的右腳朝水泥地一蹬。

我縱身投入血色的空中。

沒著地的漂浮感。風撕裂著皮膚，在耳邊轟轟作響。不知為何我感到非常平靜。真沒想到撞上地面的過程居然這麼久。我的視線轉向腳下的世界。一切就像是慢動作一樣，全都緩緩變得清晰。我看到在狹窄的空間裡有名少女正仰望著我，是莉苑。沒應邀來到樓頂，假情假意的朋友。四目相交的那刻她吞了口口水，如今的我就連喉頭震動的模樣也看得清清楚楚。

坦白說我原以為莉苑可能會來到樓頂。即使信上這麼寫，只要周遭的同學給她看信，聰明的她想必就能了解一切；然而到頭來莉苑選了近藤。她沒照著我的信回家，也沒來到樓頂。那傢伙打從一開始就一丁點也不相信我。我這麼相信她，卻被她背叛了。不可原諒，我要死在妳面前。我要讓妳一輩子後悔自己在今天選了近藤這種人。妳活該，正要這麼嘲笑時我看到了。她的手中有個潔白的信封。她將信封高舉到空中，像是要對我展示。

——是遺書。

察覺到這件事的瞬間，我因亢奮而飄飄然的意識猛然冷靜下來。為什麼那傢伙會拿著我的遺書？要是大家沒看到遺書，我死了又有什麼用！

少女的手撕起信封。遺書化為碎片，混入風捎來的其他紙屑在空中飄動，彷彿是在嘲笑我。此時我才初次驚覺自己不想死。呼吸停了下來。現實將我的腦袋開了個洞。我怕痛。我好想逃。快停下來。誰來救救我！正當掙扎之際，我的腦袋突然閃過毒芹的花語——妳使我喪命。

撞擊水泥地的前一秒，川崎朱音確實看到了，望著她的少女嘴角陶醉地扭曲。她蠕動雙唇，發出聲音。在見證完這個動作前，劇烈衝撞便已襲向朱音的全身。

「噗嘻！」

在逐漸遠去的意識中，少女純真的笑聲沒入喧囂，不復存在。

目錄：

那一天，朱音投身青空。

那又怎樣？

NIL 33／那一天，朱音投身青空

原著書名：その日、朱音は空を飛んだ
作者：武田綾乃
原出版者：幻冬舍
翻譯：Rappa
編輯總監：劉麗真
責任編輯：張麗嫺
總經理：陳逸瑛
榮譽社長：詹宏志
發行人：涂玉雲

出版：獨步文化
城邦文化事業股份有限公司
104台北市中山區民生東路二段141號5樓
電話 (02) 2500-7696　傳真 (02) 2500-1967

發行：英屬蓋曼群島商家庭傳媒股份有限公司城邦分公司
台北市中山區民生東路二段141號2樓
網址 www.cite.com.tw
讀者服務專線 (02) 2500-7718；2500-7719
24小時傳真服務 (02) 2500-1990；2500-1991
服務時間 週一至週五 上午09：30-12：00 下午13：30-17：00
讀者服務信箱E-mail service@readingclub.com.tw
劃撥帳號 19863813　戶名 書虫股份有限公司

香港發行所：城邦（香港）出版集團有限公司
香港灣仔駱克道193號1樓東超商業中心
電話 (852) 25086231　傳真 (852) 25789337
E-mail hkcite@biznetvigator.com

馬新發行所：城邦（馬新）出版集團
Cite (M) Sdn Bhd
41, Jalan Radin Anum, Bandar Baru Sri Petaling,
57000 Kuala Lumpur, Malaysia.
電話 (603) 90578822　傳真 (603) 90576622
E-mail cite@cite.com.my

封面版型設計：高偉哲
封面插畫：CLEA
排版：陳瑜安
印刷：中原造像股份有限公司

2020年2月初版
2023年6月8日初版4刷
售價：399元
ISBN 978-957-9447-59-1

國家圖書館出版品預行編目資料

那一天，朱音投身青空／武田綾乃著；Rappa 譯．– 初版．– 台北市：獨步文化，城邦文化出版：家庭傳媒城邦分公司發行，民 109.02
面；公分．--（NIL；33）
譯自：その日、朱音は空を飛んだ
ISBN 978-957-9447-59-1（平裝）

861.57　　108021088

Original Japanese title:SONOHI, AKANE WA SORA WO TONDA

Original Japanese edition published by Gentosha Inc.
Traditional Chinese translation rights arranged with Gentosha Inc.
through The English Agency (Japan) Ltd. and AMANN CO., LTD., Taipei